La luz del Guernica

La luz del Guernica

Baltasar Magro

Rocaeditorial

© Baltasar Magro, 2012

Primera edición: mayo de 2012

© de las imágenes: Museo Nacional Centro de Arte Reina Sofía / Palazzo Pitti

© de esta edición: Roca Editorial de Libros, S. L.
Av. Marquès de l'Argentera, 17, pral.
08003 Barcelona
info@rocaeditorial.com
www.rocaeditorial.com

Impreso por Rodesa
Villatuerta (Navarra)

ISBN: 978-84-9918-456-2
Depósito legal: B. 6.392-2012
Código IBIC: FA

Toda obra de arte es hija de su tiempo, y muchas veces es madre de nuestros sentimientos.

VASILY KANDINSKY

¿A quién pertenecen las cosas? Al que es capaz de mejorarlas y dotarlas de nueva vida.

BERTOLT BRECHT

FLORENCIA

1917

*L*levaba pocas horas de viaje y percibía la soledad como un bienestar del que apenas pudo disfrutar en los últimos días. Sin nadie que le acompañase, ocupando él solo el reservado del vagón, se sintió extraño y, al mismo tiempo, notaba una sensación de placidez agradable.

Habían transcurrido dos meses desde que dejara París, alejado de su ambiente, de su taller en Montrouge, y durante ese tiempo no fue capaz de administrar a su voluntad lo que hacía; había vivido de manera diferente a lo que era su costumbre, inmerso en una experiencia nueva que, a pesar de las limitaciones, reconocía haberle resultado estimulante.

Decidió extraer un cuaderno de su maleta. Había completado varias libretas durante aquel viaje por Italia, eran su tabla de salvación en los momentos en que precisaba ejercitar sus dedos o traspasar al papel algún detalle que surgía de repente; más tarde, quizás al cabo de unos meses o de unos años, esas imágenes cazadas fugazmente terminaran incorporadas a un cuadro, a un grabado o, simplemente, adquirieran el suficiente protagonismo por sí mismas, incluso esculpidas en materiales de lo más diverso. Sobre los cuadernos descargaba múltiples sensaciones, de tipo visual o sonoro, que dejaban hueco a otras nuevas, a pesar de que jamás despreciaba una sola imagen que se iba procesando en su mente hasta el mismo instante de aflorar para ser recreada por los pinceles, el lápiz, el carboncillo, el buril o por sus propias manos, capaces de dar forma, en cualquier soporte, a lo imaginado. Le complacía asistir al fluir de las imágenes, a veces libremente o bajo el rigor de un proceso creativo que llegaba a hacerle disfrutar, en la mayoría de las ocasiones, más que otros placeres cuando alcanzaba su culminación y el clímax sobre el lienzo.

Apoyó el bloc sobre las rodillas y buscó un lápiz en la chaqueta. Tuvo que desprender primero el inmenso imperdible que protegía su caja de caudales: un bolsillo interior donde siempre guardaba un saquito de tela con el dinero, amén de otros objetos. Rebuscó sin éxito por todos los rincones de su ropa, algunos muy agujereados. Allí no había lápices.

Ansiaba esbozar una figura de Caravaggio que había visto días atrás en el Palacio Borghese. Se trataba del contorno de un joven que reclamaba ser renacido por él en escuetas, firmes, ágiles e impecables líneas de limpieza cristalina. Relegó por unos segundos aquella pretensión ante la imposibilidad de encontrar un grafito y se entretuvo mirando por la ventanilla. Al hacerlo, experimentó un agudo escalofrío en la piel tras descubrir la neblina envolviendo los cerros de escasa altura que flanqueaban la ruta que seguía el convoy. Daba la impresión de que el tren horadaba los montículos con su embestida ruidosa mientras desprendía abundante carbonilla que se iba adosando a los cristales.

Tenía aversión a la humedad de los cielos bajos, no lograba encontrarse bien en los climas lluviosos. La calidez de su tierra natal había impregnado tanto su médula que le había convertido en un nostálgico del mar, de la luz y del calor, elementos indispensables para estimular convenientemente su ánimo. Había soportado mucho frío en el pasado: en una buhardilla de la calle Zurbano en Madrid, donde le resultó difícil sobrevivir durante todo un invierno sin estufa ni luz, y luego en Barcelona, donde llegó a quemar sus propios dibujos para entrar en calor. Pero lo peor de todo fue lo que tuvo que resistir en el estudio del Bateau-Lavoir, en el mismo corazón de Montmartre; aquello era un horno en verano y una nevera en los meses de invierno. Entonces pintaba envuelto en mantas, carecía de gas y de electricidad; el agua se helaba. Nunca olvidará las terribles noches que pasó en aquel destartalado inmueble de París.

¡Qué contraste con las semanas que ha permanecido en Roma, en las que ha disfrutado de un excelente clima! A medida que se expandía la primavera, la Ciudad Eterna resultaba más y más acogedora. Sin embargo, y tal vez a modo de despedida, al salir hacia Florencia lloviznaba en la estación Termini, y así se había mantenido durante las cuatro horas que llevaba el tren en marcha. Por suerte, el sol comenzaba a asomar y daba la impresión de que, de un momento a otro, resplandecería, inundando con sus rayos los verdes campos salpicados de arbustos y flores de exultante cromatismo que aparecían cerca de las vías.

La imagen trazada por la mano de Michelangelo Merisi, conocido como Caravaggio, de nuevo se adueñaba de él, pugnaba con insistencia para renacer con nobleza sobre el papel. Le había seducido la postura del joven, pintado por el maestro barroco, cuando lo descubrió en el Palacio Borghese, sentado casi desnudo sobre una especie de cortinajes de intenso color rojo que hacían resaltar su cuerpo enmarcado por la oscuridad del fondo. En diferentes museos de la capital italiana había contemplado la «manera» de Caravaggio, analizando su dominio en el manejo de las luces y las sombras obtenidas con una sobria paleta.

13

Abrió la maleta y, junto al grueso paquete de postales que había atesorado a lo largo del viaje italiano, halló varios lápices. Escogió la mina más apropiada.

Primero delimitó la cabeza algo ovalada del muchacho, ligeramente inclinada hacia el hombro derecho; a continuación, sin apenas levantar la mina del papel, el torso curvado y las piernas, hasta alcanzar, siguiendo el contorno, la axila del brazo izquierdo apoyado en un respaldo sin definir por completo; luego perfeccionó los brazos, el derecho con la mano posada encima del antebrazo izquierdo; finalmente, con la destreza de alguien que atesora su oficio desde temprana edad, los rasgos aniñados del rostro apuntado con suaves líneas: ojos grandes y una boca que destilaba una lánguida mueca. Había representado al joven con delicados y sutiles trazos. Creía que las líneas nunca debían encarcelar las formas.

Contempló un buen rato el boceto emanado del estudio y la admiración por la obra de Caravaggio e imaginó en idéntica postura a la bailarina rusa Olga Koklova. Reconocía estar cegado de amor por ella. Pocas veces había estado tan obsesionado por un deseo. Deseaba pintarla infinidad de veces, hacer numerosos retratos de la mujer que había conocido en Roma, atraparla como Caravaggio había sometido al joven del cuadro. Aquel era su principal anhelo, tener frente a él a la persona que proyectaba a su alrededor los aires de una gran dama para que posase sin descanso a su capricho y servicio. Utilizaría toda su energía y todas sus habilidades para lograrlo.

14

$\mathcal{M}$ientras dormitaba en su asiento, observó la taracea perfectamente labrada que decoraba el interior del compartimento y que reproducía instrumentos musicales de cuerda. Curiosamente, le resultaba afín a algunas de sus propuestas estéticas, recordándole los rudimentos utilizados para armonizar muchas pinturas cubistas. Las líneas perfiladas por la marquetería, elaborada con esmaltes, nácar y maderas de colores, asemejaban a los objetos y eran reales en sí mismas sin pretender imitar la perspectiva tradicional.

Se reanimó con el ruido ensordecedor del tren al rechinar las ruedas frenando sobre los raíles. Habían llegado a Orvieto. Sorprendía la cantidad de personas que se congregaban en los andenes. Eran las diez y media de la mañana y el sol lucía ya con fuerza. Contempló a las gentes, en su mayoría con apariencia campesina, que se agolpaban en torno a las escalerillas esperando que bajasen los pasajeros para poder acceder, con cierta comodidad, a los vagones. En las plataformas, algo más distanciados, había otros aguardando recibir a sus seres queridos.

Los enladrillados muros del edificio de la estación aparecían repletos de llamativos carteles convocando a la movilización. Para ello utilizaban la imagen de soldados que casi ocupaban al completo el afiche, mirando fijamente con los ojos muy abiertos, señalando al observador con el pulgar de frente y sujetando con la otra mano un rifle con la bayoneta calada.

La participación de Italia en la guerra había sido alentada con la justificación de emanciparse de la tutela austriaca y oponerse a la penetración germana. Asimismo, representaba la primera gran empresa nacional del pueblo italiano. A pesar de que el conflicto se desarrollaba en los territorios limítrofes del norte, por todo el país se extendían sus efectos. Lo había detectado en los rostros entristecidos y en las carencias que sufrían los italianos debido al esfuerzo bélico que había paralizado por completo la vida económica. Lo comprobó a lo largo de los desplazamientos que había hecho por la península. Por doquier aparecían mendigos e improvisados comerciantes de toda clase de menudencias con la pretensión de realizar un trueque para obtener alimentos.

Los andenes de Orvieto estaban inundados de vendedores que se desplazaban ansiosa y frenéticamente abriéndose paso entre la concurrencia. Descubrió algunas jóvenes que ofrecían ramilletes de flores y productos de la tierra, lo primero como un obsequio para quien les comprase algo. Tenían rostros enrojecidos de vitalidad y llevaban atuendos de hermoso colorido, especialmente en los corpiños, de los que sobresalían relucientes blusas de mangas abullonadas, y en los faldones, protegidos por mandiles repletos de cenefas con minuciosos bordados. Todas portaban pañuelos a juego anudados al cuello.

No lo dudó ni un instante y cogió de nuevo el cuaderno. Comenzó a dibujar inspirándose en una de las mozas que se cubría con un curioso gorro del que flotaban, con su nervioso movimiento a la búsqueda de un comprador, varias cintas multicolores. La joven llevaba apoyada en la cadera una cesta de mimbre con la mercancía: verduras relucientes de frescura.

Pocos minutos después el tren se puso en marcha, desplazándose penosamente por la estación, como si no pudiera alcanzar la fuerza necesaria para adquirir una buena velocidad. De la locomotora surgía un siseo punzante que se incrustaba en los oídos. Poco a poco el convoy fue acelerando su marcha. La estación quedó atrás y el bullicio de los andenes murió por completo. Había retenido la imagen de su imprevista modelo con exactitud y no tuvo ninguna dificultad para ultimar el dibujo que, por el momento, solo pretendía esbozar. Tan concentrado estaba en la tarea que no se percató de la presencia de otro viajero en su departamento hasta que lo tuvo enfrente, de pie, estudiándole con suma curiosidad.

—*Buongiorno*, buenos días —saludó el recién llegado con un volumen silente de voz para no inquietar. Había accedido con sigilo al vagón como si pretendiera sorprender al compañero de asiento.

—Buenos días —respondió con desgana.

—¡Vaya! ¿Es usted pintor? Y español como yo, o mucho me equivoco.

—Y usted, fotógrafo.

—Me presento: soy Emilio Mola.

—Yo, Pablo Ruiz.

Estrecharon sus manos mientras se analizaban mutuamente con extraordinaria avidez y disimulo.

—¿Qué le trae por aquí? —preguntó, pasados unos segundos, el viajero que había subido en Orvieto.

—Estuve trabajando en Roma en unos decorados y me dirijo a Florencia a pasar unos días de descanso. Y usted, ¿también de trabajo? —dijo señalando las cámaras que portaba su interlocutor colgadas al cuello.

—¡Qué va! Soy simplemente un aficionado. Nada más. Y especialmente me entusiasman las propias cámaras, unos artilugios casi mágicos. ¿Le gustan? —Pablo asintió con la cabeza con un gesto de cortesía, sin entusiasmo—. Esta, la del fuelle rojo, es una Sanderson; y la otra, una Jules Richard; auténticas joyas con las que es fácil hacer bellísimas fotografías —subrayó mientras se desprendía del equipo y lo depositaba encima del asiento—. ¿Aprecia la fotografía? Supongo que habrá tenido la tentación, alguna vez, de captar imágenes con estos endiablados aparatos.

Era un hombre joven, en torno a los treinta años, de mirada inquieta que se traslucía a pesar de las lentes que llevaba alojadas en una montura redonda de pasta negra y que tamizaban algo su expresión. Lucía una sonrisa agradable y llamaba especialmente la atención por sus maneras enérgicas encajadas en una persona de buena estatura y espigada planta. Miraba de frente, con destellos rápidos de sus ojos, sin dejar de atender a lo que estuviera a su alrededor.

—Hay algo mecánico en el proceso de la fotografía que me aleja de ella —expuso el pintor—. Pero me agrada mucho ver buenas instantáneas, soy un coleccionista de imágenes, de toda clase de imágenes. Y con las que se obtienen mediante las cámaras descubro lo que ya no debería convertirse en pintura, aquello que ya no merece la pena ser tratado sobre un lienzo. Hoy los artistas estamos obligados a explorar más que en otras épocas si queremos ofrecer propuestas que conmuevan a la gente.

—La pintura permite una visión diferente de las cosas reales. Yo nunca habría captado de la misma manera, con esa finura, con esa sencillez, y en esa postura tan delicada a la muchacha con una de estas cámaras —expresó el fotógrafo mientras admiraba el retrato insinuado en el cuaderno con trazos sutiles de la vendedora de Orvieto y que permanecía sujeto por las manos de Pablo.

—Bien, pero hay pintores que se empeñan en representar lo mismo que se obtiene con esos objetivos y con un tratamiento semejante —señaló los aparatos colocados en el asiento de enfrente— y el resultado no puede ser mucho mejor. La fotografía nos ha liberado del tema, de la anécdota y hasta de los objetos. Ahora tenemos una capacidad de creación ilimitada, aunque algo más compleja porque la repetición resultaba más elemental, muy apacible para los artistas pictóricos, pero menos necesaria hoy con lo fotográfico.

—Compruebo que tiene un punto de vista particular sobre el arte. ¿Dónde vive? Si viniera por Barcelona, me gustaría mostrarle mis trabajos; tengo una amplia colección de imágenes.

—¿Es de allí? ¿Catalán? No lo parece.

—Soy cubano de nacimiento, y mi madre es isleña. Ahora estoy destinado en Barcelona, en el batallón de cazadores Alba de Tormes; soy comandante del Ejército.

Se hizo un silencio demasiado largo.

—Es joven… —susurró el pintor, al fin.

—Tiene explicación. He sido oficial en las Fuerzas Regulares Indígenas y en Marruecos se asciende rápido por méritos de guerra. Se estará preguntando qué hago aquí. Unos amigos de Orvieto me invitaron a pasar unos días de vacaciones y me dirijo a Arezzo para fotografiar unas excavaciones de la época romana. Regresaré esta misma noche. Lamentablemente tengo que volver pronto a España, me queda poco menos de una semana de asueto. En mi próximo viaje visitaré Florencia, creo que es una ciudad maravillosa y un lugar indispensable que cualquier artista debe conocer.

—Ya... —balbuceó Pablo, resaltando el escaso interés que tenía ahora lo que le estaba contando su compañero de asiento.

—¿Conoce Barcelona?

—Sí, bastante. Aunque hace tiempo que no voy por allí. Soy de Málaga. Pero vivo en París desde hace años, aunque en realidad nunca dejamos de pertenecer a nuestra tierra.

—Eso es bien cierto. ¿Un cigarrillo? —ofreció el militar con una amplia sonrisa.

—No, gracias, prefiero los míos. Si quiere...

—¡Oh, no! Ese tabaco francés que fuma es demasiado fuerte para mí.

Una vez que ambos dieron las primeras caladas y el recinto se inundó de un humo espeso y azulado, cruzaron miradas de mutuo análisis y sonrieron al unísono.

—Pues lamento decirle, si lleva tiempo fuera de nuestro país —expuso el comandante, cruzando las piernas y apoyándose cómodamente en el respaldo—, que esta guerra europea nos ha llenado de espías, de personajes turbios y de ansiosos especuladores como un tal March al que todos conocen ya como «el pirata del Mediterráneo», que se está haciendo de oro vendiendo petróleo a los alemanes. Así nos va porque, al mismo tiempo, la gente pobre, humilde, lo está pasando muy mal con la subida de precios; para los pobres hay más carestía ahora. Y para colmo, como nos gusta enfrentarnos por cualquier motivo, estamos divididos entre germanófilos y aliadófilos. Lo más preocupante es que cada día hay más altercados públicos en la calle, protestas, huelgas... Vamos de mal en peor.

—¿Piensa que debimos participar en este conflicto?

—Mire, los militares nos debemos a la patria y debemos emplear las armas que nos han sido confiadas en su defensa. Y pese a que submarinos alemanes han atacado recientemente barcos con nuestra bandera, el Gobierno decidió mantenerse

19

en la neutralidad y eso es lo que tenemos que asumir. Lo más fastidioso es que los políticos no sepan actuar; fíjese, mis compañeros, muchos oficiales, se han visto obligados a constituir un sindicato por culpa de la debilidad gubernamental. En Cataluña, donde ahora estoy destinado, los separatistas respaldan, por propio interés para minar al Gobierno de Madrid, esas posturas completamente rechazables. Entre tanto, la clase obrera está al borde de secundar una protesta generalizada de corte revolucionario debido al coste creciente de la vida. Tal vez nos iría algo mejor si estuviéramos plenamente implicados en la guerra porque en lo único que piensan nuestros compatriotas es en su propio enriquecimiento. Un caldo de cultivo extraordinario para que prospere el anarquismo, y patronos y obreros sean asesinados en plena calle por grupos de acción de tendencia ácrata.

—Vaya…

—Sí, no están bien las cosas. Para colmo, ahora son muchos los que creen que la subversión está a su alcance después de que en Rusia se derribase al zar y comience a prepararse una revuelta…

—Jamás me ocupo de la política —interrumpió el pintor.

—¡Ah! Lo siento. —El comandante mostró una media sonrisa, algo forzada—. Desde luego es preferible dedicarse al arte, ya lo creo. Resulta más seguro y grato —afirmó con una mueca sarcástica.

—No se preocupe. Es cierto: no me atraen los asuntos de la política y el arte es más divertido, aunque también puede resultar arriesgado, no crea. Algunos llegan a las manos para defender sus preferencias o fobias artísticas. De cualquier manera, todo lo relacionado con España me interesa y agradezco sus observaciones —corrigió cumplidamente el pintor.

A partir de ese instante, la conversación entre los dos hombres se hizo fragmentada y preferentemente sobre cuestiones banales.

Poco después, el comandante recogió una de sus cámaras y salió al pasillo, donde permaneció un buen rato fotografiando todo lo que tenía a su alcance. Cuando el convoy se detuvo en Arezzo, se despidió con idéntica amabilidad de la que hizo gala al llegar.

—Insisto en ello, si viene a Barcelona, ya sabe dónde encontrarme y será un placer mostrarle las fotografías de mis álbumes; seguro que le interesa conocer las que he hecho aquí, en Italia. Pregunte por mí.

—Gracias.

21

Otra vez estaba solo; hasta el revisor, que durante un rato permaneció observándole detrás de las puertas de cristal, evitó entrar a validar su billete. Y, sin embargo, el tránsito de perso-

nas a lo largo del corredor apenas cesaba. Aquel trasiego se le hizo sospechoso, de tal manera que se levantó y abrió las portezuelas. Miró a izquierda y derecha, y pudo comprobar, para su asombro, que en los reservados de los costados había pleno de pasajeros. Por alguna razón, fortuita seguramente, le habían dado el compartimento menos demandado; acaso lo utilizaban para uso exclusivo de la clientela española, pensó en broma.

Se retiró a su asiento y abrió el cuaderno. Meditó un instante sobre lo que iba a dibujar formando la imagen en su mente. Inició, con mucha rapidez, un trazo continuo con la punta afilada del lápiz, delimitando unos finos labios alargados que perfilaban una boca grande. Con líneas firmes había logrado que destacase una sonrisa irónica, gesto característico del militar aficionado a la fotografía y a la charla que se había bajado en Arezzo. Luego apuntó los rasgos del rostro y se entretuvo en las formas redondeadas de la montura que alojaba las lentes. Esbozó sutilmente los ojos. Contempló unos segundos el resultado.

Hizo dos dobleces del mismo tamaño en el lugar correspondiente a las córneas para terminar arrancando el papel de esa zona. A continuación, colocó la hoja delante de su rostro a modo de careta y se acercó al espejo que había en el cabecero de uno de los sillones tapizados con terciopelo verde. Nadie, ni siquiera él mismo, pudo ver su amplia sonrisa, ya que el papel ocultaba su cara, salvo los ojos, que se parecían de algún modo a los del comandante. No miraban con la misma intensidad que los suyos, pero era indudable cierta semejanza. Aquella constatación le resultó extraordinaria. Lamentó no poseer, en ese mismo momento y lugar, arcilla u otros materiales para esculpir o tallar las facciones contundentes que apreció en el militar, similares a unas aristas acristaladas. Quizás algún día pudiera realizarlo si sentía la necesidad de diseccionar, como un cirujano, la imagen de aquel acompañante que había alterado, y entretenido, durante unos minutos su viaje hacia Florencia.

Se acomodó en la butaca y encendió un cigarrillo, le entusiasmó ver las primeras edificaciones de los arrabales. El movimiento en los pasillos se aceleró, anticipando que el tren se detendría pronto. Saboreó una calada más del tabaco negro, intenso, que le arañaba la garganta, y aplastó la colilla humedecida de nicotina en el cenicero.

De repente, descubrió en un rincón del asiento que había ocupado el comandante-fotógrafo un objeto metálico circular de color negro. Parecía un dispositivo para medir la luz o algo similar; también podía tratarse de una caja para guardar pastillas, aunque era demasiado grande para ese uso. Lo cogió; era pesado, sólido, de tacto frío y, tras un somero análisis, se percató de que tenía unas presillas que sobresalían, como una pinza metálica que sujetaba la tapa. Lo abrió temeroso retirando el gancho que lo mantenía inmovilizado como si fuera a encontrar algo que pudiera dañarle; luego, levantó una pieza redonda con una lupa pequeña adosada en el centro que se hallaba casi pegada al cristal de la caja circular. No tardó mucho en identificarlo cuando la aguja imantada alojada en el interior, de color verde brillante, comenzó a desplazarse con movimientos descompensados hasta que, finalmente, permaneció quieta, después de que él controlase su pulso para reducir el movimiento. La aguja parecía flotar dentro del recipiente en el que estaban escritas las letras W, E y S sobre un disco interior móvil. La tapa tenía un hueco en la mitad de su superficie que su-

23

puso haría las veces de mirilla, con una guía finísima de metal compuesta por un hilo tensado con remaches. Fue desplazando el aparato hasta mantenerlo firme junto a la ventana intentando descubrir el norte magnético; a continuación, miró por la lupa, que le mostraba una numeración en negro y rojo del disco interior. Se preguntaba cómo funcionaría aquello al no conseguir adivinar, por completo, su mecanismo. Dio vueltas y más vueltas por el departamento, miró y remiró por la lupa, intentó desplazar una rueda dentada que encontró en los bordes de la caja sin conseguirlo. Le intrigaba aquel aparato que, sin duda, era una brújula, una brújula de campaña por su perfección y consistencia. Y dedujo, sin ninguna clase de duda, que debía pertenecer al comandante.

Le parecía un objeto delicioso, como un minúsculo cofre que escondía secretos y ofrecía soluciones para no perderse si uno era capaz de manejarlo. Lo fue cerrando con cuidado, lentamente, acariciando su gélida superficie. Le gustaba que tuviera varias sujeciones para asegurar su funcionamiento y que no pudiera dañarse. Buscó un bolsillo que no estuviera agujereado para guardar el artefacto. No lo encontró en los pantalones; allí, entre otras cosas, se alojaba el billete de tren retorcido como una canica, a punto de perderse entre sus piernas. Exploró en el chaleco y encontró el reloj sujeto con una cadena de oro a uno de los ojales de la americana. Lo examinó de reojo, eran casi las dos de la tarde.

Los bolsillos de la chaqueta contenían múltiples objetos: una piedrecita blanca con forma de feto que encontró en las escaleras del Vaticano y que le resultó un buen amuleto, un trocito de lava recogida entre las ruinas de una calle de Pompeya, llaves (tenía muchas más colgadas en el cinturón), dos cajas de cerillas vacías, una navaja pequeña, un poco de cuerda, un fragmento de vidrio de un azul intensísimo que halló junto al Tíber… Por esa inveterada costumbre, su amigo Cocteau le llamaba «el rey de los traperos»; le bautizó con ese sobrenombre cuando le vio rebuscar una noche, después de cenar por los alrededores de Saint-Germain, entre los desperdicios de un cubo de basura del que extrajo unas cajitas pequeñas de cartón y unos alambres que terminó llevándose a casa. En la basura, arrojados por los rincones de las calles y en los lugares recón-

24

ditos de los parques, hallaba objetos maravillosos que, a veces, utilizaba como elementos escultóricos.

La brújula, en cambio, era un verdadero talismán y decidió finalmente conservarla en la bolsa de viaje; resultaba excesivamente voluminosa y pesada e iba a abombar aún más sus bolsillos y faltriqueras; además no quería arriesgarse a que desapareciera por algún boquete recóndito sin zurcir entre los forros de su vestimenta.

Aquella era una pieza hermosa, excelentemente manufacturada, resistente a los golpes, puesto que debía ser utilizada en condiciones extremas, calculó. Estaba contento con el fetiche que había encontrado en el asiento del tren. Si era posible, lo añadiría a su extensa colección de piezas evocadoras de encuentros o momentos felices o especiales, y permanecería con él hasta el fin de los días, salvo que tuviera ocasión de devolvérsela a su dueño o le fuera reclamada.

Las ruedas chirriaban a medida que el tren alcanzaba el final del recorrido y se adentraba en la estación de Florencia. Había pocas personas aguardando en los andenes. El trasiego de viajeros era escaso en aquellos tiempos de penuria y de dolor debido al conflicto bélico. Pablo recogió su equipaje y se encaminó hacia el exterior dispuesto a disfrutar de una ciudad donde lo clásico germinó, con renovada intensidad, bajo la égida de la familia Médici en la época renacentista y cuyos rincones quedaron impregnados por completo de arte.

Con la monumental población a sus pies, sentado en un viejo banco de madera en la cúspide de un montículo, disfrutaba de una panorámica tan extraordinaria que consideró imposible haberla imaginado en toda su grandiosidad a pesar de los numerosos grabados de aquel lugar que había visto con anterioridad. El lejano murmullo que emanaba de sus calles le envolvía. Llegó a sentir la necesidad de escribir, de expresar con palabras sus sentimientos, aunque lo dejó para otra ocasión.

Abrió el cuaderno, también quería dibujar. Degustó los instantes de pasmosa tranquilidad antes de posar el lápiz sobre el papel.

Comenzó a garabatear sobre la hoja proyectando tres figuras femeninas que danzaban inmersas en una especie de vergel. Era lo que le había dictado su mente al dejarla actuar sin freno. Las imágenes destapaban sus sentimientos acaso mejor que las palabras. Intentaba expresar lo que llevaba dentro con la ayuda de cualquier medio que se lo permitiese y, algunas veces, las menos, tenía necesidad de hacerlo mediante la escritura.

¿Sería verdad que era un poeta que se había malogrado? Algo de ese tenor le había comentado algún amigo. Lo cierto era que necesitaba explorar, seguir trabajando con todo lo que tuviera a su alcance para satisfacer sus búsquedas en la experiencia del tiempo que le había tocado vivir. Aquella tarde de finales de abril, en las colinas de Florencia, disfrutaba de una quietud que extrañamente conseguía en su ajetreada vida como artista.

Había dudado si resultaba conveniente desplazarse él solo hasta la capital toscana. Serge Diaghilev y su *troupe* planeaban viajar directamente a Francia desde Roma, como mucho se detendría parte de la compañía en Milán en el supuesto de que cerrasen el acuerdo para alguna representación. Apenas quedaba tiempo para preparar el estreno en París con el nuevo programa de *Parade,* en el que él intervenía como escenógrafo y diseñador del vestuario.

Estaba satisfecho por haber adoptado la decisión de adelantar el viaje; precisaba distanciarse unos días de todos ellos, del ambiente teatral que tanto influía en sus gentes a la hora de contemplar el mundo, algo que facilitaba escamotearse de la realidad tras la protección de las bambalinas durante un corto período de tiempo, pero que resultaba excesivo si impregnaba la mayor parte de tu vida como les solía suceder a los de la farándula. También quiso alejarse de su querido Cocteau, que ya estaría viajando a París, y de su adulación con frecuencia incontrolada y desbordante. A nadie podía molestar ser idolatrado en algunos momentos, pero llegaba a resultar estomagante si era a todas horas y sin respiro cuando te convertías en el héroe ensalzado con exceso por otra persona, a pesar de que esa persona fuera brillante en la conversación, inteligente y con una capacidad de seducción asombrosa. Jean era así y resultaba imposible encasillarle por mucho que hubiera gente empeñada en clasificarle como un dandi frívolo, ciñéndole con una corona insultante. Cocteau era un poeta auténtico, una persona elocuente, ingeniosa y con un espíritu libre que se desplegaba en todos sus actos, aunque llamara más la atención por maquillarse con colorete, por perfilar algunas veces sus labios con ligeros toques de carmín o por los adornos y pulseras que cercenaban incluso sus tobillos. Lo primero que le sorprendió nada más conocerle fue la raya de sus pantalones, como el borde de un cuchillo perfectamente afilado; iba siempre impecable, muy atildado y cuidadoso en su apariencia.

Debido a la influencia de Cocteau, él adornaba y ceñía últimamente su cuello con corbatas y, desde luego, lo hizo con ma-

27

yor frecuencia durante las últimas semanas. El poeta se había convertido en su sombra y juntos habían iniciado, a mediados de febrero, el viaje a Italia. Cocteau le embarcó en aquella aventura que, por diferentes razones, le estaba afectando mucho más de lo que hubiera supuesto al principio.

Fue una suerte que se optase por Roma para ensayar y preparar los decorados, el vestuario y los bocetos de los complejísimos maquillajes y caracterizaciones de lo que estaba siendo su primer proyecto escénico. Se instaló en un amplio estudio de la Via Margutta, desde donde tuvo a su alcance la Villa Médici. El compromiso que mantenía con Diaghilev no le imposibilitó visitar todos los museos de la ciudad. La obra de los maestros antiguos había sido un descubrimiento para él. Con anterioridad había considerado los clásicos como una maquinaria hueca utilizada a menudo por los que rechazaban las nuevas propuestas del arte. El lenguaje y las composiciones de los antiguos, que él había destrozado o, simplemente, retorcido a placer, volvieron a adquirir sentido y a ser contemplados como inspiración para posteriores ensayos pictóricos. Hasta entonces el único artista italiano del pasado por el que había sentido admiración era Leonardo, pues coincidía con él en que el arte era mental y, ciertamente, debía ser así para que la plasticidad no dominara por completo la expresión, ni se concentrara el artista en la conquista de lo bello con el malabarismo de la técnica y las armonías ilusionistas.

A Italia le había llevado Cocteau para trabajar en *Parade*, cuyo libreto de temática circense había escrito el poeta con la pretensión de constituir una pieza importante en la renovación teatral que buscaba el empresario Serge Diaghilev: una conjunción entre música, danza y pintura. Para él había supuesto, entre otras cosas, la oportunidad de experimentar con objetos tridimensionales utilizando construcciones de destacado volumen en la vestimenta de sus gigantescos Managers, de trazas cubistas, y en el diseño de un monumental telón con motivos inspirados en el mundo del circo que tanto le atraía. Las maquetas y figurines habían gustado mucho a Diaghilev y a Massine, el coreógrafo. Hubo algunos en la compañía que quedaron desconcertados al verlos, pero el director de los Ballets Rusos buscaba algo moderno, muy avanzado, y él, como artista, lejos de comportarse como un pasivo decorador, se había integrado en el proyecto para explorar todas las posibilidades que le ofrecía aquel montaje.

Además del cambio de actividad incorporándose de lleno al mundo de la escena, precisaba por entonces volcarse en algo diferente, alejarse de París, de la guerra, de la vida mortecina que le rodeaba en los últimos años, con muchos de sus amigos lejos, en el frente, y con los pocos que habían regresado heridos gravemente. Estaba necesitado de alicientes nuevos y, por fortuna, *Parade* e Italia le habían colmado. Se lo contaba a su amiga Gertrude Stein en una extensa carta que le envió antes de salir hacia Florencia:

> Tenía que cambiar algunas cosas en esta vida tan agobiada que llevaba, librarme de lo que me pesaba, respirar otro aire, casi empezar de nuevo y echarme como quien dice en los brazos del destino. Ni siquiera la inmensidad del mar es suficiente cuando las penas tienen mucha hondura, no sirve refugiarse entre las arenas de las playas como tú me sugeriste. Este viaje me está ayudando a ahogar las amarguras e inquietudes que me tenían confundido. Para empezar, estoy rodeado de muchas mujeres hermosas que me hacen feliz en estos días de intenso sabor italiano; no en vano las bailarinas tienen el don de iluminar a los que les rodean y son más de cincuenta las que están a mi alcance concediéndome el privilegio del que solo disfrutan los dioses. Además tengo la compañía de Cocteau, Massine, Stravinsky, personas excelentes y peculiares donde las haya, y la del celoso y exigente Serge Diaghilev, siempre con un bastón en la mano. Serge es muy estricto, tal vez en exceso, y, cuando alguien no sigue sus instrucciones, le atiza. Digamos en su beneficio y salvación que manejar a un numeroso, inquieto y díscolo grupo de artistas y todo lo que supone este negocio del ballet, obliga a ser disciplinado y muy riguroso.
>
> Y especialmente aquí he encontrado a Olga, la exquisita dama del ballet ruso de la que ya te hablé en la anterior carta. Con ella todo será distinto, mis vaivenes y desmanes con las mujeres quedarán atrás después de conocerla, aspiro a hacerla mía y me afano por conquistarla cuanto antes. Y debo decirte que me estimulan las dificultades, pues recela de mis virtudes la bailarina, resiste a mis requiebros y pone tierra por medio siempre que puede. Espero vencer.

Lejano queda ahora el tormento que soporté con Irène en París y que tú bien conoces; es algo que hoy veo difuso y, por suerte, completamente superado.

He estado con la compañía varios días en Nápoles. Las representaciones de *Las Sílfides*, de Chopin; *El pájaro de fuego*, de Stravinsky, con coreografía de Massine y la maravillosa dirección orquestal del compositor; *Las Meninas*, de Gabriel Fauré, y *Sol de noche*, de Rimsky-Korsakov, en el teatro San Carlo, han sido brillantemente recibidas; bastante mejor que las actuaciones en Roma que tuvieron lugar en el Costanzi. Por lo tanto, oficiábamos todas las noches alguna fiesta para celebrarlo; la verdad es que la gente del escenario no se cansa nunca de lo lúdico; aunque te extrañe, casi me superan en esos avatares.

Aquí, en Roma, desde donde te escribo, el ballet se despedirá el 27 de abril con las danzas polovtsianas del *El príncipe Igor* de Borodin, con sets diseñados por Nicholas Roerich.

A pesar de tanto baile y música, y de permanecer mucho tiempo entre bambalinas y camerinos admirando las evoluciones de todos los artistas, de ellos y de ellas, no pienses que me he distraído en exceso y olvidé la pintura. Nunca dejo el trabajo, ya me conoces, en cualquier circunstancia o ambiente. En lo que concierne a la actividad artística, por la que vine a Italia, lo primero es decirte que te sorprenderá ver el telón que he diseñado para *Parade*, repleto de personajes de mi época rosa que a ti tanto te entusiasma, con Pierrot, Arlequín, Colombina…

Y no puedo relegar algo importante: en este viaje creo haber asumido, de alguna manera, la deuda que todos tenemos contraída con la tradición pictórica después de analizar las obras de los maestros antiguos, ya que hasta el cubismo que apenas es comprendido ha bebido de lo clásico, como también lo hicieron las *d'Avignon*, algo que con el tiempo se verá con claridad. Sé que esto que te digo te agradará bastante y tendremos ocasión de comentarlo en persona.

He charlado también mucho con los futuristas Balla, Depero, Prampolini, Cangiullo y Armando Spadini, que se reúnen en el Caffè Greco, en la Vía Condotti, obsesionados con el movimiento y la máquina, ya sabes. A menudo visité los estudios de Depero y Prampolini. Estos futuristas, como dice Cocteau, son impresionantes de ideas y están impresionados con sus ideas.

Antes de regresar a París, obligado por el estreno de *Parade*, que tendrá lugar allí en el Châtelet, el 18 de mayo, visitaré Florencia.

Olga es otra razón, la más importante, para que pronto volvamos a vernos, pues estoy dispuesto a seguirla adonde vaya y su próximo destino es París.

31

*E*l sol se perdía entre las cumbres y una ligera brisa comenzó a soplar; se caló la gorra y abrochó el cuello de la camisa. Miró a su alrededor y comprobó que las pocas personas que habían deambulado por la explanada, disfrutando como él del entramado urbano presidido por la deslumbrante cúpula de Brunelleschi, descendían por las rampas hacia el centro evocador de la gloria renacentista. En las laderas de la colina de Fiesole que tenía enfrente, titilaban las luces de antiguas y espaciosas villas. Entornó los ojos y respiró profundamente, como si deseara atrapar con fuerza los aromas que desprendía la primavera en aquel entorno con abundante vegetación por la que sobresalían los sillares derrumbados de las defensas medievales.

Abrió su cuaderno por el lugar marcado con una postal de Guido Reni que reproducía el retrato de Beatriz Cenci. Allí tenía el que él hizo a Olga, al poco de conocerse, en el Hotel Minerva de Roma, donde ella se hospedaba con algunos de los principales bailarines de la compañía como Ansermet, Larionov y Goncharova.

Sobre el papel aparecía la rusa con la pose característica que él pretendía convertir en casi una seña de identidad a la hora de pintarla al óleo, *gouache*, pastel, acuarela o dibujarla al lápiz o con tinta india: sentada en una silla con la piernas cruzadas, la cabeza ligeramente ladeada, el pelo liso recogido con bandón y raya en el medio, rostro con algunas pecas y bonita piel, y con las manos apoyadas sobre las rodillas o uno de los brazos descansando en el respaldo. Siempre hermosa, estilizada, con ese aire aristocrático y señorial que a él le encandilaba, un *charme* eslavo que le había cautivado por completo, como le expresó a Gertrude Stein la primera vez que le habló por carta de la bailarina, hija de un general del Este.

La había traspasado al papel en el Hotel Minerva con precisión y limpieza en las líneas, con trazos luminosos por su contención. La mirada de Olga Koklova era intensa, sus ojos grandes atraían al espectador hacia ella y ese no era otro que Pablo. La bailarina se encargó de su puño y letra de poner la firma del autor sobre el papel. Era otro de los motivos por los que él tenía tanto aprecio al dibujo.

Ella y la alegría que transmitían el grupo de bailarines pertenecientes a la compañía de Diaghilev habían logrado que la aflicción que le aquejaba últimamente, antes de partir hacia Italia, quedara casi disuelta. Nunca por completo. Con relativa frecuencia él repetía que a los españoles les gusta la tristeza, que siempre encuentran una excusa para hacer aflorar ese estado de ánimo, incluso cuando parece que experimentan lo contrario. De todas formas, se esforzaba para sobreponerse a ese rasgo que caracterizaba a sus paisanos.

Antes de que se hiciera de noche, avisó a un cochero para que le bajase a la ciudad por el camino conocido como el Viale dei Colli. Al girarse descubrió el impresionante templo románico de San Miniato, con una decoración geométrica que le pareció modernísima mediante la combinación de mármoles blancos y verdes que relucían, en aquel momento, con los reflejos atornasolados del crepúsculo. Se detuvo un instante para contemplar con calma el edificio, aunque consideró la posibilidad de regresar allí en cuanto le fuera posible. Pidió al joven cochero que le esperase y se desplazó hasta la escalinata para analizar la osadía de los artistas del Medievo. Era asombrosa la composición de los dibujos que decoraban la fachada de San Miniato, la habilidosa utilización de los elementos para provocar vertiginosas perspectivas ópticas en un constante movimiento que se expandía en diversas direcciones. Una obra maestra, pensó, de la que había mucho que aprender. Aquella ciudad estaba cuajada de

33

sorpresas y sugerencias que intentaría atrapar en la medida de sus posibilidades.

Minutos más tarde, desde lo alto del carromato, contempló la espaciosa Piazzale Michelangelo y el monumento al artista situado en el centro del conjunto, como homenaje a la figura más representativa de la sensibilidad florentina acrisolada por la búsqueda de la belleza mediante la creación estética. Allí se hallaba la reproducción en bronce de su *David* y de las estatuas funerarias de la Capilla Medicea, el mausoleo que él visitaría al día siguiente por la mañana, 29 de abril. El lunes 30, estaba prevista la llegada de Olga junto a su amiga Marina. Tenía por delante algunas horas para dedicarse al estudio y la contemplación de las obras de arte que había en la ciudad.

$\mathcal{A}$quellos que se ocupaban de encaminar al público por las colosales obras de los artistas florentinos demostraban ser unos genios para la puesta en escena al tratar de obtener un efecto teatral de impacto en cada una de las exposiciones. Lo comprobó al presenciar la instalación del *David* en el Museo de la Academia, elevado sobre un plinto y bañado, debido a su estratégica posición, con una luz cenital. La poderosa atracción que emanaba de la escultura, que representaba a un joven de una belleza sin parangón, se acentuaba con su colocación en el ábside de un templo, en el mismo centro de un hemiciclo abovedado, invitando a aproximarse a ella a través de una larga, amplia y solemne nave.

La santificación secular del *David* era palpable al analizar la expresión de los visitantes, arrobados ante el altar miguelangelesco. Allí se producía el milagro del arte, capaz de empujar los espíritus hacia cotas inimaginables y de fijar unas sensaciones que perduraban en el camarín de las almas. Durante el tiempo que el público permanecía en aquel santuario, seguramente la guerra, las penurias y el dolor desaparecían por ensalmo. Tanta fuerza poseía el *David* y tanto era su poder de atracción que pocos se percataban de la maravilla excelsa que facilitaba ser testigo del nacimiento, como si germinaran de la misma roca cual placenta prodigiosa, de varias figuras pugnando por una existencia inmortal que se exponían en el mismo lugar. Con las obras inacabadas de los esclavos era posible analizar el proceso de la creación sublime del artista, el milagro de un oficio que pocos seres mortales eran capaces de alcanzar. Esa consideración tenía para Pablo el trabajo del escultor, ya que a él mismo, como artista, le resultaba casi imposible adivinar una estatua, unas figuras, en un bloque de mármol. Por esa razón, presenciar con tanta cercanía el proceso mediante el que se lograba esculpir a partir de una piedra, un ser casi viviente, le resultó asombroso. Él era más primitivo en esa concepción, acaso inducido por su amor a los materiales humildes: lograba percibir imágenes en la raíz de un árbol, en un trozo de papel o de metal, en las grietas de un muro, en los reflejos de la calzada, en un pedazo de hueso, en un guijarro, en las maderas carcomidas… En el mármol, no, porque se desprendía en bloques. Le resultaba imposible atisbar ahí figuras. Y por el contrario, en los materiales sencillos que habían sido utilizados o vividos y que estaban al alcance de la mano, él era capaz de ver una figura de mujer, un pájaro, la cabeza de un hombre, una cabra y un sinfín de imágenes sugerentes con poderosa vitalidad.

36

Después de la Academia se encaminó hacia la Capilla Medicea. Al llegar a la Nueva Sacristía, sintió que el mármol modelado de las esculturas que había en el panteón, trabajado mediante un extraordinario dominio sobre la materia, daba la impresión de palpitar. El artista, Miguel Ángel de nuevo, había demostrado una capacidad genial con las obras allí expuestas. Resultaba llamativo que, en un mausoleo erigido para honrar a los muertos, los monumentos funerarios que adornaban los sepulcros de Lorenzo y Giuliano poseyeran tanto vigor, y crearan así la ilusión de movimiento, un soplo de vida extraído a la piedra.

Estudió con mucho detenimiento las cuatro esculturas de las figuras recostadas sobre las volutas de los sarcófagos que representaban a la Noche, el Día, el Alba y el Crepúsculo, en posturas somnolientas. Se detuvo especialmente en la joven que encarnaba el Alba encima de la tumba de Lorenzo de Médici. Extrañamente, a diferencia de a lo que solía estar acostumbrado, se vio impulsado a copiar del natural; había en esa figura algunos detalles que precisaba retener con exactitud traspasándolos al papel de manera inmediata. La potencia de su cuerpo, de sus muslos y caderas, el pecho turgente, su deliciosa postura, cadenciosa, el movimiento delicado de su brazo derecho y de la mano, la inclinación de la cabeza, el tocado del pelo con la caída de la tela que lo ceñía, el rostro de una sensualidad contenida...

Sujetó con suavidad el lápiz y dibujó con delicadeza, disfrutando con la ejecución. Atrapaba la imagen haciéndola suya, poseyéndola. Sus ojos devoraban a la mujer. Tan concentrado estaba en lo que hacía que no se percató de que alguien le observaba con descaro.

—¿Español, verdad? Creo que no me equivoco.

Le miró de soslayo, con poco interés, algo molesto. Era casi un anciano de semblante amable y con vestimenta que parecía de desecho.

—Lo sé porque le escuché en la entrada, mientras hablaba con la cajera, utilizando algunas palabras españolas. Yo soy un guía oficial de la ciudad, para servirle...

Pablo seguía esbozando la figura que tanto le había atraído.

—¿Sabe por qué esculpió Miguel Ángel los cuatro períodos del día? —planteó el viejo.

—No... —respondió él con desgana.

—La idea provenía del *Convivio*, de Dante, un tratado que se debe en parte a Aristóteles. Dante describe la vida como si fuera un arco que se eleva y desciende. Ese arco tiene cuatro divisiones: las cuatro edades del hombre, las cuatro estaciones y los cuatro tiempos que componen el día completo, con su noche. Es para indicarnos que el tiempo todo lo devora y nada lo detiene.

Dejó de dibujar un instante y analizó al hombre con curiosidad. Este comentó:

—Creo que no le interesan las anécdotas, ni tampoco ciertas historias.

—Depende... ¿Cuánto me cobraría por cada día de trabajo conmigo? Y dígame si es posible esa dedicación.

—Lo que le parezca bien; en este caso me acojo a su voluntad, señor. ¿Cuánto tiempo desea tenerme a su servicio?

—Le contrato para tres días, desde este momento si está disponible. ¿Cómo se llama?

—Roberto —respondió mientras hacía una ligera reverencia y afloraba en su rostro una amplia sonrisa, mostrando una

37

dentadura a la que le faltaban numerosas piezas—. ¿Sabe por qué no retrató fielmente a los Médici encima de sus tumbas? —Pablo recogía su cuaderno sin decir nada—. No le gustaba a Miguel Ángel trabajar los parecidos y, cuando se le quejaron, respondió: «Dentro de doscientos años nadie sabrá cómo eran en realidad y carece de importancia que se sepa»…

—Mire, Roberto, vamos a hacer una cosa para entendernos en estos días que estaremos juntos.

—Dígame.

—Usted me hablará, especialmente cuando yo le pregunte, salvo que crea que olvido algo que tenga mucha importancia, de mucho interés, ¿eh? Bueno, ya lo irá comprendiendo.

El hombre se rascó la coronilla, sorprendido por la petición inusual del cliente que acaba de contratarle. Era más normal que le solicitaran o esperasen lo contrario de un buen cicerone, es decir, que hablara sin parar y con conocimiento, sin dejar pasar ningún detalle en las visitas. Sin duda, había dado con alguien un tanto especial.

*E*l florentino rehusó sentarse, al mediodía, en la misma mesa del pequeño y familiar restaurante que recomendó a Pablo, situado en una tranquila esquina de la Piazza de Santa María Novella. El guía comió en la barra pero antes pidió que sirvieran al español dos excelencias de la gastronomía toscana: el bistec a la florentina, un filete de vaca con su hueso, bastante gordo, asado a la brasa, y unos buñuelos de arroz, los *frittelle di riso*.

Después de tan voluminoso ágape, Pablo, contrariamente a lo que tenía pensado hacer antes de comer, rechazó ir a descansar al hotel. Con paso tranquilo y fumando un cigarrillo, decidió pasear, con intención de encaminarse hacia la iglesia del Carmine, lugar que quería conocer esa misma tarde. Durante el trayecto, Roberto volvió a hacer gala del oficio.

—Debajo de lo que vemos, de las piedras que vamos pisando, hay otras ciudades. Este lugar era un enclave estratégico para controlar importantes rutas comerciales entre el norte y el sur, y entre la costa y el interior.

—¡Vaya, Roberto! En cuanto se anima un poco: ¡a repetir la lección que miles de veces habrá expuesto a los visitantes!

—Perdón, lo siento…

—No, no, tranquilo; me interesa lo que estaba contando. No se alza de la noche a la mañana el esplendor que evoca Florencia. Soy de la opinión de que los hombres, casi desde la prehistoria, que es cuando se establecieron los enclaves que serían importantes a lo largo de los siglos, escogen los mismos lugares para convertirlos en una gran urbe. Y bajo las iglesias se encuentran otras, las anteriores. Se sustituye a Venus por la Virgen y continúa la vida.

Autorizado a explayarse, el cicerone aprovechó la oportunidad que se le brindaba.

—¡Fantástico, señor! Ha descrito a la perfección lo que ocurrió aquí. Primero se asentaron los etruscos y después, en el año 59 antes de Cristo, Julio César funda la colonia romana de Florentia. El Foro, el Capitolio, los teatros o las termas, esa ciudad está soterrada encima de la anterior, hasta que por fin llega el Renacimiento de la mano de los banqueros, que es la ciudad que permanece hasta nuestros días en lo esencial. En la segunda mitad del siglo xv, la población de Florencia era mayor que la de Roma o la de Londres. Existían 180 iglesias, 270 comercios de lana, 45 joyeros y orfebres, un número similar de artistas inscritos en la Academia, más de cien palacios y lo más importante: 33 bancos, que eran el sustento de esta potencia. Desde este lugar salía el dinero para el funcionamiento de media Europa, de medio mundo, y es entonces cuando Brunelleschi recupera el estilo geométrico de construcción de la Antigüedad clásica para el florecimiento de esta nueva Atenas.

—Además de ilustrar con su conocimiento a los que visitan la ciudad, compruebo que disfruta haciéndolo —resaltó Pablo.

—Es normal, rodeados de tanta belleza, aunque estos tiempos de guerra son dolorosos para muchas personas y también nos rodea la tristeza. —Cruzaban el río por el puente de la Carraia y Roberto se giró para señalar el conjunto urbano que quedaba detrás de ellos.

Al otro lado del caudaloso Arno apenas encontraron paseantes. La zona de Oltrarno aparecía escasamente transitada.

Pablo se desprendió de la chaqueta sujetándola debajo del brazo. La temperatura era alta y por encima de sus cabezas lucía un sol radiante. Algunas mujeres tomaban la fresca en las puertas de sus casas charlando animadamente o bien tejiendo y zurciendo la ropa de la familia.

—Este es un suburbio humilde, ¿verdad?

—Aquí estaba el pueblo de San Frediano, en el que vivían los desheredados de Florencia —ratificó el guía—. Es una mez-

cla curiosa porque cerca, en las colinas, los pudientes constru-
yeron villas y plantaron frondosos vergeles rodeados de las
posadas y las casuchas de los pobres. Con el tiempo llegaron
artesanos y gente emprendedora. Veremos algunos talleres de
orfebres que trabajan con la plata y pequeños telares donde se
confeccionan finísimos encajes.

—Me asombra lo bien que habla mi idioma.

—Estuve casado con una española y he leído mucho.

—Sí, la mejor escuela: la cama y los libros. ¿Dice que estuvo…?

—Ella se fue con otro, mejor que yo, supongo. Quería vivir
en Milán.

Le agradaba aquel hombrecillo, extremadamente delgado,
casi en los huesos, de poca estatura, con el rostro arrugado
igual que el de un campesino, de ojos grisáceos con mirada
ávida de curiosidad y hábil para encandilar a la gente. Tenía la
voz algo aflautada y, al mismo tiempo, transmitía dulzura y
sosiego. Debía de rondar los sesenta y cinco años, pero se movía con sorprendente agilidad. De confirmarse sus buenas maneras y conocimientos, tenía pensado pagarle dos o tres veces
más de lo que le correspondiera.

Próximos al templo del Carmine, dieron con unos operar-
rios que hacían una cata del terreno. Se detuvieron unos instantes y se sorprendieron por la profundidad de la excava-
ción, que superaba los dos metros, por lo que se apreciaban
varias capas superpuestas.

—Mire, Roberto, lo que comentábamos. El pasado se con-
serva a la perfección debajo de la superficie. En la naturaleza
nadie quita el polvo que va depositándose, es un aliado para
proteger la memoria. Con la profundidad que han excavado
hasta el momento, ya se encuentran pisando los tiempos del
Imperio romano. Seguro que ahí aparecerán monedas, bronces
y objetos de cerámica.

—¿Es usted historiador o algo así? Creí que se dedicaba a
pintar; por lo que hacía esta mañana en el Museo de la Academia, me pareció que tenía mucha facilidad para el dibujo.

—Eso es, me dedico a pintar y a intentar crear cosas con las
manos, como cualquier artesano, a jugar con objetos.

41

$\mathcal{A}$l llegar a la Piazza del Carmine, acordaron tomar un refresco en un bar antes de comenzar la visita. Enfrente, a pocos metros, tenían la maciza mole de la basílica con su fachada basta y desnuda.

—Debe saber que una bula del papa Clemente V hizo peregrinar hasta este templo a los poderosos de la ciudad. Bueno, a la primitiva iglesia, porque la que vemos se levantó a finales del siglo XVIII tras un pavoroso incendio ocurrido la noche del 29 de enero de 1771. En tres horas ardió por completo.

—¡No puede ser! —exclamó Pablo.

—Pues así fue, pero sé lo que le preocupa y le aseguro que la capilla que hemos venido a visitar fue lo único que se salvó de las llamas, lo que hizo que aún fuera más querida y admirada por los florentinos. Pero como le decía, la bula del Papa atrajo a los ricos a Santa María del Carmine.

—¿Por qué? —preguntó sin demasiado interés.

—Clemente V autorizó a los franciscanos que cuidaban de ella a aceptar donaciones de hasta cien florines de oro de todos aquellos que desearan alcanzar el perdón por ganancias ilícitas, usura y otros métodos reprobables. ¡Y había muchísimos dispuestos a ser generosos! ¿Me entiende?

—Y los frailes encantados, supongo. A pesar de los votos y esas historias, nunca viene mal un cuantioso aguinaldo obtenido sin esfuerzo.

—Así son las cosas de la Iglesia —remachó Roberto con una amplia sonrisa.

Una vez dentro, acodados en la baranda que delimitaba el acceso a la capilla Brancacci, Roberto subrayó:

—Esta es nuestra Sixtina y fue lugar de inspiración para los grandes maestros del Renacimiento. ¿Le interesa conocer cómo se hizo y quién fue el mecenas?

Pablo miró a su alrededor. Solo había una pareja joven en el seno de la capilla, alejada de ellos.

—Sí, brevemente…

—Fue fundada por Pietro di Piuvechese Brancacci en el año 1336. Un descendiente suyo, Felipe Brancacci, mercader de sedas, embajador en Egipto, amigo de Cosme de Médici y casado con la hija del hombre más rico de Florencia, Palla Strozzi, encargó la decoración a Masolino, en 1424, y este llamó a Masaccio para colaborar juntos en su realización al comprobar la dimensión del encargo. Los dos artistas se dividieron el trabajo, y lo hicieron con completa autonomía, sin intervenir uno en las escenas del otro. Los últimos frescos, años más tarde, los que se encuentran en la parte inferior, los hizo Filippino Lippi.

Mientras el guía se esmeraba en precisiones históricas, Pablo fue atrapando la luz, el color y la fuerza que proyectaban las figuras, los paisajes y los entornos fijados en los muros por los artistas del Quattrocento. Roberto hablaba siguiendo al español porque este no se detuvo a escucharle y entró en el oratorio, decorado por completo al fresco, como si hubiera sido atraído por algo poderoso.

La escena de «El pago del tributo» reclamó poderosamente su atención por la intensidad expresiva de las figuras, la sencillez y lo escueto de los trazos en la elaboración del panel, asimismo por la viva comunicación que se establecía entre los personajes. La composición estaba enmarcada en un ámbito espacial conciso y, a la vez, grandioso.

—Si me permite… —susurró a su lado Roberto.

Pablo asintió con un leve movimiento de cabeza, mirándole de reojo.

—Lo que sorprende a los que vienen a este lugar es la humanidad que se aprecia en los retratos, en las personas despojadas de aura o de idealización. Son hombres y mujeres de la calle, con esa dignidad que apreciaban tanto los florentinos de la época como un rasgo esencial de su carácter. Y lo que se describe resulta cercano, del presente, no de mundos lejanos, fuera de nuestro alcance.

Otra de las pinturas que Pablo estudió con calma fue la que estaba a la derecha del altar, también obra de Masaccio. En la historia conocida como «La distribución de los bienes y la muerte de Ananías», quedó prendado de la figura femenina con un niño en brazos colocada en mitad de la escena. Era un retrato prodigioso, de estética actual por su volumen escultórico, claridad en la concepción del mismo y limpieza de líneas.

Nada superfluo, nada accesorio enturbiaba la visión espacial en la obra de Masaccio. La conocía de antes a través de reproducciones deficientes, sin color. Estar allí suponía algo extraordinario. Y sí, era palpable la influencia de Masaccio en todo el arte posterior, hasta en Cézanne, a quien Pablo había considerado su único maestro y al que guardaba devoción. Allí, en la Brancacci, había bebido Cézanne gracias a lo que le transmitieron amigos suyos que viajaron hasta el Carmine: el color exacto, ni más ni menos de lo requerido, las pinceladas precisas para resaltar los volúmenes, trascendiendo las convenciones de sus contemporáneos; y, como Masaccio, Cézanne compuso figuras talladas como a golpes contundentes de cincel en el seno de macizos bloques de color, despojándolo todo de detalles accesorios, episódicos, reducidas las pinturas, con grandiosidad, a lo que resultaba esencial.

$\mathcal{R}$eclinado en la balaustrada de la terraza del hotel, se recreó con las imágenes de la ciudad envuelta en sombras que tenía enfrente, en la ribera izquierda del Arno. Era precisamente la barriada que aquella misma tarde había recorrido con el guía, la de Oltrarno. ¡Había sido un hallazgo extraordinario conocer de cerca y atrapar las poderosas imágenes que componían los frescos de Massacio en el Carmine! Estaba satisfecho con la visita que estaba llevando a cabo y con la tranquilidad que le rodeaba. Era justo lo que ansiaba desde hacía tiempo.

A la vez que recreaba las formas descubiertas en los muros del Carmine, reflexionó sobre un conflicto que llevaba quemándole por dentro desde que comenzara a «matar» a su padre, José Ruiz, en el sentido estético del término; al profesor de pintura que utilizaba para la enseñanza los rudimentos del canon estético más conservador.

Él ansiaba llegar a lo más alto en la escala del arte, pasar a la historia como uno de los más importantes pintores, y había destrozado a toda velocidad los peldaños para alcanzar la cumbre. Esa tensión que germinó en él siendo un adolescente y que nunca se apaciguaba al completo había regresado con mayor intensidad en los días precedentes. La pintura utilizada como ruptura con lo clásico, con lo que consideraba en muchas de sus manifestaciones como un auténtico bodrio, había sido una constante en sus búsquedas debido a que su propia sensibilidad, exacerbada, dinámica y libre, rechazaba la quietud del orden, aunque precisamente el cubismo, que tanto le había ocupado en los últimos años, participara, en cierta medida, de un sentido por la depuración de las formas en su plenitud.

Su cubismo estaba lejos de lo epidérmico que tanto había entusiasmado y embebido a los impresionistas, también había sido desarrollado como oposición a una estética inane y continuista en sus planteamientos formales. Había más relación entre un retrato de Renoir y otro de Rafael que con uno suyo, y eso que Renoir aún vivía.

Él había trabajado el cubismo como oposición a la vacuidad y el efectismo del impresionismo, uno de cuyos exponentes más nefastos eran los *Nenúfares* de Monet, de plasticidad artificiosa, admirada por un público poco exigente. Él quería una pintura *bien couillarde*, con cojones, de potencia y peso, al igual que había hecho Massacio, lejos de las manías blandas de los sobrevalorados impresionistas.

*E*l ático que hacía de habitación se alzaba por encima del río. Había escogido aquel hotel, que tenía la entrada principal en la Piazza Ognissanti, porque se hallaba en una zona alejada del centro. Sin embargo, le costaba conciliar el sueño, echaba en falta sus utensilios de trabajo, añoraba su estudio parisino donde con toda seguridad, a esa hora de la noche, estaría pintando con verdadero entusiasmo después de que los amigos o cualquier amante huyeran de su lado como se alejan de la fiera sus presas.

Encendió otro cigarrillo y siguió con la mirada la evolución de las volutas de humo, algo que hacía con frecuencia por sugerirle imágenes sorprendentes que, en ocasiones, reproducía en sus cuadernos de apuntes o servían para plasmar instantáneamente una forma sutil e inesperada sobre el lienzo.

Además de sus pinceles, necesitaba la presencia de una mujer. Era consciente de los problemas que le acarreaban sus múltiples relaciones que se sucedían casi sin respiro y, en ocasiones, simultáneamente, pero eran un estímulo, bastante indispensable, para desarrollar su capacidad creativa. Ellas avivaban su fortaleza e imaginación, y estaba agradecido a todas las que había tratado por lo que le aportaron. Al experimentar una pasión, su mente se alimentaba con sensaciones insospechadas que influían positivamente en la manera de abordar la pintura. Algunos se escandalizaban por el trasiego de amantes y porque

constituían relaciones poco habituales o fuera de lo común y
establecido, pero eran singularmente abiertas y tenían más au-
tenticidad que las de otros, especialmente los que ocultaban sus
relaciones a conocidos, amigos, o a sus parejas legales. De cualquier manera, no había tenido fortuna a la hora de perdurar
con una mujer; cierto es que ellas, las que escogía, eran de una
personalidad nada convencional.

Quiso, recientemente, casarse con la delicada Eva Gouel,
ma jolie, a la que su amigo Juan Gris definió como «una persona que no parecía de este mundo». Se compenetraba bien
con ella en todos los aspectos y mantuvo una convivencia enriquecedora y feliz hasta que llegó la desgracia. La vitalidad sexual de Eva le inspiró composiciones para bastantes cuadros,
pero pronto enfermó de cáncer y la perdió. Nada pudo hacerse.
Fueron muchos meses de sufrimiento y angustia en los que
Eva soportó diversas operaciones que no lograron salvarla.
Aquel tiempo oscuro y gris, difícil, coincidió con la ausencia de
muchos amigos, obligados a abandonar París al ser moviliza-
dos para combatir en los frentes de batalla.

Sin embargo, nunca miraba hacia atrás ni reducían sus
habilidades las desgracias del pasado; había desarrollado una
fuerte capacidad para olvidar, que reconocía como buena práctica para superar muchos obstáculos y situaciones complejas
emocionalmente. Al perder a Eva, decidió seguir buscando una
compañera como esposa y escogió para ello a una mujer libre,
amoral para muchos, y con un pasado oscuro: Irène Lagut.

Evocaba aquella noche en Florencia, con el rumor del río
animando sus pensamientos, lo que supuso Irène para él y lo
que se atrevió a hacer para intentar retenerla. Ella tenía inclinaciones lésbicas y, para complicar las cosas aún más, vivía con
un protector al que no deseaba abandonar, a pesar de que ya
habían disfrutado juntos de algunos escarceos amorosos. Pablo
recordaba lo que su amigo Apollinaire, recién operado de una
trepanación en la cabeza como consecuencia de las heridas que
sufrió en la guerra, ideó para secuestrarla. El plan para el rapto
consistió en emborrachar a Irène y llevársela al estudio. El se-
cuestro duró poco porque ella se escabulló con facilidad del encierro. Resultó más eficaz para engatusar a la pretendida para
ayudarla en su carrera artística. Él intervino ante los galeristas

para que aceptasen y expusieran las pinturas de la joven aprendiz junto a las suyas, una maniobra que dio mejores resultados que la locura del osado Apollinaire.

De cualquier manera, y a pesar de tantos esfuerzos para lograr una conquista definitiva de Irène, la relación entre los dos fue tormentosa, de idas y venidas, rupturas y reconciliaciones; ella nunca se entregó por completo ni permaneció mucho tiempo a su lado, en casa, como habían hecho otras amantes. Fue un romance tormentoso en el que hubo de todo: mentiras, chantajes y hasta la impresentable operación del rapto. Ella tardó en decidirse para abandonarle; le costaba romper con cualquiera de sus amantes, tanto mujeres como hombres. Desde diciembre hasta mediados de enero vivió con él. Fue la etapa más larga de convivencia; no veían a nadie y disfrutaban de su intimidad, pero nunca llegó a poseerla como él quería. Ansiaba atarla a su lado en una época en la que muchas cosas se desvanecían. La guerra había dispersado a los amigos y teñido el ambiente, la vida, de desconcierto y dolor. Hasta palidecía el cubismo, el estilo que tanto Braque como él habían desarrollado y que muchos pintores se empeñaban en mantener al margen de su pureza e integridad.

El 17 de febrero, en la Gare de Lyon, Cocteau y él tomaron el expreso que debía llevarles a Roma. En aquel tren también tenía que estar Irène. No apareció. La ruptura definitiva era un hecho.

Después de permanecer varias semanas fuera de París, comprendía al fin lo que estaba significando aquel viaje, lo que le ayudó a modificar su estado de ánimo. Ahora, se sentía mucho mejor que al dejar Francia. Además, Olga tenía mucho que ver en ello.

En unas horas acudiría a la estación. Esta vez encontraría allí a la Koklova. Una mujer diferente a las que había conocido hasta entonces: distante, delicada, con una elegancia que le entusiasmaba, sin un pasado de escándalos, ni amantes perversos que hubieran modelado su voluntad tal y como le había sucedido a Irène. Olga era más convencional, de abolengo tradicional del Este, con una figura bonita, deliciosa piel y hasta con una estatura adecuada para él, más o menos un metro sesenta y cinco centímetros. En los siete años que llevaba trabajando

49

con el ballet ruso no había logrado ser solista, pero sin ser una estrella traslucía su esmerada educación artística, su saber estar ante los demás. La imaginaba apasionada en cuanto decidiera entregarse. Su cuerpo era escultural, formado por el exigente ejercicio y la disciplina de la danza.

Olga tenía que ser su mujer, le convenía, era indispensable para adquirir la serenidad que tanta falta le hacía. Iba a ser complicado hacerla suya porque ella no tenía prisa y tampoco estaba fascinada por un pintor con fama de envolverse en amores fugaces.

$\mathcal{L}$e avisaron desde recepción del mensaje de Olga donde indicaba que adelantaba su llegada. Ya estaba metido en la cama y a partir de ese instante le resultó imposible conciliar el sueño. Se lo impedía el imprevisto cambio de planes y los numerosos interrogantes que le planteaba.

Muy pronto, al filo del alba, caminaba inquieto de un lado a otro por los andenes fumando sin parar. Pocas personas permanecían en la estación a esas horas: dos parejas que aguardaban, como él, el expreso nocturno que procedía de Roma y una decena de pasajeros pertrechados con su equipaje para subirse al convoy cuyo destino final era Milán.

Al ver aparecer la imponente locomotora en la curva que conducía hacia la marquesina que protegía los apeaderos ennegrecidos de hollín, sintió una extraña inquietud. En ese instante se percató de que los edificios adyacentes estaban siendo adornados con macizos de flores y que surgían por doquier carromatos cargados con tiestos y ramos de rosas que, seguramente, iban a ser colocados por la estación. Cuando quiso prestar de nuevo atención a las vías, el tren se detenía a su lado.

La encontró enseguida; era muy visible con su pelo rojizo suelto y ondulado, buscándole con sus ojos luminosos al igual que hacía él. Iba acompañada por las hermanas Goncharova, Natalia y Marina. Eran sus mejores amigas; él creyó que estarían en Milán o, incluso, camino de París. De inmediato, aparecieron más integrantes de la compañía bajando de los vagones. Entonces, supuso lo que había ocurrido para tanto despliegue.

—Pica…

—¡Sorpresa, Pica!

Las rubias y blanquísimas de piel Goncharova se abalanzaron a abrazarle con bastante entusiasmo. Le llamaban con idéntico sobrenombre utilizado por Serge Diaghilev: Pica, diminutivo de su apellido materno. El influyente Serge lo había extendido entre sus bailarines. Olga no lo utilizaba.

—Hola, Pablo.

Ella le dio los tres besos de rigor en las mejillas y él la retuvo unos segundos tomándola con sus fuertes brazos por la airosa cintura. Percibió su ligereza y el aroma dulzón de su piel que tanto le agradaba. Se retiró para observarla y acarició levemente su cutis pecoso. Él estaba radiante con el encuentro. Olga sonrió, a pesar del cansancio que había supuesto el viaje nocturno.

—Actuamos hoy y representaremos *Las señoras afables*, la pieza en la que soy una de las cuatro protagonistas. Así que es una excelente oportunidad para mí. Se retiró una agrupación de baile que tenía previsto inaugurar aquí el Festival de Mayo y lo haremos nosotros en el Politeama Florentino, creo que se llama así el teatro. ¡Adiós a mis vacaciones en Florencia! Pero es una gran oportunidad, ¿verdad, Pablo?

— Tenéis que ensayar, claro —dijo él con voz ronca.

—Sí, esta tarde; tenemos cita a las tres y media. El resto de la *troupe* está ya en Milán, y Serge y Jean partían hoy mismo hacia París, donde nos esperan a todos para preparar el estreno de *Parade*. Y mañana, de nuevo, a esta hora tan temprana, nos vamos nosotros a Milán para actuar otra noche más, la última en Italia. Allí se encuentra Grigorieff, el regidor general, preparándolo todo. ¿Vendrás…?

Él respondió con un murmullo de difícil interpretación, muestra evidente de su malestar por la alteración que suponía la representación en Florencia para lo que tenía planeado como unas vacaciones placenteras para ellos solos y, como mucho, en compañía de una amiga de la bailarina. Olga no insistió, sabía que era mejor dejarle tranquilo cuando las arrugas de su en-

52

trecejo se hundían agrandándole el seno central de la frente, signo de que podía estallar su malhumor en cualquier instante.

Pablo acompañó al grupo hasta la cercana Piazza de Santa María Novella, donde tenían el hotel concertado. Olga se hospedó con los compañeros. Quedaron en verse más tarde, a las doce y media, para dar un paseo por el centro de la ciudad y comer juntos antes del ensayo.

*E*l guía se impacientó por la tardanza de Pablo. Este le había pedido algo más de tiempo y que, mientras finalizaba la visita del convento, fuera a contratar a la Piazza de San Marco un carruaje con el que se trasladarían a buscar a Olga.

Roberto se había explayado, previamente, con la historia de Savonarola, el humilde prior del monasterio dominico que hizo temblar a Roma al censurar los excesos de los prebostes eclesiásticos y del propio Papa. Por ese motivo, fue llevado a la hoguera en la Piazza de la Signoria. Sin embargo, era Fra Angélico en su estado primigenio lo que retenía al español en el interior de San Marco. La gama de color que había utilizado el monje pintor era algo que siempre había intentado atrapar y que estudiaba cuando iba de visita al Louvre. Pero había sido en las celdas decoradas con frescos, para que sus hermanos vivieran plenamente la fe, donde halló la esencia de Guido di Pietro, la paleta más pura e incontaminada del beato Angélico.

Al margen del ritmo compositivo, de la relación entre las figuras, del espacio con una perspectiva muy desarrollada para su época, destacaban los tonos brillantes que ni siquiera podían reproducirse a la perfección con los descubrimientos posteriores. Pablo se rindió ante esa evidencia después de analizar el trabajo de Fra Angélico y se esforzó para retener en su mente la vitalidad cromática, intensa y sutil de los frescos de San Marco.

Antes de partir hacia Santa María Novella quiso ver fugazmente *La crucifixión*, pintada en un muro frente a la sala capitular. Parecían un milagro los azules, los rosas o los sienas que había plasmado Fra Angélico sobre el yeso. Tan embebido estaba en su contemplación que no advirtió la presencia de Roberto.

—Mire su reloj.

Casi se había olvidado de Olga y de la cita que tenía con ella. Aunque le dolía salir de San Marco, no tuvo más remedio que dejar precipitadamente el convento.

Camino del hotel donde se alojaban los integrantes de la compañía rusa de ballet, fue desgranando en su cuaderno la impresión que le había suscitado la paleta del monje pintor. Precisaba explayarse, dejar impronta sobre el papel, del entusiasmo que le había producido pasear por las celdas del convento y haber tenido la oportunidad de disfrutar con el colorido del monje. Nunca olvidaría la luz reflejada por Fra Angélico en sus retratos, convirtiendo el color en algo casi mágico, cautivador.

55

—*Signorine*...

La reverencia de Roberto y su mirada de asombro revelaron la impresión que produjeron al florentino las dos bailarinas, Olga y Marina. Natalia se había marchado al Politeama con su marido, el solista Mikhail Larionov, para preparar algunos detalles de la sesión nocturna y el ensayo previo que tendría lugar en unas pocas horas.

Tenían escaso tiempo por delante. Roberto propuso ir a la Piazza del Duomo, lugar que debían conocer todos los que llegaban a Florencia, según expresó, cuando solo contaban con unas horas para un paseo fugaz por el corazón de la ciudad; ellos visitarían además Santa María dei Fiore, el Campanile de Giotto y la zona del Ponte Vecchio antes de comer.

Olga no pudo disimular su sorpresa al ver a su pretendiente con una apariencia inusual. Pablo iba ataviado con pantalones de un blanco inmaculado, zapatos azules de cordón con puntera blanca, chaqueta *blazer* de estilo inglés, chaleco blanco de piqué almidonado, una cadena de oro que sujetaba un reloj del mismo metal dentro de uno de los bolsillos y corbata a rayas roja. Cubría su cabeza con un *canotier* de paja. A pesar del atuendo tan vistoso y esmerado, a la última moda, sobresalían de los bolsillos de su chaqueta diversos objetos: tarjetas postales a las que era tan aficionado, un cuaderno, lápices, una pequeña rama que había cogido en el jardín del convento de San

Marco y folletos turísticos. En las faltriqueras del pantalón resultaba más difícil adivinar su contenido; las tenía tan abultadas que daba la impresión de que iba cargado con piedras y, seguramente, era posible que así fuera.

Pablo era de estatura baja y complexión fuerte, con una espalda ancha y robusta. Las amigas de Olga decían que se asemejaba a un torero, pero ellas hablaban de oídas porque nunca habían conocido en persona a un «matador» español. Cuando la bailarina rusa le vio por primera vez en Roma, tenía la piel cetrina; con el paso de los días había mejorado su aspecto; lo que no había reducido en absoluto era la potencia insolente de sus ojos negros, brillantes y muy juntos; el magnetismo de su mirada, y la boca recia y bien dibujada, con una sonrisa delicada, amable, casi permanente en sus labios. Era un hombre encantador, aunque tenía fugaces arranques malhumorados, especialmente si estaba cansado, tenía mucho apetito o había algo que le irritaba; entonces se resistía al autocontrol y estallaba. En la compañía de baile había algunas personas que le atribuían poderes casi mágicos capaces de penetrar en el alma, decían, y llegaban a afirmar que su mirada era un arma tan poderosa que nadie podía escapar a su observación despiadada. Olga consideraba que, al poseer una fuerte personalidad, algo que era indiscutible y que se detectaba de inmediato en él, y tener tanto éxito como artista, se caía con facilidad en la invención y la fábula. A ella le resultaba un hombre amable y muy seductor. El día que se conocieron, él le dijo que había tratado a tantos rusos expatriados en París que en una ocasión alguien le confundió con uno de ellos, a lo que respondió que se había impregnado de su olor. Seguidamente, piropeó a la bailarina:

—La Madre Rusia me ha enviado ahora una de sus mejores fragancias, y no me importaría que me confundieran más veces con tus compatriotas.

Olga vestía aquella luminosa mañana en Florencia un traje de color verde hoja seca, de tela ligera y suave caída, nada llamativo, sobrio. Anudado al cuello llevaba el fular blanco de seda que Pablo le regaló cuando estuvieron en Nápoles. Había recogido su pelo en un moño alto que resaltaba sus facciones. Lo más llamativo de ella era su delicada figura y la elegancia que imponía a todos sus movimientos. Y, sin embargo, mientras caminaban hacia el Duomo, Pablo comprobó que los numerosos viandantes que se volvían a su paso lo hacían para contemplar la belleza de Marina, más espectacular y con formas marcadamente más sensuales que su amiga. En efecto, Olga pasaba más desapercibida, lo que constituía para el español un valor que tener en cuenta.

Roberto engatusó pronto a las mujeres con su sabia disertación sobre los monumentos y palacios que se iban encontrando, y con historias de amores y venganzas. Utilizaba además un italiano comprensible que él hacía más sencillo trufándolo con palabras en diferentes idiomas, incluso alguna expresión rusa que a ellas les encantó.

Por suerte, las bailarinas rechazaron subir a la cúpula de Brunelleschi y al Campanile, porque al actuar esa misma noche, dijeron, debían de cuidar el estado de sus piernas.

En los alrededores del Ponte Vecchio, en la misma orilla del Arno, lo que más entretuvo y atrajo a Olga y a Marina fueron las vistosas tiendas de complementos que tanta fama tenían en Florencia. Pablo se mantuvo a cierta distancia mientras entraban y salían de los establecimientos. Las interrumpió cuando se detuvieron en un escaparate donde se ofrecían trajes y accesorios para la práctica del ballet.

—Esas zapatillas deben destrozar los pies, ¿no es así? —comentó señalando las piezas de raso en color rosa.

—Ya veo que entiendes algo de nuestras necesidades y de nuestro trabajo —añadió Olga.

—Tienes razón, Pica —remarcó Marina—. Así es, las punteras de esas zapatillas no están suficientemente reforzadas y no durarían ni una de nuestras actuaciones, con lo cual se corre el riesgo de terminar con una lesión seria. Las que usamos nosotras tienen un buen cuero por dentro y no son fáciles de encontrar por aquí. Las traemos de Rusia, y para que se adapten hay que ablandarlas durante varios días, pero aguantan y protegen los pies.

—Y ¿cómo fijáis las mallas? Me dijo Mikhail, tu cuñado, que la mejor manera de hacerlo es con una moneda, algo que no entendí.

—Y mejor si es de oro —bromeó Marina—. Yo no hago nada especial, con un elástico fuerte que hay que cuidar y revisar permanentemente para que no pierda sujeción.

—Yo sí; tenía razón Mikhail. Algunas lo hacemos; yo empleo una moneda taladrada —explicó Olga—, la enrollo en el tejido y las mallas se sostienen con seguridad y perfectamente pegadas a las piernas.

Próxima la hora de comer, se detuvieron en la tienda de un orfebre que les había recomendado Roberto.

—¿Qué te parecen? ¿Cuáles te gustan más? —preguntó Olga a Pablo mientras sostenía entre sus manos varios camafeos.

Él los analizó distante, sin mostrar demasiado interés; ni siquiera retiró el mechón de pelo que caía sobre su frente y alcanzaba con las puntas su ojo izquierdo, lo que le impedía ver bien.

—Si tengo que decirte la verdad, no hay nada que aborrezca tanto como esos objetos de una cursilería insoportable.

Al comprobar el estupor en los rostros de las mujeres por su airada reacción, corrigió de inmediato.

—Bueno, no me entusiasma el estilo de la talla, pero sí los materiales con los que están hechos, la concha o el ónice, y su cromatismo matizado. También los engarces de plata labrados con esta pedrería azul. Me gustan estos dos —concluyó recogiéndolos de las manos de Olga.

—Y a nosotras, ¿verdad? —suscribió ella, a la vez que su amiga asentía con un movimiento de la cabeza.

—Os los quiero regalar.

Pablo los pasó al vendedor y seguidamente abrió el imperdible del bolsillo interior de su chaqueta para extraer la bolsita con los billetes y pagar los camafeos.

Ellas le agradecieron el presente con un abrazo efusivo.

Comieron bajo una marquesina cerca del Palazzo Strozzi. Roberto lo hizo en la barra del restaurante, igual que el día anterior. Pablo guardó en uno de sus bolsillos el tapón de la botella de vino rosado que bebieron, tenía en la chapa el grabado de un caballo que le entusiasmó. Lo mismo hizo con la factura, que fue a engrosar el paquete de recibos que iba recogiendo a lo largo del viaje, que engordaban sobremanera la faltriquera del pantalón. La cercanía de Olga, en aquellas circunstancias tan especiales, muy diferentes a lo que había planeado para los dos, le dejó un sabor amargo. Sin embargo, intentó disfrutar de su compañía, admirando la elegancia de la mujer que intentaba hacer suya cuanto antes. Cruzaron miradas de complicidad que le agradaron y fue consciente de que pronto disfrutaría con ella en la intimidad.

Lamentó dejar a las mujeres solas tomando café y un licor de avellanas, pero tenía que darse prisa para visitar los Uffizi. Aún asistiría a muchos ensayos de los ballets rusos; lo que no tendría quizá era otra oportunidad para conocer la más importante colección de pinturas de Italia. El guía fue prolijo sobre la historia de la galería y el desarrollo de lo que habían reunido los Médici en aquel santuario del arte, hasta que Pablo se opuso a que le agobiara con las explicaciones.

—Le propongo que se mantenga en este corredor...

—Lo llaman la Galería de las Estatuas, lo que es fácil de comprobar por lo que tenemos a la vista.

—Bien, Roberto, pues quédese en esta galería mientras yo me desplazo por las salas de pintura y, si necesitara su ayuda, le aviso. ¿Le parece bien?

El hombre aceptó la petición con gesto mohíno y sin rechistar. Ya sabía que su cliente era especial y tan culto que apenas precisaba de sus conocimientos para apreciar las maravillas de la ciudad toscana.

Pablo pretendía estudiar, con especial interés, a los pintores primitivos: Gaddi, Lorenzetti, Duccio, Giotto... Este último, Giotto di Bondone, era para él un avanzado a su tiempo. Se entretuvo un buen rato contemplando *La Virgen de Todos los Santos*, conocida también como *Virgen en el Trono* o *Virgen de Ognissanti*, porque fue pintada para el altar mayor de esa iglesia. La obra resultaba espectacular para la fecha en que fue ejecutada, en el año 1303. La figura central era la de una mujer real en la que se apreciaban sus formas tras los ropajes, y traslucía emociones reconocibles, un retrato resuelto con sencillez y dominio expresivo. Aquella pintura se apartaba de la tradición y abrió nuevos caminos al explorar las líneas de fuga con la disposición escalonada de los ángeles y la perspectiva espacial del trono. Si fuera posible desprenderse de lo epidérmico, del asunto reflejado en la tabla, y poder reinventar el cuadro quedándose con las líneas depuradas, tendríamos una exploración del arte similar a las búsquedas que él hacía.

Salió a la galería.

—¿Giotto era florentino? —preguntó al guía.

—Nació en Colle di Vespignano, cerca de aquí. Y en Florencia, como sabe, trabajó bastante. A finales del siglo XIII pintó en Santa María Novella y, luego, desde 1314 hasta su muerte, permaneció en la ciudad, realizando los maravillosos frescos para la Croce; hizo también el Campanile... Un florentino auténtico. Muchos de sus trabajos se los perderá; debería quedarse un día más y retrasar su viaje a Milán. Le ha gustado la Virgen especialmente, ¿verdad?

—Sí... —confirmó con una sonrisa de complicidad; era palpable que el guía le había espiado mientras se encontraba dentro de las salas de pintura antigua.

—Es uno de los grandes maestros. Ya lo expresó Bocaccio diciendo que era el mejor de los pintores; un hombre genial, añadió. O Cennini al afirmar en su *Tratado de la Pintura* que Giotto transformó la pintura en moderna. Y hasta Dante Alighieri, que escribió sobre él en el Purgatorio de su *Divina Comedia*:

> *Credette Cimabue ne la pintura*
> *tener lo campo, e ora ha Giotto il grido,*
> *sí che la fama di coloui è scura.*

»Se lo traduzco —advirtió el hombre de inmediato—: «Creía Cimabue en la pintura tener el campo, que ahora es mantenido por Giotto, que su fama vuelve oscura».

—Roberto, es incorregible, ¿eh?

—Bueno, me gusta explicar cosas y ofrecer lo que conozco y he leído. Es mi trabajo.

—En eso tiene razón. Voy a visitar otras salas antes de que nos cierren.

—No se pierda la Virgen de Filippo, o el retrato de su paisana, Leonor de Toledo, y nuestro Da Vinci…

Los vigilantes tuvieron que llamarle la atención en repetidas ocasiones. El cúmulo de objetos y obras artísticas que exponían los Uffizi precisaba de mayor tiempo del que disponía para ser analizado y retenido en su memoria e, incluso, hacerlo propio para ser, quizá, recuperado en algún detalle en el futuro.

Llegó un momento en el que se encontró completamente solo circulando por el museo, lo que hizo más fascinante la visita. Fue el propio Roberto, acompañado por un empleado, quien terminó por darle el último aviso:

—O salimos ya, o me prohíben seguir trabajando en el museo; me lo han dicho muy en serio, y eso que son amigos de toda la vida y les he pedido que hicieran la vista gorda.

Finalmente, Pablo cedió, pero todavía dentro del edificio se detuvieron un instante en la terraza acristalada que se hallaba por encima del río.

—Desde aquí, los Médici iban hasta el Palazzo Pitti por un pasadizo elevado, sin salir a la calle. En esa residencia palaciega hay pinturas y obras de arte que debería conocer —destacó Roberto.

—Eso es imposible, ya es tarde.

63

—Lo digo para mañana. Si coge el expreso de Milán a primera hora de la tarde, llegará a tiempo a la función del ballet y podría ir al Pitti; no lo olvidará. ¿Cuándo va a regresar a Florencia? Aproveche ahora que está aquí.

—No sé si será posible.

—Lo es; no puede perderse las colecciones del Pitti, el *palazzo* de su compatriota, la española Leonor de Toledo.

Receló de la propuesta que le hacía Roberto. Estaba ya algo saturado de pintura que apenas le atraía, de los Boticelli y otros artistas de aquella época. Prefería mil veces un Cézanne a muchas de las obras que había visto en los Uffizi.

$\mathcal{A}$ sumió finalmente que Florencia merecía el pequeño sacrificio de viajar solo hasta Milán sin la compañía de Olga y los integrantes del grupo de baile. En París, iban a tener todo el tiempo para ellos sin que nadie les molestase. Allí reafirmaría la relación con Olga Koklova y le pediría que fuera su esposa. Después del estreno de *Parade* tenía pensado viajar a Barcelona y presentársela a la familia.

El Palazzo Pitti, un edificio que por su exterior se asemejaba a una fortaleza, iba a ser su última visita. El edificio era diferente al resto de residencias palaciegas que había visto en Florencia.

—Imagínese, el *palazzo* estaba diseñado para ser la descomunal vivienda de un banquero —resaltó Roberto—. Tanto era así, tan exagerada era la construcción, que los Pitti se arruinaron y Leonor de Toledo, la española casada con el gran duque Cosimo I, lo eligió como residencia de los Médici y lo transformó en este imponente edificio con amplios patios y un jardín de más de 45.000 metros cuadrados en la zona posterior.

—Vi el retrato que le hizo Bronzino, no era muy hermosa.

—Pero su simpatía cautivó a los florentinos, también la fortuna inmensa de ella que provenía de su padre Pedro de Toledo, el virrey de Nápoles. Además, Leonor afianzó la alianza con España permitiendo que Florencia extendiera sus límites y fue la consejera fiel e inteligente de Cosimo. Pocas veces ocurre algo así en la historia, la unión Leonor-Cosimo fue casi perfecta y muy beneficiosa para esta ciudad-estado.

Pablo renunció a visitar los diferentes museos enclavados en el Pitti y eligió centrarse en la llamada Galería Palatina, que reunía las piezas maestras del arte pictórico, una colección extraordinaria y pinacoteca particular de los Médici que abarcaba del siglo XVI al XVII.

Dio la razón a su guía. Hubiera sido imperdonable perderse aquel conjunto de pinturas, entre las que destacaban las Vírgenes de Rafael y el delicioso retrato de *La Fornarina*. Pablo tomaba notas o garabateaba algunas líneas en un cuaderno que, a primera vista, no representaban nada para su acompañante, que permanecía en esta ocasión a su lado, sin apenas hablar para no molestarle.

En un espacioso pasillo, situado entre dos salas de grandes dimensiones, encontraron un cuadro que pasaba desapercibido, a pesar de su gran tamaño, para el numeroso público que transitaba por el palacio aquel primero de mayo.

—Es una vieja costumbre acudir este día a pasear por los jardines y dar una vuelta por las diferente galerías —explicó Roberto.

Pablo examinaba con inusitada concentración el cuadro de tres metros y medio de ancho y más de dos de alto, retirándose de la pared donde estaba colgado y acercándose a la tela para observar algún detalle, en un vaivén que repetía sin cesar.

—¿Le interesa mucho?

—Así es; el tema, la composición… —susurró el español, casi ignorando al guía. Ni siquiera se percató de que le dejaba solo y desaparecía hacia las salas que habían visitado con anterioridad.

Poco tiempo después, apenas habían transcurrido dos minutos, Roberto regresó acompañado por una joven.

—Es María, la persona que mejor conoce los fondos del Palazzo Pitti. Está terminando los estudios de arte y algunos días trabaja aquí. Pregúntele a ella.

Era una mujer de figura estilizada que tendría poco más de veinte años, discreta en su apariencia física, aunque poseía unos grandes ojos llamativos de color verdoso e irisaciones violetas, unos labios bien dibujados, carnosos, y el pelo rizado, muy negro, cayendo sobre sus hombros. Le agradó que Roberto la hubiera traído y la propuesta que le hacía.

—¿Qué sabes de este cuadro? ¿Cómo llegó aquí? ¿Qué representa? —preguntó Pablo de golpe, sin presentarse siquiera.

Ella sonrió complacida, seguramente por el hecho de que alguien se interesara tanto por el lienzo y que le diera la oportunidad de mostrar sus conocimientos sobre el mismo.

—Es una alegoría sobre los horrores de la guerra y la barbarie de los hombres —respondió ella con voz pausada—, sobre la destrucción y el dolor provocado por el odio y la naturaleza animal de los seres humanos. Se lo conoce como *Los desastres de la guerra*. Lo pintó Pedro Pablo Rubens en 1637 a partir de su propia experiencia, durante una época en la que él fue testigo de la imposible reconciliación en Europa.

—Durante la guerra de los Treinta Años… —subrayó Pablo.

—Eso es, de aquel enfrentamiento de las potencias europeas que se inició como una lucha entre católicos y protestantes y que, después, supuso el choque entre dos concepciones diferentes de la vida y del mundo —señaló la joven—. El cuadro es una alegoría de las fuerzas oscuras y destructivas, y de la angustia y el sufrimiento de las víctimas inocentes. Llegó aquí, a Florencia, porque había sido adquirido por un compatriota de Rubens, Justus Sustermann, retratista de los Médici y, probablemente, mediador en la operación para entregárselo a ellos. En la carta que acompañaba al envío, Rubens explicaba su significado. Y eso es algo especial, una suerte, nada mejor que la propia descripción del artista, ¿verdad?

Pablo asintió con un gesto, bajando los párpados y con una leve sonrisa, sin decir ni una palabra, prendado de la chica y complacido con su presencia y el entusiasmo que ponía en las explicaciones. Ella, prosiguió:

—Rubens decía en el escrito, más o menos por lo que recuerdo: «Marte aparece con un escudo y la espada ensangrentada sin prestar atención a Venus, que trata de apaciguarle con caricias y abrazos. En el lado opuesto le arrastra la furia Alecto con una antorcha en la mano, y cerca hay dos monstruos que personifican la Peste y el Hambre. En el suelo, con la cabeza vuelta, yace una mujer con un laúd roto que representa a la Armonía perdida; hay también una madre doliente con un

67

niño en brazos porque la guerra todo lo corrompe y frustra la procreación; un hombre moribundo en el suelo con el torso desnudo es un arquitecto porque la fuerza de las armas destruye las ciudades y las reduce a ruinas».

Sin moverse del sitio, los tres siguieron el relato buscando con la mirada el lugar descrito y cada uno de los personajes a los que aludía la joven en la recreación del texto de Rubens. Tras un largo silencio, Pablo recalcó:

—Hay más figuras.

Ella sonrió enseñando una dentadura nívea. Ninguno de los visitantes que pasaban junto a ellos se detenía; a nadie parecía atraer aquella pintura del maestro flamenco, acaso por sus dimensiones o por la dificultad de interpretar su significado y, probablemente también, por su colocación casi al final del recorrido de la Galería Palatina, cuando ya se había disfrutado de obras extraordinarias y más asequibles al entendimiento de los curiosos y de los bisoños aficionados al arte, saturados por la abundancia de cuadros colgados en los lujosos salones del Pitti.

68

Pablo permanecía con la espalda recostada en la pared entelada de seda roja, enfrente del cuadro, sin desviar la atención a las figuras retratadas por Rubens, seducido por aquel trabajo extraordinario. La joven experta y Roberto estaban junto a él, a ambos lados. Ella continuó con las descripciones en voz baja, pretendiendo, de esa manera, no alterar en demasía la concentración del visitante extranjero:

—A la izquierda vemos a la infeliz Europa, vestida de negro, con el velo rasgado, despojada de adornos o joyas, afligida, con las manos levantadas como si pidiera auxilio, huyendo despavorida del templo de Jano, presa del terror…

—¿Del templo de Jano? —preguntó extrañado Pablo con la frente arrugada.

—María es una estudiosa… —comentó Roberto.

—Bueno, entre otras cosas me gusta estudiar la mitología —dijo ella—. El templo es el edificio del que sale la mujer que simboliza a Europa, el que se encuentra en el extremo izquierdo del lienzo. Jano era uno de los dioses antiguos de Roma; su reinado coincidió con la edad de oro, una época caracterizada por la paz y la abundancia de bienes. A su muerte, fue divinizado y se construyó un templo en su honor en el Foro. Gracias a una intervención suya, el Capitolio se salvó de la invasión de los sabinos; por lo tanto, se dejó siempre abierta la puerta de su templo en tiempos de guerra para que pudiera salir y auxiliar a los romanos. Así aparece en el cuadro, con la puerta de par en par, pues solo se cierra en los momentos de paz. En el centro de la composición, destaca Venus desnuda, símbolo de la verdad, con el brazo alargado intentando detener a Marte, que lleva la espada ensangrentada. No lo logra, entre otras razones, porque la furia Alecto, diosa de la venganza, tira con fuerza de él y le señala el camino siniestro con una antorcha hacia la zona oscura del espacio pintado por Rubens, donde están caídas y amontonadas algunas de las víctimas de la guerra: la Maternidad, la Armonía y la Belleza.

—La furia Alecto es otro personaje mitológico —apuntó Pablo.

—Sí, la vemos con los cabellos erizados y una antorcha, pues vive en el mundo tenebroso. Alecto pertenece a la mitología griega, de la familia de las Euménides, nacida de las gotas de sangre cuando Urano fue castrado; en la Antigüedad estuvo relacionada con los castigos infernales. Alecto nos arrastra hacia un crepúsculo de horror, tal y como lo pintó Rubens en esta obra. Y bajo los pies de Marte hay un libro y dibujos para simbolizar que está pisoteando las artes.

—Rubens era un artista barroco que se inspiró en la Antigüedad clásica para expresarnos lo que supone la guerra, la violencia ciega —subrayó Roberto, que hasta ese momento no había rechistado.

—Un virtuoso —matizó Pablo—. La inspiración en la cultura y los mitos del pasado representan una fuente inagotable para la creación de los artistas barrocos, sin duda. Pero más allá de lo episódico, en esta pintura es admirable la sensación de movimiento, de vitalidad, de impulso casi frenético, del que está dotado el conjunto de la composición que nos empuja y arrastra hacia el lado tenebroso…

—Y se acentúa ese sentido con el color —añadió María—. El contraste entre la luz de Venus, con un fondo de cielo azul brillante, que surge de su cuerpo, y la oscuridad tétrica hacia la que nos lleva Marte, donde se encuentra un cielo tormentoso.

Y para atraernos al eje, al punto central donde se concitan las tensiones y se dirime la batalla sangrienta que tiene lugar en la profundidad lejana, está el rojo de la capa del guerrero. Igual que en *El Expolio*, de El Greco, aunque en esa pintura se utiliza para llevarnos y concentrar las miradas en el Cristo.

—¿Conoces esa pintura? —inquirió con asombro Pablo, tanto por la relación que establecía como por la sensibilidad que había mostrado la joven al analizar la obra de Rubens—. Es fantástica y ese artista, El Greco, es uno de mis favoritos.

—Sí, estuve en Toledo en diciembre y la vi en la sacristía de la catedral gótica.

—Yo también, he estado allí varias veces, en Toledo y en su catedral.

Pablo acarició con delicadeza el brazo de María, como si con el gesto quisiera manifestar su agradecimiento por el tiempo que le había dedicado para comentar la obra del artista flamenco que tanto le había atraído. Roberto hizo un guiño de complicidad a la joven.

El pintor español se aproximó al lienzo de Rubens, tan cerca que parecía examinar el grosor y el sentido de las pinceladas. María y el guía le observaban desde la distancia. Pablo deseaba dilucidar cómo había logrado Rubens la aplicación del color, a veces pastoso y con un aspecto finísimo, evitando que con el paso del tiempo amarilleara y oscureciera. Dedujo que el artista había trabajado con colores muy amasados con aceite de nueces o linaza espesados al sol y con adición de trementina veneciana. Al utilizar aglutinantes tan fuertes, resultó innecesario el posterior barnizado, lo que explicaba la asombrosa estabilidad de la pintura y un efecto cromático que mantenía toda su frescura.

Pablo recordó a su padre, las enseñanzas que había recibido de él y que aún permanecían en su mente, los conocimientos sobre el arte y la técnica que afloraban cuando eran precisos. Y a pesar de que rechazara las definiciones prescritas y los conceptos artísticos que se habían convertido en inmutables con el paso de los años por considerar que la misión de un artista era renovar y abrir nuevas vías a la expresión, no por ello cerraba los ojos ante los avances y las soluciones prodigiosas de los grandes maestros como Rubens.

Al dejar el Palazzo Pitti en dirección al hotel para recoger el equipaje, comentó al guía:

—Ha sido una suerte quedarme hoy y conocer a María, desde luego. Ella me ha regalado esta reproducción fantástica del cuadro de Rubens que conservaré como oro en paño.

—Ella es la mejor, sin duda. Para mí, desde luego; es mi hija.

—¡Hombre, eso se avisa antes!

Quedaban menos de dos horas para tomar el tren. Pablo observaba todo lo que iba encontrando a su alrededor, cada detalle de los edificios y de las construcciones, y entre tanto revisaba algunas de las imágenes que había ido atrapando durante los tres días que permaneció en Florencia. Aquella ciudad le había aportado muchas cosas y ahora se encaminaba con ilusión hacia Milán, escala intermedia para regresar a París. Allí, junto a Olga, deseaba iniciar una nueva etapa de su vida, en el lugar donde ya había triunfado como artista.

PARÍS

Veinte años después

$\mathcal{L}$a guerra de España le estaba afectando bastante; había re-
movido incluso alguna de sus posturas políticas, intensificando
recuerdos dolorosos, y hasta la afección que tenía por su patria.
Por añadidura, el cúmulo de problemas personales le había llevado a abandonar la pintura durante un año coincidiendo con
las críticas a su obra y con las acusaciones de trabajar para la
burguesía internacional o apoyar a los exiliados rusos enemigos de la Revolución de Octubre. Los adversarios, que no eran
muchos, pero sí los primeros en enseñar los dientes sin reparos
contra él, le habían declarado muerto artísticamente en un
campo de batalla imaginario. Atormentado bajo aquel clima de
desasosiego que fácilmente arrastraba hacia la locura o el frenesí, espoleado por la melancolía, hubo momentos en los que
se inclinó por explorar las fuerzas ocultas del inconsciente siguiendo los postulados de los surrealistas con los que tenía
muchos lazos en común. A veces, como si estuviera poseído por
una violencia dionisíaca con alucinaciones oníricas y una pulsión sexual desaforada, forzaba la destrucción de cualquier
rasgo de belleza en la mujer para intentar sublimar sus deseos
enloquecidos con retratos o dibujos compuestos con figuras de
hembras hinchadas y dilatados elementos fálicos.

El Minotauro fue su salvación, especialmente al desbordarse su furia creativa después de fugaces momentos de para-
lización y desconcierto. Era entonces cuando se envolvía en el

mito y observaba lo que estaba sucediendo a su alrededor con los ojos de la bestia humanizada, volcando las fuerzas sombrías del animal que se agitaban en su interior. En el Minotauro hallaba la calma perdida durante la convivencia con su esposa Olga, que le impulsó a embarcarse en la confusión de amores desvergonzados, llevados hasta el límite de la envoltura sexual. Con el Minotauro recuperaba la emoción, la pasión, los sentimientos encontrados y, sobre todo, la libertad. Tanto llegó a identificarse con la bestia que se pintó a sí mismo como una criatura ciega arrastrando la carga de sus desdichas, huyendo hacia otros espacios. El Minotauro se solazaba, luchaba y combatía; también creaba encerrándose con las modelos a las que curioseaba sin descanso y con placer sumo en la devoción de la mirada, espiando a las mujeres dormidas en su completa desnudez, pronto a lanzarse hacia ellas. La criatura era su máscara.

Para él, todos los domingos o días festivos se celebraba la sacrosanta ceremonia del Minotauro: una corrida de toros en la imaginería profunda que tenía anidada en su interior desde niño, en la añoranza que nunca había desaparecido de su ánimo con el recuerdo de su tierra, a la que ahora no podía tocar con sus manos ni pisar debido al conflicto bélico. Sufría al no estar allí, impedido de asistir a un coso taurino español y disfrutar con sus sonidos, con sus colores y con el vahído de las gentes prestas al entusiasmo por los diversos lances consumados en una tragedia inevitable pero tan liberadora que permitía agostar el dolor. Lo expresó en los lienzos y hasta con la escritura cuando dejó la pintura, influido por la difícil situación que vivía España y por sus problemas más íntimos:

> Hay diálogo entre el toro y el caballo a pesar de la evidencia del drama que se desarrolla que se repite de mil maneras diferentes y que voy a extraer de lo más hondo de la mirada de cada uno de los espectadores.

> Comienza la misa del encierro y cada grito plantando su clavel en el jarrón y cada boca cantando cortada en cuatro pedazos divididos por dos espejos dobles dispuestos en cruz y unidos con un hilo sostenido en un extremo por los corazones encendidos de treinta mil hombres y mujeres que juntos forman una bandera permanente-

mente acribillada a balazos que ese preciso instante teje con la mano empuñando el mástil incandescente sostenido por los deseos de amor de la comunidad formada por todo un pueblo que hurga en las entrañas y busca con las manos el corazón que se desangra junto con la vida del toro al que el caballo con sus pezuñas le cierra los ojos llorando.

A pesar de que nunca había explorado con tanta fruición en su alma, con la pretensión de conocerse más a sí mismo y comprender la época procelosa que le había tocado vivir, llegó un momento en el que, acaso por esa misma razón, dibujaba poco, apenas pintaba y estuvo tentado a dejarlo todo: la pintura, la escultura, el grabado, la poesía… Angustia, esperanza y temor habían caracterizado los últimos meses de su existencia. Llegó a comentar, en broma, que deseaba dedicarse al canto, pero se volcó, finalmente, en la escritura. Para ello, llevaba en su bolsillo una libreta donde reflejar, de continuo, sus pensamientos.

Sus primeros escritos los hizo el 18 de abril de 1935 en el taller de escultura que tenía en Boisgeloup, cerca de París, después de la ruptura con Olga:

77

> Hoy es jueves y todo está cerrado hace frío alrededor del mundo hecho trizas y una araña posa sobre el papel donde escribo… un sol parte estallando semillas y repicando a picotazos los besos… en el verde oscuro hay otro verde más claro y otro más oscuro azulado otro más negro y uno más verde aún que el verde oscuro más tostado y otro más claro que el verde negro oscuro y otro más verde aún que el verde oscuro y otro más verde aún que todos peleándose verde verde que tocan las campanas a verde…

Meses más tarde, volcó sobre el papel, con palabras duras, la amargura que había supuesto la convivencia con su mujer:

> Hija de puta insaciable nunca harta de lamer y comer cojones del interfecto…

Cualquier lugar era bueno para reflejar por escrito sus pensamientos: en la esquina de una mesa, encima de sus rodillas, en el asiento del coche o en el brazo de un sillón. Escribía cuando estaba solo en el comedor, en el estudio, en su dormitorio por la noche o mientras esperaba el desayuno. Y cuando oía acercarse a alguien ocultaba rápidamente el cuaderno y la pluma. No precisaba de un espacio determinado para proyectarse con palabras, lo único que quería era que le dejasen tranquilo.

> Soy hijo de un padre blanco y una copita de aguardiente andaluz mi madre era la hija de una chica de quince años nacida en Málaga en Los Percheles el bello toro que me engendró su frente coronada de jazmines con los dientes había arrancado con sus manos los barrotes de la jaula en la que estaba encerrado el pueblo de las aves de presa rasgando con las garras y el pico los hombros desnudos de la flor del limonero.

Pocas personas estaban autorizadas a conocer sus pensamientos más recónditos. Al principio se lo permitió únicamente a Jaime Sabartés, su amigo y secretario, después de confesarle con el máximo sigilo cuál era su afición oculta.

Jaime había regresado a su lado hacía un año y medio tras responder a la llamada urgente que le hizo. Había sido una petición de auxilio para intentar salir de la angustia y el marasmo en el que se encontraba con la ayuda de un viejo camarada.

«Ven, estoy solo en casa, ni vivo ni muero», fueron sus palabras para reclamar la presencia de aquel colega al que no veía desde hacía muchos años.

La compañía de Sabartés se había convertido en algo indispensable para un artista reclamado y mitificado hasta el paroxismo, agobiado por sus complicadas relaciones amorosas y por el público. El delirio por su firma había llegado a tal extremo que le dijo a sus íntimos que cuanto peor era un cuadro suyo más le empujaban hacia los altares de la historia del arte; parecía importar más que en algún lugar de la tela o el papel apareciera su nombre que lo que había pintado.

Jaime le pedía que le leyera en voz alta sus escritos para atrapar e interpretar el sentido que tenían las frases por la entonación y las pausas dadas durante la lectura. Pablo escribía sin puntuación, deseaba pintar con las palabras sin utilizar filtros de ninguna especie, y decía que la puntuación era el taparrabos que disimulaba las vergüenzas de la literatura.

—La frase bien hecha no ha de necesitar el subterfugio de los puntos y las comas —señalaba.

El secretario pensaba que la paleta espiritual del artista era difícil de atrapar porque los sonidos estaban encerrados en su alma y nadie podía comprenderlos en toda su dimensión sin escucharle en la lectura. Disfrutaba al oírle porque, entonces, con la música cromática de sus palabras adquiría vida y alcance el significado.

> Los cuadros son locas
> con el corazón carcomido
> por burbujas radiantes
> anudados los ojos a la garganta
> del latigazo caramboleador
> aleteando
> sobre el cuadrángulo de su deseo.

Palabras dichas con la emoción del artista, con su voz ronca y potente que sobrecogía a Jaime. Se lo pedía con frecuencia, antes de comer, cuando se quedaban los dos en la casa de la Rue

La Boétie. Y después de la lectura y de escuchar los parabienes del secretario, Pablo reía sin parar como un potro salvaje. Eran momentos felices, íntimos. Luego, Pablo aceptó que alguien más le escuchara, aunque él prefería mantener el secreto y refugiarse para escribir en completa soledad y silencio.

Jamás cambiará la suavidad que en esta hora golpea las persianas y entra y se sienta al lado y lee por encima del hombro la historia verdadera y precisa de un amor sin igual fresco como una rosa al rosal sujeta sonriendo bajo el sol.

$\mathcal{A}$quel día no sería igual a los demás; por suerte o desgracia cada jornada era diferente y, si la providencia no lo favorecía, él se encargaba de hacer realidad ese sino. Tampoco aquel tiempo se asemejaría a los peores que había vivido o podían venir porque los desastres que se vislumbraban por doquier los superarían. Era lo que pensaba y sentía durante los últimos meses, especialmente amargos y críticos. Aquel día de abril iba a ser fundamental en su vida; aún no lo sabía y pasarían algunas hojas del calendario para tener los elementos suficientes y percatarse de su relevancia y la influencia que tendría en su legado.

Por la noche, al llegar del café, se acercó de puntillas hasta el dormitorio de Jaime Sabartés y, al ver que no tenía la luz encendida, deslizó bajo la puerta, sigilosamente, una nota:

Ahora son las dos de la madrugada del 26 de abril del año MCMXXXVII.

Camarada Sabartés. París. Al recibo de esta y darte cuenta de mi existencia en este desolado y triste solar en el que nos ha tocado sobrevivir a las tristezas de nuestra tierra, ¿quieres llamarme a eso de las ocho y media, si puedes? Pues tengo que salir de estampida para soportar a los malditos leguleyos.

Su leal Picasso.

Salud y amistad

El secretario, cuando vio la nota, comprobó que no se había olvidado de la cita que tenía con los abogados a una hora temprana. El artista pretendía hacer entrega de algunos bienes a Olga y Pablo, el hijo de ambos. Aún no había aceptado el divorcio con ella a pesar de que habían transcurrido dos años desde la ruptura definitiva. Entre tanto, les ayudaba económicamente, lo mismo hacía con su última amante, la joven Marie-Thérèse. A Olga y su hijo Pablo les cedió el *château* de Boisgeloup, a Marie-Thérèse el taller en Tremblay-sur-Mauldre, una villa rural situada a unos quince kilómetros al oeste de Versalles. Allí acudía a visitarla muchos fines de semana.

—Con esa forma de actuar siempre te considerarán deudor de ellas —le objetó Sabartés recientemente.

—Y no se desprenderán nunca de mí, lo sé —respondió expresando sin ambages sus verdaderas intenciones—, y ver tanto el mundo a través de ellas puede llegar a ser una limitación, ¿verdad? Lo he pensado muchas veces, no creas.

—Si solo fuera eso, ver el mundo…

—Tú y tus medias palabras —replicó Picasso con sorna.

Con Olga disfrutó de un período de cierto orden y equilibrio. Ella le había proporcionado al principio la serenidad que precisaba después del drama que había vivido junto a Eva, *ma jolie*, y del rechazo de Irène. Pero su permanente metamorfosis a la hora de establecer vínculos, sus persistentes escarceos con el sexo opuesto y sus transformaciones estéticas en imparable cambio y evolución le llevaron a explorar nuevas relaciones después de permanecer ligado con fidelidad más de siete años a la bailarina.

Olga le había exigido en demasía, bien estaban sus fiestas y su vida burguesa con aires de grandeza; sin embargo, lo que no pudo soportar fue su falta de comprensión sobre la atmósfera y el ambiente que le convenía para crear con la intensidad y dedicación necesaria. Los valores burgueses que Olga representaba y defendía con su forma de comportarse se le hicieron inaceptables y fueron sus amigos surrealistas quienes le ayudaron a dinamitarlos.

¿Fue una coincidencia la presencia de Olga con la realización de obras de formas clásicas? Ella influyó bastante en su estética, como lo haría después la jovencísima Marie-Thérèse.

Durante el tiempo que convivió con su mujer, los lienzos se poblaron de escenas mitológicas y pastorales, de figuras envueltas en túnicas y hasta de retratos impecables que evocaban el mundo grecorromano. Y también, como no podía ser de otra manera, pintó escenas delicadas de maternidad, relacionadas con el nacimiento de su hijo Pablo.

La monumentalidad de Giotto y de Masaccio impregnaron algunas de sus composiciones y, de tarde en tarde, recuperó el cubismo que tanto había supuesto para la renovación del arte moderno. Era capaz, lo había sido a lo largo de su trayectoria, de cultivar simultáneamente diversos estilos, algo consustancial a su audacia y libertad creativa, imposible de ceñir o de ser reducida por una visión acomodaticia. Era su forma de ser, de vivir, y nada lo iba a cambiar.

Sus amigos no entendían cómo había decidido casarse con una mujer que no destacaba especialmente por su belleza, ni por su inteligencia. Algunos como Cocteau, Apollinaire y Max Jacob fueron testigos del enlace que se celebró en la iglesia ortodoxa rusa de París. Durante algún tiempo, se dejó arrastrar por su mujer hacia una vida social bastante ajetreada, alejado del ambiente que él había frecuentado. Atrás quedó la bohemia al acomodarse en la elegante Rue La Boétie, cerca de los Campos Elíseos, y de contratar a varias personas para el servicio, entre ellas a un chófer.

Con el paso de los años, el carácter de Olga se fue complicando al hacerse más arisca y malhumorada; el mentón se le marcaba más; nunca había sido una mujer animosa y sí, por el contrario, bastante insatisfecha y celosa, rasgos que inevitablemente se fueron intensificando con el comportamiento de Picasso. Él se refugió en el estudio, santuario vedado para la exbailarina que deseaba poseer al esposo de forma enfermiza, lo que daba lugar a una relación cada día más complicada. Pablo se libró de aquel círculo envenenado por el desamor y los conflictos subyacentes un día de invierno.

Mientras caminaba por la calle, en la proximidad de las Galerías Lafayette, concentró sus incisivos y poderosos ojos en una adolescente alta, de complexión atlética y pelo rubio. De inmediato, y sin ningún preámbulo, se abalanzó sobre ella y le habló a bocajarro:

83

—Señorita, soy Picasso; tiene usted un rostro interesante y quisiera, si me lo permite, hacerle un retrato. Tengo además el presentimiento de que podemos compartir juntos grandes cosas.

Llovía con intensidad y se refugiaron bajo un toldo. La muchacha de dieciséis años posó su fría mirada en aquel hombre bajito, cincuentón, de pelo entrecano, con un pañuelo violeta anudado al cuello, cubierto con una pesada gabardina de color crema y que sostenía un puro entre los dedos. A punto estuvo de darle la espalda y correr rauda hacia su casa. Y no se decidió por huir porque le reconoció, tenía frente a ella al pintor más importante de Francia.

Él había quedado prendado, al instante, del dorado de sus cabellos, de la tez luminosa del rostro, de su cuerpo escultural y de la fuerza que imaginaba por la rotundidad de sus formas.

Había seleccionado una presa que estimularía sus deseos sexuales con una intensidad que ya no recordaba.

En la intimidad del estudio donde el artista interpretó las líneas curvas, sinuosas, las ondulaciones del cuerpo de Marie-Thérèse, sus cabellos en volutas o los brazos enroscados, y sus piernas destacando una sensualidad que se mostraba abiertamente, ella resistió a lo largo de seis meses los envites e insinuaciones de aquel *Minotauro* lujurioso y voyeur. Aquella resistencia seducía aún más al pintor y animaba sus apetitos. Finalmente, aquel mismo verano ella se entregó al arrebato de la mano de su avezado maestro que le haría explorar el sexo entre un hombre y una mujer en toda su amplitud y dimensión cubriéndola de amor sin límites.

Como Marie-Thérèse era menor de edad, mantuvo la relación dentro del máximo secreto y sigilo. Mucho tardaron sus amigos en enterarse de su existencia, pues a pesar de que la retrataba compulsivamente creyeron que era un simple arquetipo, no una mujer real, salvo Olga Koklova que descubrió pronto el engaño.

Los amantes se encontraban con frecuencia en el *château* de Boisgeloup, un caserón de estilo normando que estaba cerca de Gisors, a unos treinta kilómetros de la capital. Era una amplia construcción del siglo XIX que Pablo utilizaba para trabajar esculturas y grabados. En una de sus naves había instalado un tórculo y almacenaba planchas, ácidos y resinas. En aquel maravilloso y recoleto escondrijo esculpió la figura de Marie-Thérèse con diversos materiales y formas clásicas, repetía frecuentemente un canon particular en los rostros: las líneas de la frente se unían sin interrupción con las de la nariz; también esculpía cabezas monumentales, todas curvas, con narices prominentes y ojos que sobresalían. Era semejante a una diosa bárbara, angulosa y carnal, de formas atormentadas, desordenadas, en las que sobresalía el deseo.

Pero como quería tenerla cada vez más cerca, alquiló una vivienda para ella a pocos metros de la que compartía con Olga, en la misma Rue La Boétie. Y así, por un lado estaba la esposa, mujer de la que brotaban continuamente conflictos que le atormentaban, y por otro la joven que era un manantial de placeres exultantes para el fauno. Marie-Thérèse se convirtió en la esclava sexual que estimulaba la capacidad creadora del *Minotauro*. Una capacidad que se ampliaba y extendía a medida que perpetraba mayor dominio sobre la modelo a la que fue retratando casi de manera compulsiva, mostrando su desnudez y exuberancia física después de consumar la fantasía de una violación sobre ella, de la avidez llevada al paroxismo ciego. El triángulo perverso se deshizo cuando Marie-Thérèse se quedó embarazada, ya que Picasso decidió poner fin a la anormal convivencia con su mujer, sin llegar a separarse legalmente para no tener que repartir con ella los bienes, lo que truncó las aspiraciones de su amante para ocupar el lugar de la esposa. De hecho, el nacimiento de María de la Concepción, conocida como Maya, el 5 de septiembre de 1935 intensificó la crisis anímica que Pablo sufría desde hacía algunos meses, la peor de su vida, una depresión de la que no parecía posible que pudiera salir, agravada después con la guerra española, hasta el punto de abandonar la pintura y lanzar una llamada de socorro a Sabartés.

Algo antes había esbozado al Minotauro con un bastón en la mano, ciego, perdido y temeroso, con gesto de desesperación y con el rostro levantado hacia las estrellas, llevado de la mano por una niña en medio de la noche por una playa. Unos pescadores contemplaban el caminar confuso del hombre-animal que solamente adquiría dirección y sentido por la paloma, o el ramo de flores en otras versiones que transportaba la pequeña entre sus brazos. Uno de los marineros que observaba la escena vestía una camisa a rayas. Acaso representaba al joven pintor que se veía a sí mismo ya mayor dentro de un mundo de tinieblas. Pablo se contemplaba sumido en una profunda melancolía paralizante, casi muerto, pues la ceguera constituye la mayor amenaza para un artista, caminando hacia un destino incierto.

Después dibujó al Minotauro tirando con dificultad de un carro con una yegua casi agónica que acababa de dar a luz un potrillo.

—Yo era ese Minotauro soportando una imposible carga —explicó a su amigo Jaime Sabartés—, y la yegua y el potrillo eran Marie-Thérèse y Maya.

—No conozco a nadie —comentó el secretario— tan obsesionado por las mujeres, ni mujeres tan dispuestas a la destrucción después de estar a tu lado.

Poco antes de estallar la guerra en España, llegó Dora a su vida. Era una mujer extraña y de personalidad difícil debido a las heridas causadas en anteriores relaciones por sus amantes y de un estado anímico inestable. Sin embargo, durante algún tiempo, el pintor encontró en ella una tabla de salvación a la que sujetarse tras el marasmo sufrido con Olga y Marie-Thérèse.

*E*l martes 27 de abril de 1937, Jaime Sabartés se levantó temprano como hacía casi todos los días. A continuación, desayunó y trajinó por la casa sin hacer demasiado ruido para no despertarle. A la espera de ser reclamado, aprovechó el tiempo leyendo la prensa que había recogido Marcel, el chófer, en el quiosco. Revisó con interés los periódicos a la búsqueda de la noticia que le fue anticipada la noche anterior a través del teléfono por algunos amigos, entre ellos José Bergamín. La descripción que le hicieron era dramática; hasta le repitieron las palabras que, al parecer, había pronunciado José Antonio Aguirre, el presidente del Gobierno Vasco, en una alocución radiofónica desde Radio Bilbao: «La aviación alemana ha destruido nuestro santuario».

Estaban acostumbrados a escuchar cosas parecidas que, en ocasiones, no se confirmaban en todos sus extremos. De hecho, no halló en los diarios matutinos ninguna referencia al supuesto bombardeo alemán en la población de Guernica. Seguramente, alguien había utilizado un rumor con escaso fundamento para intoxicar en aquella pugna por la propaganda que tan esencial era para cualquiera de los dos bandos, aunque también pudiera ser que los corresponsales no hubieran tenido tiempo de hacer llegar sus crónicas a las redacciones de las agencias y los periódicos.

No, se dijo, hasta que no existiera alguna información relevante evitaría contárselo.

Dedicó la mayor parte de la mañana a preparar la correspondencia, ordenar recibos, atender a las visitas, que nunca faltaban fuera el día que fuese, y a contestar al teléfono. Todo ello intentando no alterar la calma en el piso. Pablo dormía y tenía la impresión de que se levantaría bien pasado el mediodía.

A él le agradaba aquel luminoso estudio-vivienda en el número 23 de la Rue La Boétie, a medio camino entre la Madeleine y los Campos Elíseos, a pesar de que a Picasso le traía malos recuerdos y lo había transformado en una completa leonera, un espacio repleto de cachivaches de lo más variado. Allí, además de libros, había carpetas apiladas por cualquier rincón, cajones con vaciados de esculturas, periódicos amontonados de todas las maneras imaginables, botes de pintura, cientos de paquetes de cigarrillos y cajas de cerillas vacíos colocados encima de las elegantes chimeneas de mármol rematadas por espejos, y decenas y decenas de cuadros en un desorden que a nadie le estaba permitido modificar, ni tampoco retirar el polvo que se iba acumulando en exceso hasta hacer irrespirable el lugar. Desde la salida de Olga, el refinamiento en los cortinajes, mobiliario y filigranas de estuco había quedado en un segundo plano al ocupar Pablo todo el territorio de lo que había sido un hogar donde continuamente se producía un choque de estilos y formas de entender la vida. Ahora hasta faltaban algunas puertas, el suelo entarimado no se enceraba y permanecía cubierto de colillas en los cuartos privados de Pablo y en el que fuera su estudio. Cuando compartía la vivienda con su mujer, trabajaba en la planta superior hasta que decidió trasladarse al número 7 de Grands-Augustins para montar allí su nuevo taller-estudio, en un edificio señorial protegido por una verja grande y situado en un barrio muy tranquilo de París, cerca del Sena y a unos diez minutos de Saint-Germain caminando por callejuelas estrechas repletas de tiendas y *bistrots* deliciosos, una zona bulliciosa y representativa de la vitalidad parisina.

En la Rue La Boétie se localizaba el comercio artístico de nivel, en sus alrededores relucían las mejores galerías. Muy cerca, en la Rue Vignon, se instaló Kahnweiler, el marchante que había colaborado en construir el mito y la realidad de Picasso, debido a su excelente cultura, inteligencia y olfato para los negocios. También estaban cerca los hermanos Rosenberg. Paul fue quien sacó a Pablo de Montparnasse y Montrouge para llevárselo al elegante distrito octavo. Ocurrió durante la guerra del 14. Por entonces, Daniel-Henry Kahnweiler, judío de origen alemán, se vio obligado a refugiarse en Suiza y Paul Rosenberg se encargó de atender todos sus asuntos. Mientras Pablo se encontraba en Barcelona presentando a su prometida Olga a la familia, se inundó su estudio y pidió a Rosenberg que le buscara un lugar donde alojarse. El galerista le alquiló una vivienda al lado de su establecimiento. De esta manera, por casualidad, logró la bailarina rusa el hogar soñado en una ubicación acorde con sus gustos. La planta baja, decorada lujosamente y con excelente mobiliario, se convirtió en uno de los lugares donde se citaban las personalidades del París del momento. El matrimonio recibía en sus salones a la intelectualidad más refinada: aristócratas y artistas de renombre. No en vano, él se había convertido ya en una leyenda, en un pintor mundano reclamado por los más pudientes desde la exposición retrospectiva que tuvo lugar en los señoriales salones de la Galería Georges Petit en 1932. En aquella ocasión se reunieron 236 cuadros que permitieron admirar el grueso de sus épocas azul y rosa, cubista y clásica. Fue un gran acontecimiento social y artístico que le hizo alcanzar la más alta cotización en los mercados del arte.

*J*aime se acercó a la puerta del dormitorio. Dormía aún. Entonces, pidió a Marcel que bajara al quiosco para recoger la prensa vespertina que tenían reservada y todas las revistas que hubieran aparecido ese día, en cualquier idioma.

En *Ce Soir* encontró, al fin, una breve reseña de lo sucedido en España firmada por Mathieu Corman, su corresponsal en Bilbao. Aquel periódico que llevaba tan solo dos meses en circulación y que dirigían Louis Aragón y Jean-Richard Blonch reproducía excelente información del bando republicano. La noticia era escueta pero aseguraba que en el bombardeo había participado la Legión Cóndor y que habían muerto, como consecuencia del ataque aéreo, cientos de personas, la mayoría mujeres y niños. La población de Guernica, añadía, había sido completamente destruida con bombas incendiarias y de efecto retardado para provocar una matanza y el mayor estrago en los edificios. Sin duda, la reseña confirmaba lo que le habían contado.

Debía decírselo. Llevaba varios meses inmerso en las dudas, inquieto por el encargo que le habían hecho y que no lograba poner en marcha. Bergamín, agregado en la embajada de París, daba muestras de nerviosismo por el retraso. Acaso, pensó Jaime, un hecho de esas características lograra estimularle para realizar el mural destinado al pabellón español en la Exposition Internationale des Arts et Techniques dans la Vie Moderne, conocida popularmente como la Exposición Universal, que se inauguraría en junio.

Oyó movimiento en el cuarto y se dispuso a preparar la mesa en la cocina, ya había pasado la hora del almuerzo. Inés, la doncella, estaba en Grands-Augustins arreglando el desván, ayudada por otras dos mujeres, porque se lo había pedido Picasso el día anterior.

Cuando él comía en casa cambiaba por temporadas el lugar: en el dormitorio, el salón o la cocina. Últimamente era esta la dependencia elegida. Jaime colocó el mantel sobre el mármol de la mesa estirándolo al máximo, luego dispuso los platos como agradaban a su jefe, uno para cada servicio, los *biscottes* en una pequeña bandeja a su alcance, los cubiertos en posición correcta al igual que la servilleta, el platillo con el queso rayado que nunca debía faltar, el agua de Évian del tiempo, el vaso como una patena, la cucharilla…

Picasso apareció sonriente por el corredor, con paso decidido; en su semblante se apreciaba que había disfrutado de una buena noche y que había descansado como un lirón. Llevaba puesto un traje gris con camisa blanca y corbata azul a cuadros. Estaba muy repeinado, con el mechón que siempre cruzaba su frente bien sujeto en el lado izquierdo de la cabeza. Observó rápidamente lo que había encima de la mesa y preguntó:

—¿Buenos mediodías, o *bonsoir*…? ¿Y los periódicos?

—Los dejé en el salón, te los traigo.

—Toma, esto es para ti. —En ese instante comenzó a rebuscar en los bolsillos de la chaqueta que estaban a rebosar de objetos: cortaplumas, cajas de fósforos, alguna carta, facturas, cordeles, cintas, lápices, gomas de borrar… Finalmente encontró lo que buscaba en el bolsillo interior, un folio doblado—. Lo escribí pensando que te gustaría. ¡Ah! Y ya sabes que aguardo a que me enseñes lo que tú haces.

—Llevo una larga temporada de secano —respondió el secretario.

Jaime Sabartés cambió las gafas por otras de cerca y leyó apresuradamente:

Ascua de amistad
reloj que siempre está dando las horas

91

bandera que flota alegre
movida por el soplo de un beso sobre la mano
caricia de las alas del corazón
que se levanta volando de la punta más alta
del árbol del jardín lleno de frutas...

—Está muy bien, es hermoso, mil gracias, lo disfrutaré con más calma. Pero ya sabes que mi mayor deseo, algo que me enloquecería, es que me pintases como un gentilhombre, como un Grande de España, preferiblemente de la época de Felipe II —dijo medio en broma medio en serio, con su tono habitual.

—Te he retratado de todas las maneras, y ya habrá ocasión de cumplir con ese extraño deseo. ¡Grande de España...! Creo que podré hacerlo, no olvides que entre mis antepasados hay un virrey de las Indias y mi padre, del que no tuve la suerte de heredar su espigada planta —resaltó con un mohín de disgusto forzado—, era conocido como «el inglés» por su apariencia noble y elegante. Yo no le he hecho justicia, como es evidente. Pero, bien, te pintaré un cuadro que te sorprenderá.

—Eso espero; siempre lo haces, Picasso, y me quedo tranquilo con tu promesa. Voy a por la prensa.

A su regreso, el pintor degustaba la ensalada y le hizo una señal para que le acercase la quiche que había dejado preparada Inés para la comida.

—¿Tú no tomas nada?

—Probaré un poco de ensalada, hoy es de pasta y anchoas, como a ti te gusta. Cada día las hace mejor esa chica.

—¿Hay algo importante en los periódicos?

—En *Ce Soir* aparece una noticia sobre el bombardeo en las Vascongadas que debe haber sido algo terrible...

—Déjame ver —se apresuró a solicitar muy interesado.

El pintor colocó frente a él la página y, casi sin mover los ojos, leyó, releyó y grabó cada palabra de lo escrito sobre el papel en su mente. Frunció el entrecejo y apretó los labios que ahondaron más sus comisuras marcadas con penetrantes arrugas. Jaime analizaba sus gestos. Era consciente de que había salido recientemente de una crisis que comenzó a raíz de la ruptura definitiva con Olga y de las pretensiones de Marie-Thérèse con el nacimiento de Maya. Para colmo de preocupaciones, había conocido a Dora, una mujer inestable en lo emocional, y lo había hecho sin romper por completo los lazos con Marie-Thérèse. Al desasosiego e inquietud motivada por sus conflictivas y especiales relaciones con las mujeres se había sumado la guerra en España, que le estaba afectando seriamente. Además, el curso de los acontecimientos era preocupante.

En los últimos meses había trabajado poco y había dilatado, casi hasta agotar la fecha acordada, el compromiso que tenía con el pabellón español para la Exposición Universal. Jaime le había sugerido que desarrollara y utilizase como motivo una serie de grabados que hizo contra los militares rebeldes, pero él buscaba algo especial, de valor incuestionable como símbolo, le contestó. Se sentía cada vez más comprometido en defensa de los republicanos. Y el hecho de ser nombrado, siete meses antes, director del Museo del Prado, cargo que no llegó a ejercer puesto que era responsable de un museo fantasma con las obras maestras trasladadas a Valencia, permitió que su vinculación se hiciera más visible al aceptar que fuera utilizado su nombre en apoyo del gobierno de la República.

93

También para Jaime Sabartés aquel cúmulo de circunstancias era motivo de inquietud. Se multiplicaban las peticiones para que Picasso asistiese a distintos foros y actos; las solicitudes de visitas y encuentros eran agobiantes; la correspondencia, numerosa y difícil de gestionar. Pero lo más preocupante en aquellas fechas, lo que les hacía dar vueltas y vueltas en sus reuniones con amigos y compatriotas sobre las opciones de futuro, era ir comprobando que cabía la posibilidad, que algunos se negaban a aceptar, de que los reaccionarios llegaran a tumbar al gobierno democrático con la ayuda de Alemania e Italia. Y, entre tanto, el pueblo español sufría una sangría que desde el exterior se observaba con frialdad y escasa voluntad de respuesta para acabar cuanto antes con tanto dolor, con una tragedia que, de continuar más tiempo, dejaría una huella difícil de superar.

Allí, en París, recibían mucha información sobre la marcha de la guerra, con la pretensión de que Pablo saliera a la palestra pública para manifestar su rechazo a los rebeldes. Él no escondía sus simpatías y, recientemente, mientras tomaban un café en un local de Saint-Germain, le expresó su más profundo sentimiento sobre lo que ocurría en España. Sabartés recordaba bien sus palabras:

—Me cuentan auténticas barbaridades. Carnicerías y atrocidades que te hacen pensar en que tal vez la violencia y la crueldad es algo consustancial con los españoles: ver correr la sangre, la sangre de los caballos, de los toros y de los hombres... Sean «azules» o «rojos»; se despelleja a los curas, a los comunistas; me parece algo horrible, completamente insoportable.

Sabartés, ardiente republicano, había envejecido más deprisa desde que regresara a París hacía ya casi dos años para ocuparse de los asuntos privados de su amigo. Casi eran unos adolescentes cuando se conocieron en Barcelona y se reunían en Els Quatre Gats. Eran tiempos de búsquedas y osadía, como los que siguieron en la capital del Sena, ávidos por explorar nuevos mundos para el arte y vivir con plenitud cada momento del día. Por entonces, durante la llamada época azul de Picasso, a principios del siglo, le hizo el primer retrato titulado *El vaso de cerveza*. Era la imagen de un Sabartés juvenil, sin sus gafas de miope, los quevedos que solía llevar a todas horas, acodado en la mesa del café Le Lorrain situado en el barrio latino, donde vivía el catalán y solían encontrarse con frecuencia. Picasso grabó en su mente la imagen del amigo mientras estaba concentrado en sus pensamientos, con la mirada perdida en el vacío. Le llamó tanto la atención que más tarde hizo el cuadro de memoria y sorprendió a Sabartés al enseñárselo sin haber posado ni un instante. Jaime se marchó, poco después, a Sudamérica.

Mucho había cambiado Sabartés; ahora en sus ojos cansados se detectaba tristeza, tenía la piel apergaminada y un rictus de melancolía en los labios, aunque lo más normal en él era una mueca irónica; no en vano contemplaba la vida con bastante humor, fruto de un espíritu sarcástico. Era capaz de anunciar un desastre y una buena nueva sin modificar los rasgos de su rostro, imperturbable, y resultaba casi imposible penetrar en su interior. Había tomado la decisión de volcarse en el servicio a Picasso haciendo lo posible para facilitarle las cosas, de tal manera que tuviera todo el tiempo que deseara para dedicarse a la pintura. Le admiraba como persona y artista y se había convertido en su ángel de la guarda, en su sombra, asumiendo humildemente ese papel.

—*Mon vieux* —era el apelativo con el que solía nombrarle, aunque a veces también utilizaba el de «*mon petit*»—, esperemos que lo que aparece en este diario no se confirme porque significaría que los alemanes se implican en esta guerra, sin reparos de ninguna especie y con desvergüenza inadmisible, lo que modificaría rápidamente el curso de los acontecimientos. ¿Hay algo más en los otros periódicos, en *Le Figaro*…?

—No, no hay ninguna referencia —respondió Sabartés limpiándose con la servilleta.

Picasso permaneció en silencio, pensativo. Miró de reojo el ejemplar de *Ce Soir* y dijo:

—Bien, te propongo que salgamos a dar un paseo y a tomar un café fuera.

—Hecho —asintió el secretario.

—Sabes que esta casa encierra muchos misterios que no me son gratos, y me resulta imposible trabajar aquí.

—¿Y no te resulta un incordio tener que desplazarte hasta Grands-Agustins?

—No para mí —aseguró levantándose de la mesa y saliendo hacia el pasillo para recoger una gorra. Sabartés hizo lo propio después de ponerse la americana.

En la calle recibieron con gusto los rayos del sol. Había una temperatura agradable, casi primaveral, como correspondía a la época del año en la que estaban.

—Apenas queda tiempo para entregar el mural —observó Sabartés.

Ni siquiera miró a su hombre de confianza mientras caminaba por la calle, atraído por las extrañas figuras que se formaban en los irregulares adoquines bañados por la luz intensa del sol. De repente, se detuvo en una esquina para comprobar si había mesas disponibles bajo el toldo de un establecimiento.

Nada más sentarse, encendió un puro y comentó mientras saboreaba la primera bocanada de humo:

—Me preocupa el retraso, sí. Soy consciente de la dificultad que supone, pero mucho peor es precipitarse y luego decirse continuamente: «No es esto, se puede hacer mejor», de forma que se convierta en una obsesión que termina por resultar angustiosa...

—Desde que te conozco, y de eso ya ni me acuerdo, nunca has dejado de buscar y buscar, de llegar más lejos con cada cuadro que hacías. Creo que así nunca te harás mayor, te envidio —expuso Sabartés con su sonrisa burlona.

—La vida es camino de perfección; esto lo recuerdas, supongo. Es lo que nos decían los curas de pequeños cuando íbamos a los oficios religiosos...

*L*os malos recuerdos incrustados como una maldición negra en el piso de La Boétie le llevaron a plantearse un traslado inmediato, al menos del estudio. Estaba satisfecho con el nuevo emplazamiento que le había buscado Dora cerca de la Rive Gauche del Sena. Era un lugar apacible, como un remanso de paz rodeado de un buen ambiente: por un lado tenía el barrio latino y, al otro extremo, la Île de la Cité, junto a un brazo del río.

Pocas personas transitaban por la Rue des Grands-Augustins y cuando trabajaba allí tenía la sensación de encontrarse en un rincón alejado de la ciudad. Sin embargo, desde los ventanales del desván podía disfrutar con la vista de los tejados de los barrios céntricos de París, y con tan solo dar un pequeño paseo estaban a su alcance excelentes restaurantes y sus tres locales predilectos: Les Deux Magots, el Café de Flore y la Brasserie Lipp, en el mismo Boulevard Saint-Germain.

Al secretario le extrañó que aquel día quisiera desplazarse a Grands-Augustins a pie. Normalmente le llevaba Marcel en el llamativo Hispano-Suiza de color negro con la carrocería lustrosa y reflejos relampagueantes de los apliques dorados, que era la envidia de los transeúntes cuando lo veían circular por las principales avenidas de la ciudad.

—Ya os llamaré para que venga a recogerme Marcel. Hoy, de todas formas, he quedado con Dora para comer. Será más bien tarde.

Antes de salir había leído la prensa para buscar más noticias sobre el bombardeo. Aquella mañana del 28 de abril encontró una referencia destacada en *L'Humanité*, órgano del partido comunista francés, con el siguiente titular: «Mil bombas incendiarias arrojadas por los aviones de Hitler y Mussolini reducen a cenizas la ciudad de Guernica». La información iba acompañada de una única fotografía de dos mujeres, «dos madres sin duda», afirmaba el pie de foto, muertas en el curso del bombardeo.

—Esto se confirma —destacó Jaime.

—Eso parece; en cuanto lo reflejen otros periódicos señalando esa responsabilidad, ya no habrá ninguna duda sobre lo que se pretendía y los efectos que puede tener en el desarrollo de la guerra. Resulta muy doloroso y estremecedor, como fue lo de Málaga, aquel ametrallamiento de las personas cuando huían, ¿recuerdas? ¡Cuánta brutalidad! —evocó el pintor con gesto sombrío.

Marchó hacia el estudio por el amplio y bullicioso Boulevard Malesherbes, donde precisamente tenía lugar una exposición, en plena calle, con carteles sobre la guerra civil española, a favor de la República. Se entretuvo un rato en admirar las imágenes de intensa fuerza propagandística, atendiendo al drama que estaban soportando en España. Evitó acercarse a la iglesia de la Madeleine, a la que tenía escaso apego; luego caminó por la Rue de Rivoli y siguió el paseo por un lateral del jardín de las Tullerías y del Museo del Louvre, que tantas tardes había visitado, por lo que era uno de los espacios de París que mejor conocía.

Precisaba caminar, con la intención de palpar la animación y la vitalidad que se respiraba por las calles inundadas de gentes que iban de un lado a otro con cierta parsimonia. Muchos eran paseantes que habían salido para bañarse con los rayos del sol. Vio a grupos de personas acomodadas en el exterior de los cafés, bajo las pérgolas acristaladas, conversando y con bebidas refrescantes sobre las mesitas doradas con encimeras de mármol. Charlar en el exterior era una de las aficiones preferidas por los parisinos de toda clase. Cuando el día estaba despejado y había buena temperatura, aquella ciudad era una tentación imposible de rechazar que invitaba a la diversión y el voyeurismo, al espectáculo al alcance de todo el mundo que se agitaba por sus aceras.

En mitad del Pont Neuf, que a pesar de su nombre era el más antiguo de París, se detuvo acodándose en el pretil de granito para observar el caudaloso curso del Sena. Pocas veces había visto el río con tanto arrastre. Durante esa pausa en el caminar, hipnotizado por el movimiento del agua, se reveló en su mente el drama que sucedía en España. Era algo que le hería profundamente, y era mucho más irritante estando allí rodeado de sensaciones placenteras, alejado del sufrimiento de sus compatriotas. Parecía imposible que a pocos kilómetros se viviera con aquella desesperación y bajo una violencia exacerbada. ¿Qué podía hacer él? Como artista deseaba y necesitaba aportar algo.

Pensó que sobre Francia y Europa también se cernía la amenaza desde que Hitler fuera ratificado en un plebiscito como Führer de la nación alemana. No, no eran tiempos fáciles, y quizá terminarían siendo más terribles que los vividos en Europa veinte años atrás.

Subió cansinamente por las estrechas y sombrías escaleras que llevaban al pequeño estudio de Grands-Augustins. En el ático del número siete había reservado otro espacio que preparaba Inés para ser utilizado de manera inmediata con intención de cumplir con el encargo que tenía pendiente.

Las paredes de la escalera eran todo un muestrario de pensamientos que habían sido garabateados perforando el yeso. Había tantos que configuraban, en su conjunto, un panel de estética sugerente. De ser más joven no le habría importado convertirse en ilustrador de muros, en un pintor de grafitos expresados por las calles y los rincones más recoletos de la ciudad. De hecho, admiraba a esos espontáneos artistas de prodigiosa inventiva e intentaba memorizar imágenes que le llamaban la atención por su audacia. Siempre que veía dibujar por las calles a los chavales, en el suelo o las paredes, se detenía a observarles.

Aquella mañana, nada más entrar al estudio, se sintió reanimado por la luz imponente que llegaba del exterior y por el olor a pintura. Abrió el ventanal y permaneció inmóvil, mientras consumía un cigarrillo, escudriñando las formas de los te-

99

jados y chimeneas, los diferentes y descoloridos tonos de los ladrillos y los revoques de los viejos muros. Percibía sensaciones que estimulaban su imaginación. Miró al suelo y adivinó fantásticas figuras en los maltrechos y desgastados baldosines hexagonales de barro rojizo que se iban pulverizando con el uso. Junto al ventanal estaba el caballete que sujetaba un lienzo con un retrato de Dora, con colores brillantes y puros; su rostro semejaba una escultura en la que pudieran verse todos los planos de una vez. Era hermosa y destacaba su mirada intensa. Al lado del caballete, la mesa de mármol recubierta con periódicos que le servía de paleta con numerosos frascos de trementina y linaza, decenas de pinceles y tubos de colores.

En el suelo tenía una caja de cartón con el último pedido. La abrió y fue revisando su contenido mientras sujetaba la colilla en la comisura de los labios: el rojo persa, verde esmeralda, Japón claro y oscuro, blanco de plata, azul de Prusia, laca de granza betún, veronese, azul cerúleo, amarillo de estroncio… Sonrió, no faltaba nada de lo que precisaba en aquellos momentos.

En un rincón de la sala había un deteriorado sillón repleto de papeles, cartas y revistas. Allí mismo, Inés le había dejado las chanclas que utilizaba cuando estaba en faena. Se las puso y se despojó de la camisa.

Más cómodo, fue hasta un lugar donde se apoyaban varios cuadros con figuras femeninas jugando en una playa, concebidas con estructuras geométricas y monocromas que recientemente habían sido motivo y obsesión de sus búsquedas pictóricas, a medio camino entre el cubismo y las claves surrealistas. También tenía allí pequeños cuadros con retratos y bustos de mujeres, de formas diversas y muy coloristas. Retiró los lienzos hasta dar con varias carpetas de piel. La que buscaba tenía herrajes con ataduras de seda roja.

Liberó de papeles el sillón y se acomodó con la carpeta encima de las piernas. Al abrirla sacó una hoja con un poema suyo manuscrito:

Gritos de niños
gritos de mujeres
gritos de pájaros

gritos de flores
gritos de maderas y de piedras
gritos de muebles de camas de sillas de cortinas
de gatos y de piedras
gritos de olores...

Observó a continuación una lámina con un grabado en aguatinta y punta seca. Tenía varias reproducciones con idéntico motivo. Lo terminó a primeros de año, poco después de recibir el encargo del mural para el pabellón español de la Exposición Internacional, que reuniría obras de Julio González, del toledano Alberto Sánchez, de Joan Miró y del norteamericano Calder. Faltaba la suya, de la que ni siquiera tenía un boceto o una idea para comenzar a trabajar, y quedaba ya poco más de un mes para la entrega y posterior inauguración del pabellón.

Miró el grabado con nueve viñetas o compartimentos como si fuera un relato historiado y, desde luego, esa fue su pretensión.

En el primero de los recuadros aparecía un militar portando una espada y un estandarte, subido a un caballo del que colgaban las tripas. Luego, el personaje atravesaba el mar con el pendón sostenido por el miembro viril enhiesto y mostrando unos testículos de gran tamaño. Al llegar a tierra, el militar intentaba derribar con un pico la figura de la República simbolizada por la estatua de una mujer con los pechos desnudos y la cabeza ceñida por una corona de laurel. Seguidamente, el mismo personaje aparecía disfrazado de folclórica con un abanico en el que se reproducía la Virgen del Pilar. En la imagen central de la composición un toro embestía al militar que, a continuación, se arrodillaba ante el dinero. En las tres últimas escenas aparecía el rebelde rodeado de víboras y escorpiones defendiéndose con el estandarte, intentando sin conseguirlo cabalgar sobre un Pegaso y, finalmente, montado a lomos de un cerdo.

Lo examinó mientras encendía un cigarro.

No, no era algo así lo que buscaba. Aquello había sido un juego, una rabieta casi infantil. Pero a partir de ahí quizá surgiera un motivo.

Se levantó y escogió un pliego de papel Japón de un armario. Un grupo de palomas revoloteaban cerca de las ventanas y

101

animó a las tórtolas que tenía en una jaula de cañas. Cerró el ventanal y se apagó el bullicio que provenía de unos muchachos que jugaban en el patio de un colegio que se hallaba a escasos metros, en la Rue Christine.

Dejó libres a las tórtolas, que salieron de su encierro con un estrepitoso zumbido de alas hasta permanecer quietas en el suelo, arrullándose. Le subyugaban los animales y le hacían feliz, cualquiera de ellos: gatos, perros, palomas, desde luego; siempre habían sido una inspiración tortugas, ratones, cabras, gallos…

Comenzó a dibujar a pluma sobre el papel apoyado en la carpeta. Había dejado en el suelo el tintero. Dividió la hoja en tres secciones, de manera similar al grabado que estuvo analizando antes.

En una de las viñetas reprodujo al mismo personaje enfrentándose a un toro, vistos ambos de cerca. Dibujó la cabeza del animal con bastante realismo; lo hacía con rapidez y mucha destreza, sin levantar los ojos del papel y mojando frenéticamente la pluma en la tinta india, con tan poca prevención que los baldosines se iban manchando de borrones, algo que le agradaba; más tarde disfrutaría analizando las espontáneas imágenes grabadas en el suelo con manchas caprichosas.

En el segundo recuadro esbozó imágenes que representaban la lucha entre el toro y un caballo, este con el vientre abierto por las cornadas. Completar esta viñeta le llevó casi una hora por la minuciosidad de los trazos y el detalle en el dibujo de las figuras. Finalmente, creó la cabeza de una mujer gritando al cielo, con las manos levantadas y lágrimas en los ojos, sobre el fondo de un paisaje en llamas. El movimiento hacia lo alto de la mujer desfiguraba sus facciones y transmitía inquietud. Sí, eso buscaba: transmitir dolor, conmover, con unas escuetas y sobrias líneas, con un lenguaje y una representación asequible a todo el mundo, o al mayor número de personas.

Las tórtolas seguían con su arrullo, del que emanaba una sensualidad que le turbaba. Estuvo un buen rato observándolas.

Estaba satisfecho con los últimos dibujos. Pretendía huir de las personificaciones, hacer algo que no se identificara con algo concreto.

$\mathcal{P}$ermanecía tan concentrado y abstraído que no se percató de su presencia. El zumbido de las tórtolas fue lo que le alertó:

—¿Cómo has entrado? —preguntó sorprendido y molesto por la interrupción.

—Inés me ha abierto. He estado viendo con ella el ático, el estudio de arriba; ya lo tienes completamente listo —dijo en perfecto español y con una voz sonora, dulce y, al mismo tiempo, incisiva—. Es casi la una, habíamos quedado para comer, ¿recuerdas?

Era Dora Maar, o Theodora Markovitch, su verdadero nombre que ella había simplificado. Llevaba un vestido de una sola pieza con motivos florales y amplio vuelo, y zapatos azules de tacón bajo. El pelo castaño recogido en una coleta permitía apreciar su rostro armonioso, de belleza inquietante, con mentón firme y ojos claros de mirada intensa. Era una mujer atractiva y poseía una delicada sensibilidad para todo lo artístico. Lo último le había atraído cuando se conocieron y conversaron a solas. Ya había transcurrido un año y medio de aquello.

La descubrió por casualidad sentada en una mesa del Café Les Deux Magots, frente a la iglesia de Saint-Germain-des-Prés. Dora jugaba a una especie de ruleta rusa con una navaja que iba clavando entre sus dedos solamente protegidos con unos guantes; a veces fallaba la puntería y llegaba a herirse. Quedó fascinado. Días después, un amigo común, el poeta Paul Éluard, hizo las presentaciones en el mismo café. Y fue Éluard quien volvió a reunirles en el verano del 36, a finales de agosto del año anterior, durante las vacaciones de ambos en Mougins, a media hora de Cannes. Allí dieron comienzo a su relación íntima. Fue entonces cuando se atrevió a solicitar a su nueva amante que le entregase los guantes negros que llevaba el día que la vio haciéndose daño con una navaja. Pablo los conservaba en un armario de su casa en la Rue La Boétie, donde reunía numerosos recuerdos fetichistas, como aquella brújula que encontró en el vagón del tren que le llevaba a Florencia.

Dora era distinta a la esposa burguesa que había tenido, obsesionada por el reconocimiento social y opuesta a la dulce y luminosa Marie-Thérèse, la dócil amante adolescente, ávida de aprendizaje sexual, que le rescató de las angustias y los conflictos en los que estaba inmerso al convivir con la fría y celosa bailarina.

Dora le insufló nuevas energías. Era inteligente, sensible, atormentada y frágil. Se entregó por completo a él, consciente de que asumía demasiados riesgos junto a un hombre que llevaba la posesión de sus compañeras hasta límites insospechados y que, pasado un tiempo, las arrojaba al vacío con la pretensión, para colmo, de que siguieran siendo algo suyo.

Pablo volvió a pintar al sentirse arropado por Dora, alguien con ideas propias sobre la vida y el arte coincidentes a las suyas y que, además, tenía el tipo de belleza que le atraía más: de formas redondeadas y exhalando mucho erotismo. Dora era también una fotógrafa excelente. Y tenía algo más: hablaba español con un acento delicioso. Era hija de un arquitecto yugoslavo y una francesa, pero su padre estuvo mucho tiempo trabajando en la reforma de la ciudad de Buenos Aires y ella pasó en Argentina toda su juventud; volvió a París al cumplir los veinte años y se integró rápidamente en los ambientes artísticos. Coincidió su regreso con el impulso del movimiento surrealista, doctrina que abrazó entusiasmada con su temperamento nada convencional. Pronto se convirtió en la amante de Georges Bataille, escritor y erotómano enfrentado con el sentimiento trágico de la vida y nieto del marqués de Sade.

—Dije que te llamaría a casa para avisarte, como otras veces —comentó él sin moverse del sillón y retocando el rostro de la mujer con lágrimas, reproducido con un movimiento que transformaba el volumen de la cabeza en algo acuoso, como desplazándose por el éter.

—Es cierto, Picasso —afirmó ella—, pero quería ver cómo iba la limpieza y preparación del desván, lo que llaman «el granero de los frailes»; ya sabes que antes hubo aquí un convento de agustinos que ocupaba toda la manzana.

—Fue una buena idea tuya lo de buscar este edificio. Estoy contento, trabajo cómodamente y en ese altillo podré pintar cuadros de grandes dimensiones. Desde luego, resulta imprescindible para hacer el mural del pabellón; aquí abajo habría sido imposible.

—Han vuelto a insistirte, creo; apenas te queda tiempo.

—No dejan de hacerlo, y tendré que ponerme a ello; no puedo librarme del compromiso porque no se conforman con las dos esculturas que les entregué para que las instalasen en los jardines del pabellón.

—Me gustaría ir. Creo que es un edificio avanzado en su concepción.

—Lo es. Es un buen trabajo de Sert y Lacasa, con la ayuda de Antoni Bonet. Merece la pena verlo; tiene un diseño, una concepción racional, a lo Bauhaus; te llevaré al Trocadero para que lo conozcas antes de su inauguración. Todos los implicados en ese proyecto no dejan de presionarme para que les pinte el cuadro; pretenden colocarlo en la misma entrada. Continuamente hablan con Sabartés recordándoselo y yo evito ir a los lugares donde puedan verme para no escuchar la misma letanía. Dicen que mi pintura supondrá un efecto más importante que el de algunos éxitos en el frente de batalla, lo cual no deja de ser una exageración que hasta me resulta molesta.

Movió la cabeza de un lado a otro sin dejar de observar los trazos que había hecho sobre el papel con el rostro doliente de una mujer. Dora dedujo que el retraso en cumplir con el encargo le tenía inquieto. Un trabajo de esas características era como para sentirse incómodo, especialmente cuando el tiempo que quedaba para abordarlo era breve. A Pablo, un cuadro con esas dimensiones, le gustaba ir haciéndolo despacio, retomando la faena cada cierto tiempo, abandonándolo para dejarlo asentarse, reposar, antes de volver a abordarlo.

105

—Este es un lugar tranquilo en el que puedes concentrarte, y tienes mi casa a pocos metros —resaltó Dora sonriendo—, así que, cuando me llamas, me presento en pocos minutos. Siempre que no esté trabajando. ¿Sabes que me han encargado las fotografías para un libro sobre Montmartre?

El artista seguía concentrado en su tarea. Ella se le acercó y se arrodilló acurrucada junto al sillón para observar lo que hacía.

—¿Para qué es el dibujo? —preguntó pasados unos minutos en silencio y tratando de que él se interesara por su presencia.

Apartó la carpeta dejándola en el suelo y se levantó. Sin pronunciar una palabra recogió las tórtolas y las introdujo cuidadosamente en la jaula después de besar sus alas. Al fin, incrustó su punzante mirada en la mujer; hizo una mueca de complacencia mostrando que le agradaba tenerla allí.

—Dora, te diré algo: me bullen imágenes en la cabeza con fuerza y creo estar listo para ponerme con el cuadro del pabellón. Necesito comenzarlo de inmediato.

—¡Excelente! —celebró ella—. Es estupendo oírte decir eso. ¿Qué vas a hacer?

—No estoy seguro todavía. Me gustaría crear algo que no dejase indiferente ante el conflicto que hay en España, por supuesto, pero que perdurase. Una muestra de lo que está en juego en estos tiempos, valores que debemos defender con todas nuestras fuerzas. Y no es fácil reflejar estéticamente tales intenciones, jamás lo he hecho ni he pretendido hacerlo nunca.

Dora hizo un gesto de asombro y sonrió, pocas veces asomaba en sus hermosos labios una mueca tan complaciente. Era bastante infrecuente escuchar al artista pronunciarse como lo había hecho ante ella, que aflorasen sus pensamientos más íntimos para comentar cuáles eran sus intenciones antes de afrontar un proyecto artístico. Solía negarse o encogerse de hombros cuando se le preguntaba por el significado de lo que hacía, de cualquier obra.

—Me gustaría ayudarte, ya lo sabes —resaltó ella ofreciéndole un Gauloise.

—Tal vez puedas, quiero explicarte lo que está pasando por mi cabeza, lo haremos durante la comida en el Catalán.

—Bueno, será estupendo, te lo agradezco mucho, y un verdadero placer —expresó ella con una sorpresa que no podía
ocultar en su rostro. El comportamiento de su amante era
completamente insólito; se sentía feliz por el hecho de que la
tuviese en cuenta para ayudarle; era algo reconfortante, ya que
nunca la había considerado como alguien que pudiera serle
útil, salvo para que le hiciese algunas fotografías, y tampoco
volcaba él mucho entusiasmo a la hora de posar delante de las
cámaras, aunque le fascinaba el resultado que se obtenía
cuando veía la película revelada y las copias en papel.

—¿Será un placer estar conmigo o comer en mi restaurante
favorito? —preguntó él echando una bocanada de humo del tabaco que más apreciaba mientras se ponía la camisa.

—Tú, lo sabes bien: todo.

Dora le observó mientras se vestía y calzaba. Era bastante
mayor que ella, podía ser su padre, la superaba en casi treinta
años; tenía el pelo encanecido y el rostro plagado de arrugas,
algunas profundas como las que marcaban las comisuras de sus
labios, pero al mismo tiempo no había conocido a nadie con la
fortaleza mental y el vigor físico de aquel hombre. Su personalidad era compleja, algo que resulta evidente al tratarle con
algo de intimidad. Cuando comenzaron su relación, él pasaba
por momentos críticos, su carácter se había endurecido y per-
turbado, ella lo achacó a su inquietud creativa más que a problemas personales. Luego, comprendió que los vínculos que
mantenía con las mujeres influían en exceso en su proyección
como artista. A ella le entusiasmó comprobar que, con su compañía, lograba sacarle de aquel pozo de confusión en el que se
había hundido y, a medida que transcurrían los meses, tuvo la
satisfacción de verle disfrutar y trabajar con el arrebato de antes. De las experiencias difíciles, él sacaba lo mejor de sí mismo,
a pesar de los conflictos que le amenazasen. Sin embargo, en
una ocasión lo encontró llorando en el estudio, sin motivo apa-
rente; le dijo que la razón que le había llevado al llanto aquel
día era comprobar que la vida resultaba demasiado terrible,
agobiante, con su devenir inmutable para los seres humanos.
Aquellos accesos de angustia habían desaparecido casi por
completo y cuando se explayaba resultaba casi imposible sustraerse a su seducción y entusiasmo.

107

Al llegar a la calle, preguntó con una de las sonrisas que atrapaban a los que estaban junto a él:

— ¿Tus padres están bien? Siguen pensando que soy un sátiro maligno, supongo.

—Así es, que eres un auténtico diablo, especialmente mi madre, mujer piadosa donde las haya. Si no fuera por lo mal que me llevo con ella, quizá le haría caso y tendría más cuidado contigo.

Dora respondió en tono de broma mientras le cogía de la cintura, al tiempo que le besaba en la mejilla. Luego, se cubrió con un amplio sombrero de paja del que colgaban llamativas reproducciones frutales.

*J*aime pensó que siendo jueves se levantaría tarde. Normalmente, ese día de la semana representaba algo sagrado para el pintor; nunca recibía visitas. Salvo circunstancias excepcionales, rechazaba encuentros con amigos o conocidos en los cafés en los que era cliente habitual, y apenas trabajaba. En contadas ocasiones, visitaba a Marie-Thérèse y a Maya.

Para Picasso, el jueves era incluso más festivo que los domingos. En una ocasión explicó a Sabartés que cuando era niño en su colegio no había clase los jueves por la tarde y aquello suponía un motivo de gran satisfacción. Anhelaba su llegada como el mayor deseo, era el día de la libertad, ya que se le permitía hacer lo que más le apeteciera. Por el contrario, los festivos estaban repletos de obligaciones, como acudir a las ceremonias religiosas y a compromisos familiares que le fastidiaban.

Le sorprendió que pidiera el desayuno y la prensa tan pronto aquel jueves 29 de abril. La calma en el piso se vio turbada de inmediato. Inés preparó con esmero la bandeja con la correspondencia, los periódicos, el café con leche, no muy cargado, apenas una nubecilla negra, la mantequilla y la caja de *gressins*, los colines que él llamaba flautas y que eran imprescindibles en su primer menú.

El secretario organizó los papeles y documentos que precisaba revisar con él antes de entrar en la habitación a darle los buenos días. No lo había hecho antes al ser jueves, así que tuvo que darse bastante prisa. Seleccionó las invitaciones que pudieran serle de interés, así como las revistas y los libros que tenía reservados para entregárselos por la tarde. Cuando, por fin, llegó al cuarto cargado con tantas cosas, hizo ademán de regresar al salón al escuchar las palabras de recibimiento:

—*Bonjour, mon vieux*, déjalo todo, menos los diarios, en aquel montón de allí...

Se refería a uno de los numerosos montones desperdigados por el dormitorio que impedían desplazarse sin tropezar con alguno de ellos. Picasso iba añadiendo cada día más papeles y objetos encima de las pilas con un extraño orden, inescrutable para el resto de los mortales. Además de cartas, libros, periódicos, revistas o invitaciones, conservaba apiladas cajas de bombones, paquetes de cigarrillos vacíos que formaban vacilantes torres sobre la chimenea, calendarios y elementos diversos que se echaban a perder o eran imposibles de encontrar cuando se precisaba de ellos, pues una vez hacinados en los túmulos estaba prohibido tocarlos por otra persona, ya que adquirían un valor casi religioso y atávico. Al parecer, era algo aprendido de su madre, mujer que guardaba cualquier cosa para sacarle algún tipo de provecho.

—¿Qué hora es? Siéntate aquí, a mi lado.

Eran las palabras más repetidas cuando el secretario llegaba a la habitación. Inmediatamente, retiró los periódicos que había desperdigados por la colcha después de haberlos leído la noche anterior con la precipitación habitual. Sabartés situó cerca de la almohada los ejemplares de la mañana que le había traído.

—Estaba pensando en mi madre y en las personas indefensas que están sufriendo en nuestra tierra debido a la brutalidad y al odio que esparcieron los reaccionarios y algunos otros —manifestó, de repente, con gravedad en el tono de la voz.

Jaime ajustó sus lentes sobre el puente de la nariz apretando con los dedos la montura de pasta negra. Iba trajeado con un ligero terno gris, de excelente factura, y un chaleco de lana fina y color azul. Bien vestido y abrigado, como decía su amigo, para destacar el buen gusto de Jaime a la hora de elegir la ropa y lo friolero que era.

Antes de añadir algo al comentario de Picasso sobre la guerra, el secretario hizo una mueca de desagrado con los labios.

—Nosotros, tú y yo, teníamos a España algo perdida y ahora nos es devuelta, como un volcán, de la manera que menos hubiéramos deseado.

—Lo has expresado a la perfección y estamos obligados a hacer lo que esté en nuestras manos para que ese desastre no se nos lleve a todos por delante. —Mientras hablaba iba revisando los titulares de los diarios matutinos.

La conversación fue interrumpida por Inés, que apareció con un ramo de violetas. Lo puso en el interior de un búcaro con agua encima del aparador, en el minúsculo espacio que dejaban al descubierto montañas de papeles. Apenas hacía un año que la asistenta había entrado al servicio de Pablo y la confianza que existía entre los dos resultaba asombrosa. Él estaba tan satisfecho con ella que le permitía ciertas licencias vedadas a los demás, como el hecho de acceder al dormitorio sin pedir permiso cuando tenía que hacer alguna cosa; por supuesto, Inés siempre comprobaba antes que él no hubiera comenzado su aseo personal. Apenas cruzaban palabras entre ellos y se entendían a la perfección. Desde luego suponía una bendición contar con la ayuda de un mujer joven, hermosa y eficaz en su trabajo, por la que Pablo tenía la máxima consideración hasta el punto de regalarle, por cualquier motivo, pequeños dibujos cuando no le hacía otro tipo de regalos, incluso incrementando por sorpresa su paga. Y como nunca trabajaba con modelos profesionales, le hizo prometer a Inés que posaría en algún cuadro que probablemente le regalaría, como solía hacer con todas las personas que habían sido retratadas por el artista.

Sonó el timbre. Inés y Pablo cruzaron las miradas indicándole a ella que permaneciera quieta.

—Irá Marcel —dijo Sabartés.

—No, está fuera haciendo unas compras —puntualizó la joven.

—Ve tú —ordenó al secretario—, pero hoy es jueves, no lo olvides.

Inés fue recogiendo algunas ropas tiradas por el suelo y los zapatos para llevárselos a limpiar.

Segundos después, oyeron crujir las maderas del pasillo con bastante estrépito, lo que les indicaba la presencia de alguien más en la casa. Sin mediar palabra, Pablo se sentó con las

111

piernas cruzadas, como si fuera un buda, encima de la colcha y se abrochó la chaqueta del pijama a rayas. A continuación, Sabartés, atendiendo a una señal del artista, le pasó el paquete de Gauloise y una caja de cerillas. El secretario salió del dormitorio y regresó, poco después, con gesto preocupado acompañado por Inés.

—Lo siento, Picasso. Es Juan Larrea, me ha insistido mucho, y como tú le recibes siempre…

—Siendo él, que pase.

—Voy a buscarle al salón.

Al salir Inés del cuarto se cruzó con los dos hombres. El visitante era conocido de ella, ya que solía aparecer por la casa con relativa frecuencia. Iba muy arreglado con un traje y pajarita al cuello; en las manos sujetaba un sombrero blanco de tela.

—Pablo, buenos días, me disgusta molestarte a estas horas. Creo que es importante que hablemos.

Era un tipo alto y espigado, de rostro reseco como el de un jornalero del campo y nariz afilada. Pablo decía que se asemejaba a un aguilucho, a pesar de su timidez y discreción; prefería pasar desapercibido, aunque la guerra lo había trastocado todo y Juan parecía otra persona, más activa en los asuntos políticos. Como escritor agradaba a Picasso por sus trazas surrealistas y la simbología hermética que manejaba en sus textos escritos en francés a causa, decía, de las limitaciones del idioma español para la creación literaria. Una «soberana estupidez», resaltaba Picasso, y era casi lo único que le irritaba de aquel bilbaíno que apareció aquel jueves con la cara congestionada y algo nervioso en La Boétie.

—Estaría bien que pintases para el pabellón algo relacionado con el bombardeo de Guernica… —soltó casi a bocajarro, sin llegar a recuperar el resuello y acomodarse en el dormitorio en cualquier asiento.

Pablo no le dejó terminar, interrumpiéndole para preguntar al secretario:

—¿Qué hora es?

—Las once.

Como si el conocimiento de la hora le hubiera servido para concentrar su atención, se dirigió al poeta y ensayista:

—¿Y por qué tengo que hacer un cuadro como el que tú dices? ¿Cómo has llegado a esa conclusión?

—Lo he comentado con José María Ucelay, ya sabes, el comisario vasco del pabellón. —Pablo asintió con la cabeza mientras arrugaba el entrecejo—. Él dice que el bombardeo ha sido una masacre, calculan los del PNV que ha habido casi dos mil muertos, y que en la exposición debe existir una obra que se lo recuerde a todos los visitantes, que sea un homenaje a las víctimas. La gente está consternada, los británicos han pedido que intervenga la Sociedad de Naciones...

Pablo fumaba sin sacarse el cigarrillo de los labios, echando humo por la boca y la nariz mientras atendía con expresión seria a las explicaciones de Larrea.

—Pero hoy mismo, aquí en *Le Figaro*, aparece bastante información y afirma que los milicianos en su huida hacia el frente de Bilbao pudieron ser los causantes de la matanza; las agencias alemanas han negado que aviones de ese país hayan intervenido en el ataque —añadió el artista sin moverse de su posición y blandiendo el periódico con sus manos.

—¡Eso es propaganda de los fascistas! ¿Iban a dejar los milicianos sin destruir las fábricas de municiones como la de Astra, dos cuarteles o el puente de Rentería? No, ¿verdad? Las fábricas de material bélico se encontraban junto a la zona bombardeada y los fascistas las necesitan. Tampoco han atacado ninguno de los conventos...

—Ni la Casa de Juntas, o el Árbol de Guernica, símbolos del nacionalismo —indicó Sabartés.

—Para confundir. Han buscado esa confusión sobre los objetivos. Es intolerable; son maniobras de los enemigos que jamás asumen su responsabilidad cuando masacran a la población civil, una gran cobardía.

—También se discute sobre el número de muertos; cada bando exagera según sus intereses, algo frecuente por otra parte —comentó el catalán—. Al parecer, querían demostrar su superioridad para desmoralizar a los republicanos y, desde luego, que no exista ningún género de duda sobre lo que son capaces de hacer tanto alemanes como italianos para facilitar el triunfo de los militares golpistas.

—Y sembrar el terror. Yo no tengo ninguna duda sobre lo

113

que pretendían —añadió Larrea—, y nos ha llegado mucha información de lo ocurrido. Los alemanes han ensayado la destrucción de una población civil mediante un bombardeo sistemático de casi tres horas, con seis incursiones aéreas sucesivas, como si se tratase del campo de pruebas para sus aviadores, para sus aparatos y cazas. Y, mientras tanto, por supuesto, ayudaban a los rebeldes, facilitándoles el terreno para que caiga pronto Bilbao y después todo el Norte.

—¿Crees que el «cinturón de hierro» en torno a Bilbao resistirá? —planteó Sabartés.

—Después de esto, del horror que se ha extendido por todos los rincones de España, la moral está por los suelos... —razonó Larrea con pesar.

Se hizo un largo silencio. Los tres hombres intercambiaron miradas. Pablo encendió otro cigarrillo, esta vez lo puso en una boquilla que recogió de un cajón de la mesilla. Tenía el pelo enmarañado y le caía un mechón cubriéndole la frente; apenas había modificado su postura encima de la cama.

—La colaboración de los alemanes resulta evidente, ya no es una amenaza, esto es grave y tendrá sus consecuencias en la evolución de la guerra, terrible... —Pablo miraba por la habitación, como si buscase algo. Hizo una pausa larga que los otros respetaron en silencio. Después de unos segundos, les perforó con sus ojos ávidos de respuestas y, al fin, dijo—: Pintar un cuadro sobre algo que no he visto... —musitó en voz baja.

—Es necesario, otros lo harán si tú no lo haces. Josemari me ha dicho que lo podría pintar una persona de la tierra, por ejemplo Julián de Tellaeche.

—El Cézanne vasco —afirmó Sabartés.

—No, no, un momento, todos esperan tu obra, Pablo, y nadie se atreverá a hacer nada mientras estés tú; Negrín ha insistido en ello... —comentó Juan apretando sus manos por las palmas y moviéndolas para reforzar gestualmente el aserto—. Tu arte, tu persona, tu nombre... son fundamentales en esta lucha, bien lo sabes.

Pablo sonrió y le miró fijamente, con firmeza en la expresión del rostro.

—Debes saber, Juan, que yo también lo había pensado; tendré en cuenta tu sugerencia, que me reafirma en ello. Aunque te aseguro, y no se lo digas a nadie, que aún lo veo complicado y, por supuesto, no está madurado suficientemente.

—No hay tiempo —susurró Larrea.

A Jaime Sabartés le entusiasmó lo que acababa de escuchar y lo manifestó sin reprimir la emoción.

—¡Estupenda noticia! Me lo podías haber comentado antes. Como siempre, soy el último en enterarme. Ya lo ves, Juan, al contrario de lo que piensa mucha gente, yo no soy depositario de los pensamientos del maestro. Y sobre las dificultades para abordar este proyecto, te he escuchado decir muchas veces: «Cuando existe alguna duda, preguntad a Larrea». Pues bien, aquí lo tenemos.

—Menudo envite, Juan. Te toca. Tú, ¿cómo lo abordarías…? ¿Qué te gustaría encontrar en esa pintura?

La cuestión que le planteaba Pablo hizo que el semblante del poeta se tornara sombrío y cerrara los párpados. Luego, frotó con los dedos las sienes desnudas. Respiró profundamente.

—No sé, no puedo… —musitó con timidez, agobiado por el reto que suponía ofrecer una solución.

—Venga, haz un esfuerzo, dinos algo, no te preocupes mucho, lo que te surja.

—Otro día; me voy.

—No hay mucho tiempo, como dijiste antes —apuntó Sabartés.

Nada más alcanzar el pasillo, Larrea regresó sobre sus pasos. Pablo se había levantado y observaba la calle desde la rendija del balcón. El bilbaíno, con los ojos muy abiertos, comenzó a hablar:

—Imagino un toro herido brutalmente que huye despavorido…; entra en un lugar donde hay muchas personas y como resultado de su furia se producen muertes…, caos, un verdadero drama…

—Para empezar, me parece una imagen poderosa —dijo Picasso con pasmosa calma—. Gracias.

$\mathcal{M}$inutos más tarde, después de la visita del bilbaíno, continuaba en pijama y sin asearse. Entre tanto, en uno de sus cuadernos escribía y esbozaba algunos dibujos mezclados con versos. Era jueves y como cualquier otro jueves siempre dedicaba un rato para hacer algo que consideraba inaplazable y divertido para él, algo así ocurría con frecuencia. Estaba sentado en el borde de la cama, descalzo e iluminado con los rayos de sol que entraban a raudales por el balcón que había abierto por completo. Al verle tan ensimismado y pensativo, Jaime sospechó que aquel día terminaría siendo una día especial.

—¡Vaya con Juan! Se le ocurre, de pronto, cada cosa —comentó el secretario aludiendo a la visión que el poeta les había desvelado.

Picasso enarcó una ceja y observó fugazmente, de reojo, a Sabartés. Sin levantar el lápiz del papel, susurró:

—No creas que nuestro amigo habla por hablar; en él fluyen con naturalidad ideas que tienen mucha enjundia, te lo aseguro. —Tras un breve silencio, preguntó—: ¿Qué vas a hacer ahora al mediodía? Son ya las doce, ¿verdad?

—Casi es esa hora. Pensaba ir a comer con unos amigos.

—¿Aquí cerca o por Saint-Germain?

—En el restaurante Roland de la Rue d'Artois.

—Aquí al lado, perfecto para dar un paseo antes. Te acompañaré hasta allí.

—Tienes que firmar unos documentos que me pidió Max Pelleger, el financiero, y varias cartas que dejé por aquí.

—Nada, tranquilo, mañana…

—Y tú, Picasso, ¿dónde almorzarás? Habrás quedado con Dora; Inés no sabía si te quedabas en casa.

Sabartés intuía que rondaba algo por la cabeza del artista y que había decidido no esperar para comentárselo. Le ocurría a menudo y, en ocasiones, le sorprendía con el mutismo o con una motivación fútil. También era cierto que le entusiasmaba salir a dar una vuelta por el barrio con cualquier pretexto.

—Hoy comeré en casa solo —respondió—. Dora tiene trabajo y nos veremos por la noche.

Hizo esperar un buen rato a Jaime antes de salir, pues se empeñó en ponerse un traje para dar el paseo y tardó bastante en decidirse sobre la prenda más adecuada. Con el tiempo se había hecho más cuidadoso en la vestimenta que llevaba, aunque a la hora de pintar solía hacerlo casi desnudo, solo con los calzoncillos o, si se preveía alguna visita, en pantalón corto y una camiseta a rayas, como si fuera su uniforme o mono de trabajo. Curiosamente, se esmeraba poco en la ropa y la asistenta tenía prohibido arreglársela sin su permiso; tan solo permitía a Inés que se ocupara continuamente del calzado para que reluciese, era una de sus manías. Por el contrario, era común verle con atuendos de calidad repletos de manchones, con los bolsillos deformados, algunos rotos, y camisas con las puntas de los cuellos enrolladas al carecer de las ballenas que había perdido sin darse cuenta.

Aquel jueves vestía un traje gris de chaqueta cruzada con un paño de excesivo grosor para la temperatura que hacía en la calle. Seguramente, lo eligió porque en los bolsillos muy abombados había objetos que precisaba tocar ese día: una piedra, un trozo de madera, un pedazo de tela o de cinta, una caja de cerillas vacía —conservaba muchas españolas—, o un cristal con una forma que al acariciarla le provocaba algún estímulo o recuerdo especial.

En su corbata mal anudada resaltaban los brillos y varios lamparones. Al menos, no era una prenda de su época adolescente, porque acumulaba en sus armarios las de aquellos lejanos tiempos y se negaba a desprenderse de ellas como si fueran amuletos valiosos.

Sabartés le observaba a hurtadillas mientras Picasso caminaba a su lado, en silencio, con la cabeza alta y escudriñando el cielo, las casas, la arboleda y a las personas que se cruzaban con ellos con avidez, igual que una rapaz oteando a sus presas.

El secretario le recordó su desmedida afición por las prendas de otro tiempo.

—Nunca entendí tu deseo de guardar cosas que no tienen ningún valor, como las corbatas de tu niñez y otras cientos que están en desuso, viejas y bastante horribles.

—Les tengo afición a las corbatas, también a los buenos cuadros, ¿eh? Y todo lo que nos llega, *mon petit*, es importante; forma parte de nuestras vidas. ¿Por qué tendría que desprenderme de lo que vino a mis manos?

—Pero resulta incompresible amontonar paquetes de cigarrillos de cuando nos conocimos en Barcelona, o postales tan deterioradas que no se aprecia nada en ellas, cigarrillos secos, o un trozo de pan...

—No lo entiendes ni lo entenderás porque para mí, solo para mí, tienen sentido esos objetos. Es inútil que te lo explique y no me voy a molestar en hacerlo.

—Bueno, Picasso, tengo que dejarte. —Jaime le señaló el restaurante que se encontraba en la acera de enfrente, decoradas sus ventanas con numerosos macizos de flores.

—No, hombre, ¡cómo te vas a ir tan pronto! Sentémonos aquí un rato...

—Es tarde, estarán pensando que no voy a comer con ellos.

El pintor se acomodó en un banco de la calle y Jaime tuvo que hacer lo propio, forzado. Era consciente de que había llegado el momento de escuchar lo que rumiaba Pablo y no podía decepcionarle.

—Me gustaría irme al mar unos días y descansar, descansar... —musitó en cuanto el secretario estuvo a su lado. Hablaba con la mirada perdida entre las grietas del suelo.

—No puedes, ni debes hacerlo ahora; cuando termines el mural harás bien en marcharte.

—Estoy cansado, con pocas ganas de trabajar; necesito un cambio de aires, sería bueno perderse y escribir, de tarde en tarde, algún poema...

—Cuando comiences a pintar el cuadro del pabellón, se te pasará, recuperarás tu energía y te volcarás en el trabajo con entusiasmo, lo sé. Recuerda lo que te digo: te encontrarás muy bien.

—Pero me exigen…, me observan, me piden tal y cual cosa; me molesta y disgusta tanta intromisión.

—Es normal que lo hagan, aceptaste pintar un cuadro para la sección vasca del pabellón y el bombardeo, la matanza, ha sido allí, en esa población que es un símbolo para ellos, aunque es mucho más…

Apenas atendía a los comentarios de Sabartés. Odiaba los encargos; por esa razón se negaba a realizar retratos a petición del interesado, o cuadros con motivos concretos para el rincón de cualquier palacete o el despacho de un financiero. Solo lo hizo en una ocasión para la biblioteca de Hamilton Easter Field, en Brooklyn, experiencia de la que salió trasquilado por las rígidas disposiciones del cliente que supusieron un desgaste del que tardó en reponerse. La razón del desasosiego que reveló a su amigo, frente al restaurante Roland, era sentir que su obra podía ser utilizada para el servicio de una causa, por mucho que él la considerase también suya. Le molestaba actuar sin completa libertad a la hora de trabajar, forzado con un argumento que todos esperaban que saliera de sus manos en respuesta a una idea previa. La visita de Larrea le había demostrado que un grupo de personas tenía decidido que él debía pintar un asunto determinado y con un tratamiento ya casi definido.

—En ocasiones, no es descabellado hacer algo excepcional, Picasso, cuando además se dan circunstancias también excepcionales. Y no es rechazable actuar de esa manera si te necesitan y te consideran como alguien especial que con su don puede ayudar a cambiar las cosas.

—*Mon vieux*, ¡vaya manera tan angelical de comportarse! ¡Qué disfrutes de la comida con tus amigos! *Adieu…*

Se levantó y se puso una gorra en la cabeza mientras aceleraba el paso en dirección a casa. Jaime respiró tranquilo, sabía que precisaba desahogarse y que alguien en quien confiaba despejara sus incertidumbres. Seguramente, pensó, pronto se volcaría en el encargo del que tanto había dudado y dejaría a un lado lo que pudiera perturbarle. Picasso hacía los grandes proyectos abandonándolos un tiempo y recuperándolos con cierta periodicidad; en esta ocasión tendría que modificar sus hábitos para culminar el encargo sin ninguna pausa.

119

*C*erca del portal encontró a Marcel limpiando los cristales del Hispano-Suiza. Le pidió que le acompañase arriba.

—Este tarde vamos a ir juntos para medir la pared lateral del desván de Grands-Augustins, del nuevo estudio.

—¿El lateral? —dijo el conductor extrañado.

—Sí, la pared del fondo a la izquierda. Necesito que vayas a comprar una cinta métrica de mucha longitud. Las que tenemos en el otro estudio no nos sirven para hacer esa medición, son demasiado pequeñas.

—Vale, voy ahora mismo. Y por cierto, ya que iremos a Grands-Augustins, allí me indica los dibujos que debo enviar a Nueva York. Tengo que preparar el embalaje y darles salida el lunes para que lleguen a tiempo para la exposición.

Marcel se ocupaba del trasiego de obras de arte por las galerías del mundo, excepto aquellas que manejaba el marchante Kahnweiler, de llevar al día el inventario de las mismas y el control de las operaciones. Hacía más de diez años que había entrado a su servicio y se convirtió en una especie de secretario del secretario Sabartés, hombre de confianza para algunos asuntos, en el chófer de todos, en la persona que abastecía de material la vivienda y el estudio, y que resolvía muchos de los problemas que pudieran surgir. Por lo demás, su dedicación era completa y también su disposición para perfeccionar sus conocimientos sobre arte con las enseñanzas de Pablo. Era asombroso lo que había aprendido desde que estaba a su lado, y cuando le acompañaba a visitar a alguno de los grandes artistas, amigos de su jefe, aprovechaba para atender con el máximo interés a las conversaciones que mantenían, si tenía ocasión de estar presente.

—¿Cuánto crees que tendrá la pared del desván? —preguntó Pablo.

—Yo creo que unos tres metros, más o menos, de alto y casi nueve o diez a lo ancho; no estoy seguro, tal vez más…

—Es poco —lamentó el pintor—, no va a dar la medida del espacio que me han dejado en el pabellón; por ejemplo, de largo tiene once metros y cuatro de altura.

—Bueno, tal vez sea algo más grande el hueco de lo que yo calculo, hay que verlo bien y medirlo a conciencia. Va a ser el cuadro de mayor tamaño que ha pintado. Y yo creo que le conviene hacer pronto el encargo a Castelucho-Diana del bastidor y de la tela, esta misma tarde si fuera posible; es el único *fournisseur pour artistes* capaz de preparar un material de esas dimensiones con la rapidez necesaria…

121

Escuchando a Marcel con el ímpetu con el que se había expresado sobre la necesidad urgente de preparar el lienzo, corroboró que la impresión que él tenía era completamente cierta. Todos los que le conocían aguardaban con evidente ansiedad el resultado de su trabajo para el pabellón español en la Exposición Internacional y estaban inquietos sobre su posible desarrollo. Nunca se había encontrado con tanta presión a la hora de afrontar una obra.

*E*l estudio-taller tenía para Pablo la consideración de un templo en el que se celebraba, en la más absoluta intimidad, la ceremonia sagrada de la creación; el lugar donde se conjugaba el fructífero e iniciático diálogo entre el pintor, los modelos y la superficie neutra, vacía, sobre la que se plasmaría una nueva realidad, fruto de la búsqueda de la perfección, incluso más perfecta que la propia vida. El arte debía vencer a la realidad.

Cuando conoció la aristocrática residencia de Grands-Augustins y subió por la escalera sombría, semicircular y bastante empinada por la que se llegaba a lo alto del pabellón lateral del conjunto señorial, sintió un vuelco en el corazón: en aquel lugar, exactamente en esa misma zona del edificio, tuvo lugar el primer encuentro de Frenhofer con François Porbus y Nicolas Poussin, tal y como lo describiera Balzac:

> Una fría mañana de diciembre, un joven muy modestamente vestido deambulaba ante la puerta de una casa situada en la Rue des Grands-Augustins. Tras caminar largo rato por aquella calle con la irresolución de quien no osa presentarse en casa de su primera amante, por muy dispuesta que ella esté, acabó traspasando el umbral de aquella puerta y preguntando si el maestro François Porbus se hallaba en casa. Al responderle afirmativamente una anciana que estaba barriendo una sala de la planta baja, el joven subió con lentitud la escalera, deteniéndose en cada peldaño, cual cortesano neófito

preocupado por la acogida que le dispensará el rey. Cuando llegó a lo alto de la escalera de caracol, permaneció un instante en el rellano, sin atreverse a tocar la grotesca aldaba que adornaba la puerta del taller donde probablemente estaría trabajando el pintor de Enrique IV, a quien María de Médici había relegado para otorgar su favor a Rubens.

La novela de Balzac *Le chef-d'oeuvre inconnu* le había fascinado al leerla por primera vez. El protagonista de la historia, el maestro Frenhofer, pintor imaginario del siglo XVII que en el relato sube las escaleras del estudio de Porbus, revela a sus colegas, el aprendiz Poussin y el propio Porbus, que lleva diez años trabajando en una obra maestra que representa a una mujer de impecable belleza. La misión del arte, les dice, no es copiar la naturaleza, sino expresarla; por eso el artista es un poeta, concluye. Frenhofer busca el absoluto y en esa búsqueda termina por enloquecer, hasta el extremo de crear y destruir la obra maestra, para morir él después.

Pablo había ilustrado esa historia con varios aguafuertes, a petición de Ambroise Vollard, marchante y editor de libros de lujo para coleccionistas, para quien grabaría, asimismo, la llamada *Suite Vollard*, cien cobres con diversidad técnica entre los que destacaba como asunto la relación entre el artista y la modelo y algunas planchas con el Minotauro. En los dos trabajos para Vollard mostraba su interés por ahondar en la creación artística a través de la relación-conectividad entre el pintor y sus modelos. Y al igual que el personaje central de Balzac, la forma como vehículo para transmitir ideas y sensaciones en un ámbito poético obsesionaba a Pablo.

Era en el taller, espacio misterioso y secreto, donde se lograba la transformación de la realidad. Cuando Pablo vio el estudio en el que se desarrollaba el relato de Balzac, pensó en su buena estrella y se trasladó allí inmediatamente.

123

$\mathcal{D}$urante la mañana del viernes, había revisado las imágenes creadas por él en un ejemplar de *La obra maestra desconocida*, escrita por Honoré de Balzac, que tenía en La Boétie. Hacía diez años que las hizo para Vollard, pero allí permanecían incólumes sus paradigmas, sus pesadillas reflejadas en los primeros aguafuertes que grabó para el editor. Por entonces, acababa de conocer a Marie-Thérèse y estaba ilusionado con la que se convertiría en su nueva modelo y amante. Inspirado en el relato de Balzac, dibujó en las planchas a un pintor que pretendía descifrar el arcano de la naturaleza, intentando apresar la belleza a través de una mujer. Era algo que le incitaba de continuo. Recientemente había hecho varios dibujos con el mismo motivo y hasta pensó que podía ser el argumento de su mural para el pabellón español.

El diálogo íntimo en el taller entre el pintor y la modelo se repetía en los grabados para el libro de Balzac, salvo en dos planchas que mostraban las formas de un toro y un caballo, como señales palmarias de su propia poética, la más enraizada en su médula. Aquella pugna entre los dos animales, entre instinto e intelecto, entre la oscuridad y la luz, eran importantes en su vida y en sus anhelos como hombre y artista. En efecto, el toro y el caballo, figuras nucleares en su creación, constituirían el foco que iluminaría su próxima obra. También tenía que ser perfecta, superar a la realidad…

124

En esta ocasión se creía obligado a culminar un conjunto plástico que conmoviera a muchas personas con un lenguaje lo más asequible posible, traspasando el aspecto externo de las formas y de las imágenes. Y debía hacerlo sin descanso ni tiempo para la reflexión en el piso alto de Grands-Augustins, situado en el sobrado del edificio central del palacete. Estaba convencido de que, como advirtiera Sabartés, suponía un reto, algo excepcional en su trayectoria.

Marcel comprobó, cuando fueron al granero a tomar medidas del lugar, que el lienzo no podía alcanzar las dimensiones exigidas y que sería preferible trasladarse al propio pabellón si era necesario encajarlo en un espacio concreto. Pero él decidió pintar allí el mural a pesar de que habría que colocar el bastidor algo inclinado para aproximarse a la altura del recibidor donde sería expuesto. Precisaba trabajar en el desván por su excelente iluminación y con el telón de fondo de los tejados de París.

Antes de salir a tomar algo por la noche con Sabartés en el Café de Flore donde les esperaban varios compatriotas, había dado un repaso a los periódicos. En todos ellos y en las crónicas sobre el bombardeo aparecían varias fotografías que permitían hacerse una idea sobre lo que había supuesto la destrucción llevada a cabo por la aviación alemana. La descripción de los corresponsales era sobrecogedora: «Encontré mujeres ensangrentadas y vociferantes, algunos supervivientes daba la impresión de que habían enloquecido, la destrucción de un lugar de tanta invocación para los vascos se había efectuado con saña y con armamento capaz de arrasar indiscriminadamente a las personas y los edificios. Aquel día de mercado se pretendía reducir Guernica a escombros y esparcir el terror en todas direcciones…».

Fue interrumpido por el secretario mientras recomponía e intentaba recrear en su mente las imágenes del espanto y, a partir de las mismas, transplantar al papel el sentimiento que le generaban. Le llamaba al teléfono Louis Aragon y, salvo que estuviera muy concentrado en una tarea o descansando, solía atenderle, a pesar de que en esta ocasión dedujo lo que le iba a proponer:

—Te supongo suficientemente enterado —oyó al otro lado del auricular la profunda voz del poeta, miembro del Partido

125

Comunista Francés y director de *Ce Soir*—. Los testigos dicen que allí ha tenido lugar un ensayo en toda regla de los alemanes con más de cuarenta bombarderos y varios cazas, con el beneplácito sin duda de los fascistas, para experimentar la aniquilación desde el aire de un enclave civil y de su población. Me han dicho que aprovecharon la presencia en Bilbao de varios corresponsales británicos para realizar la operación con la idea de que tuviera mayor difusión y mostrar al mundo su poderío aniquilador. Una tercera parte de los habitantes de Guernica han fallecido o están gravemente heridos. Nos estamos jugando mucho en España y hay que actuar, Picasso; debemos responder como sea ante esa acción criminal. Y tú, con tu extraordinaria capacidad creativa, debes expresar el repudio ante una brutalidad tan enorme. De lo contrario, estaríamos perdidos…

Desconocía si era por propia iniciativa, o sugerida por otras personas; el hecho es que Aragón no se anduvo con sutilezas y culminó su acalorada descripción de lo ocurrido urgiéndole para que se pusiera manos a la obra con el cuadro para el pabellón, que debería plasmar como argumento indiscutible aquella tragedia.

Escasamente satisfecho con la respuesta del pintor, Aragón insistió:

—¡No puedes decir que lo estás pensando! Sería imperdonable, y nadie entendería que no llegaras a tiempo con el mural, o que tuviera un asunto diferente.

$\mathcal{P}$ablo calculó, antes de entrar en el Café de Flore, que escucharía algo similar a lo que le había propuesto Louis Aragón, teniendo en cuenta quienes les acompañarían en la mesa.

—Creo que vienen hoy Juan Larrea, José Bergamín y Max Aub —señaló Sabartés nada más bajar del Hispano-Suiza en la esquina de la Place Saint-Germain.

Los encontraron reunidos junto a la mesa de Picasso que el dueño reservaba siempre que era avisado con antelación, situada a la derecha de la entrada al establecimiento y delante de una franja de pared decorada con estuco al gusto neoclásico.

Juan se levantó al verles aparecer por el local, luego se acomodó en una silla frente a Pablo. José Bergamín y Max Aub permanecieron en sus asientos de terciopelo rojo y con respaldo trasero bajo un ventanal.

El camarero sirvió de inmediato una botella de Évian al pintor y tomó nota de la demanda: ensalada para el secretario y un sándwich de queso para él.

—Mira, Pablo, para despejar cualquier confusión, aquí tienes el bando del alcalde —dijo Larrea cuando se alejó el camarero, depositando sobre el mármol blanco de la mesa un folio con el membrete de la embajada española.

Nerón también incendió Roma y acusó del crimen a los cristianos de las catacumbas. El mundo pondrá la verdad en claro. Para probarla, estamos millares de hijos de Guernica que viviremos con el recuerdo trágico de esa maldición. Hay hasta aviadores nazis prisioneros nuestros que han declarado la verdad; y están los proyectiles alemanes arrojados sobre Guernica, las hojas de Mola anunciando la destrucción del País Vasco si les ofrecíamos resistencia...

Para probarlo, Dios ha querido incluso que no hubiese un solo avión en el País Vasco que pudiese realizar ese horrible asesinato, que todos los trimotores que volaron sobre Guernica fuesen alemanes, que en Guernica se encontrasen católicos vascos y no las tropas que ellos llaman «rojas», las cuales —podemos certificarlo— son mucho más nobles y más humanas que todos los fascistas del mundo. Para probarlo, yo acudo, por último, a la conciencia católica de los cientos de habitantes de Guernica que han quedado en poder de los facciosos y que han sido, como yo, testigos del monstruoso crimen.

Os presento, en nombre de todos los guerniqueses, para que enviéis a nuestra querida Bélgica, a Francia, al mundo entero, el saludo fervoroso de un hijo de la tierra sacrificada, cuyo nombre (Guernica) es el depositario de la tradición más antigua que la historia registra, de la muy noble y muy leal villa martirizada por la furia fascista.

128

Nada más finalizar la lectura del bando, Pablo bebió largamente del vaso. A continuación, observó a todos los presentes con tanto ardor que les hizo enmudecer. Carraspeó, antes de murmurar con voz apenas audible en medio de la barahúnda que existía en el local, que surgía de los numerosos escritores y artistas jóvenes que poblaban aquella noche el café y eran escasamente proclives a una conversación amortiguada:

—Mal están las cosas con Hitler metido allí...

—Dentro de lo malo, y que me perdone Dios por lo que voy a decir —se apresuró a señalar José Bergamín, alarmando con su expresión piadosa a los amigos ateos, a pesar de que conocían sus inclinaciones místicas que compatibilizaba con la militancia comunista—, la matanza de Guernica tal vez pueda animar, por fin, a las potencias para que intervengan en nuestro favor. En esta ocasión no ha habido tibieza y las reacciones aquí, en Francia, en Inglaterra o en Estados Unidos han sido contundentes e inequívocas.

—La respuesta que va a dar París, mañana sábado, será un clamor que llegará a todos los rincones del mundo. En pocas horas recorrerán las calles se calcula que casi dos millones de personas, para condenar el bombardeo y exigir ayuda, sin reservas, para el bando republicano —ratificó Juan—. Es el momento, Pablo, de que todos aportemos nuestro esfuerzo por la causa. Los rebeldes deben fracasar en el Norte, de la misma manera que fracasaron en su intento por ocupar Madrid. Si cayera Bilbao, todo se complicaría y se pondrían mal las cosas, como tú dices. No quiero ni pensarlo.

—¿Qué supondría para el desarrollo de la guerra? —preguntó Sabartés mirando por encima de las gafas a la concurrencia.

—El control de Bilbao —adelantó Juan— significaría la inmediata caída de la fachada Norte con el control marítimo de toda esa zona y de las materias primas necesarias para la industria bélica, especialmente con las minas de Vizcaya. Y debemos tener en cuenta, además, que Bilbao tiene una potente industria pesada y astilleros. Hitler y Mussolini están muy interesados en obtener esa ventaja cuanto antes y el bombardeo de Guernica está relacionado, seguramente, con ese objetivo prioritario para ellos porque lograrían mucho las fuerzas enemigas.

129

Larrea exponía sus razonamientos con gravedad en la voz y en el gesto. Era una persona amigable que nunca perdía los estribos, ni siquiera en los momentos complicados como los que estaban viviendo en su tierra vasca y en todo el territorio español. La obsesión de aquellos tres hombres comprometidos, que acompañaban a Pablo y a su secretario en el Café de Flore, y que, de alguna manera, seguían las indicaciones del embajador español Araquistáin, era concienciar a la mayoría de las personas del mundo de la cultura, y especialmente a los artistas españoles instalados en la capital francesa entre los que destacaban a Picasso, para que participasen en acciones de propaganda a favor de la República. Y, como consecuencia de esas iniciativas, lograr que los gobiernos occidentales se implicaran en la lucha. Su labor era fundamental en aquellas horas debido a que la pasividad se había propagado entre las democracias a la hora de respaldar al gobierno legítimo de Madrid, a pesar de que en España, como lo consideraban muchos analistas, se estaba dirimiendo el futuro del continente europeo. El bombardeo de Guernica era una evidencia del peligro que representaba aquella guerra y de cómo podía afectar a los ciudadanos de todo el mundo.

—Pintarás un cuadro sobre el bombardeo, con ese motivo ¿verdad? —planteó Max Aub, el más joven del grupo; y sin esperar la respuesta, añadió—: El embajador está inquieto, dice que te resultará complicado porque el tiempo se ha echado encima y hasta tiene reservas sobre el resultado final. —Mirando a su alrededor para comprobar la reacción de los demás, prosiguió—: Afirma que Picasso es impredecible, peculiar y por eso es genial.

Las palabras del diplomático tensaron los párpados del pintor y aceraron su mirada.

Max era el agregado cultural de la legación española en París, persona muy querida en los círculos intelectuales de la ciudad, poco inclinado a conspiraciones y a dejarse manejar como un correveidile. Extrañó a Pablo que se hubiera manifestado de forma tan directa y airada.

Nadie se atrevía a hablar.

El joven diplomático aguardaba la reacción del malagueño sin modificar su expresión seria, con una gran cachimba colgada en un extremo de su boca. Sus ojos claros, protegidos por unas lentes, miraban con avidez a Picasso. Este terminó su bocadillo, apartó el plato y sacó una cajetilla de tabaco de su chaqueta. Mientras encendía un cigarrillo, dijo con una sonrisa:

—Por supuesto que pintaré el cuadro y llegará a tiempo al pabellón. Llevo mucho tiempo en este oficio, Max; dile al embajador que esté tranquilo, conozco mis obligaciones y no necesito tanto recordatorio. Y lo haré porque di mi conformidad cuando me lo pidieron. Entonces, nadie me planteó lo que debía representar y me dieron plena libertad para escoger lo que quisiera hacer. Pero sé lo que conviene en este momento tan excepcional.

—Excepcional sí es este momento, Pablo —remarcó Max, separando la pipa de su boca y expulsando el humo mientras asomaba una mueca de complacencia en sus labios por lo que acababa de escuchar.

Sabartés y Picasso cruzaron sus miradas, el secretario fue más lejos en el gesto y terminó haciendo un guiño de complicidad.

$\mathcal{A}$l salir del café decidieron caminar por el *boulevard* para alcanzar la Place de la Concorde y seguir por los Campos Elíseos hasta llegar a casa. Hacía una noche deliciosa de temperatura y las calles transmitían una pulsión que invitaba al paseo y la curiosidad.

—Mañana sábado irás a ver a Marie-Thérèse y a la niña, supongo.

—No, *mon vieux*, mañana es un día especial, Primero de Mayo, muy especial para todos; mucha gente va a movilizarse por España y yo trabajaré con ese pensamiento. Debo arrancar sin más dilación.

—Es sorprendente la vitalidad que tiene esta ciudad, siempre me ha asombrado —comentó Sabartés, después de un rato de silencio entre ellos, mientras observaba las aceras repletas de personas con semblante animado, sentadas bajo las marquesinas de los cafés o deambulando por la calle.

—¿Qué sabes de Mola?

—¿De Mola? —replicó el secretario con extrañeza—. ¿Hablas del general golpista, el que dirige el ejército del Norte y supuestamente ha controlado el ataque contra Guernica?

—Sí, supongo… ¿qué sabes sobre su trayectoria?

—No mucho, lo que sabe todo el mundo, que fue el cerebro de la operación golpista, el cabecilla de la sublevación militar, no en vano se le conoce como el «director», y que estando en Na-

varra, como comandante militar de Pamplona, logró que triunfase inmediatamente la revuelta allí. Luego, con la ayuda de las
columnas navarras, se hizo, en poco tiempo, con Álava y Guipúzcoa. San Sebastián cayó también, de inmediato, en septiembre.

—Y desde hace meses está estancado en el avance hacia
Bilbao...

—Sí, desde octubre pasado, por suerte. Juan Larrea te podría explicar mejor todo lo relacionado con Mola y su papel en
la guerra, si es que te interesa tanto —propuso Sabartés sin salir del asombro que implicaba semejante tema de conversación.

—No —rechazó Picasso con firmeza, escrutando fijamente
a Sabartés y arrugando el entrecejo, señales indiscutibles,
como ya había experimentado en otras ocasiones el secretario,
de que aquello era una orden a la que no debía oponerse—,
prefiero que seas tú quien me informe sobre él. Me gustaría
conocer algo sobre su vida pasada, si es posible.

«¡*N*i Málaga, ni toros, ni nada!»

Era su manera de traslucir cualquier disgusto e intentar desahogarse, un grito desesperado de añoranza que nadie era capaz de comprender en su verdadero significado. En realidad, con esa expresión rechazaba aquello que tuvo importancia para sus mayores y, al mismo tiempo, significaba mucho para él. La había pronunciado en numerosas ocasiones cuando era un niño y un adolescente, y aún la seguía utilizando de tarde en tarde. La reacción tenía el mismo fundamento que cuando replicaba a su padre, José Ruiz: «¡Y qué pinto yo allí!», refiriéndose a las escuelas de bellas artes que tanto agradaban a su progenitor y cuyo paso consideraba imprescindible para la formación de su hijo. Pablo reaccionaba con disgusto a sabiendas de que estudiar a los maestros antiguos era imprescindible, aunque solo fuera para superarlos o llegar a rechazarlos. A partir del pasado, reconoció años después, era posible reinventar el futuro, crear formas nuevas y huir de lo epidérmico que tanto entusiasmaba a los artistas que pintaban para los salones burgueses.

La influencia de don José había sido abrumadora en sus inicios como pintor. Pablo rememoraba, con cierta frecuencia, el rigor y el academicismo de sus primeros trabajos como una pérdida de su infancia. Nunca disfrutó de la libertad de la que gozan los niños para crear imágenes surgidas de su imaginación poderosa, amplísima, sin límites y tremendamente divertida. No, él soportó durante aquel tiempo una disciplina exigente que condicionó sus búsquedas posteriores a partir del instante en el que rompió la férula paterna como artista y como persona. Pero el padre siempre estuvo ahí y permanecía junto a él a pesar de que había muerto hacía muchos años.

Recordó a José Ruiz aquella luminosa mañana del Primero de Mayo al decidir hablar con su madre, que soportaba en Barcelona el conflicto que estaba quebrando España con una violencia y con tanto dolor que sería difícil olvidar en el incierto futuro que se avecinaba sobre el país.

Su madre era ya una anciana y ni ella, ni tampoco su hermana Lola, y Juan, su cuñado, aceptaban los ruegos que les hacía para que cruzaran cuanto antes la frontera. Ellos confiaban en que la guerra acabaría pronto y Juan Vilató se negaba a abandonar a sus enfermos; era un neuropsiquiatra de renombre.

—Todo está bien, Pablo, los churumbeles son los que nos dan la verdadera guerra —ironizó María, la madre, con su gracejo malagueño y con la intención, nada oculta, de tranquilizarle—. En esta casa somos como una tribu y con tanto jaleo ni siquiera nos enteramos de lo que ocurre fuera.

—No es precisamente la bulla que arman los sobrinos lo que os preocupa, madre, seguro. Que sé que por las calles se enfrentan facciones de bandas izquierdistas poniendo en peligro la seguridad de la ciudad y la defensa de la República. Y soportáis bombardeos y escasez de alimentos, según lo que me cuentan por aquí. Me gustaría sacarla de ahí deprisa y sin darle más vueltas al asunto…

—¡De eso nada, hijo! Ni se te ocurra venir. Llámame con más frecuencia, eso es lo que me hace sentir bien. Aquí me necesita tu hermana Lola y los niños, y a mis años que… —La voz se perdía por la mala señal de la línea telefónica y durante unos segundos no pudo entender sus palabras—:… que estamos bien y espero que te lleguen los periódicos que te guardo. Una vez por semana Juan te los envía por correo…

Le quedó un sabor amargo después de la conversación, a pesar de que conocía de antemano la respuesta de su madre, constante y repetitiva como era ella para todas las cosas. De ninguna manera iba a abandonar a Lola y a los nietos. Lo sabía de otras veces y dudaba si no debería trasladarse él a Barcelona para intentar sacarla de allí, aunque fuera por la fuerza. Sabartés le aconsejaba dejar a su madre con la familia, era lo más prudente, insistía el secretario.

Aquella guerra le había alejado de España y, en numerosas ocasiones, echaba en falta respirar el aire de sus calles, de los campos, asistir a la sagrada ceremonia que tenía lugar en las calurosas tardes en sus plazas taurinas, hablar con las gentes, con los diestros, tomar tapas y el excelente vino en las bulliciosas tascas y en sus animados figones, atrapar la vitalidad de sus paisanos, desbordada ahora en odio, violencia y ciego arrebato que destrozaba cualquier esperanza...

Miró la calle a través de los espaciosos ventanales del dormitorio por los que irrumpía una luz vivificante. La imagen del exterior no podía ser más placentera; como otros días festivos, se apreciaba el transitar reposado de los viandantes y el trajín, algo más inquieto, de las personas que entraban o salían de algunos establecimientos, los pocos que estaba abiertos en un día tan especial como era el Primero de Mayo. El sol resaltaba los colores de las vestimentas y de los macizos de flores que adornaban los alféizares de las casas. ¡Qué lejos quedaba España de la Rue La Boétie! Y, sin embargo, quería tenerla cerca, estar atento a lo que sucedía allí, preocupado por la evolución de la guerra. Recordaba cómo le afectó la caída de Málaga, de su ciudad natal, ocurrida a primeros de año, y la huida de parte de la población ametrallada sin piedad, hostigada desde el mar y el aire. Las malas noticias se sucedían aunque algunos refugiados, desde París, quisieran verlo todo con un optimismo engañoso. Él escuchaba, leía todo lo que tuviera a su alcance para seguir el desarrollo de los acontecimientos. Guernica había sido el último.

Necesitaba expresar su malestar, hacer algo, por pequeño y limitado que fuera su intento, para frenar aquella locura.

135

*P*or la tarde, al llegar a Grands-Augustins y después de cruzar el pórtico del majestuoso edificio que en su día fue una residencia aristocrática, se entretuvo en el patio adoquinado antes de subir a trabajar. Tenía por costumbre hacerlo cuando veía palomas revolotear por los tejados y estas, como si le reconocieran, descendían hasta el empedrado para evolucionar a su alrededor. Había llegado a considerar que estaba imbuido de un poder misterioso para relacionarse con los animales. Su presencia le resultaba casi imprescindible, alentadora y, al mismo tiempo, conseguían armonizar sus sentidos para relajarle.

Aquel día de mayo permaneció un rato admirando a las palomas y disfrutando con sus gorjeos, un sonido gutural que le resultaba seductor. Había desarrollado una inclinación especial hacia estas aves y era sorprendente cómo, sin pretenderlo, su padre había influido en ello y en la manera de explorar sus posibilidades estéticas. Don José, *el inglés*, pintaba muchos cuadros con palomas, era una de sus especialidades, pero antes de utilizar la paleta y traspasar al lienzo la composición elegida, las dibujaba a lápiz sobre papel para a continuación recortarlas. Pablo jugaba, después, lanzando al aire los recortables de las aves buscando emular sus vuelos, imaginando pulsión a unas livianas hojas. Eran momentos maravillosos, el premio concedido por su «maestro» cuando había cumplido con su tarea de ayudante trazando las patas de los animales sobre la tela que don José había dejado sin ultimar para que el niño practicara con los pinceles y aprendiera a afinar el pulso.

Las palomas habían poblado a menudo su mente, habían sido extraordinarias compañeras de juego compartiendo con él instantes de felicidad. Por ello, al verlas reales, era incapaz de sustraerse a su influjo, de apagar los recuerdos que afloraban llegando a desbordarse incontrolados. En más de una ocasión, en el colegio de Málaga, reclamaban tanto su atención que se levantaba del pupitre para observarlas desde la ventana, ajeno a lo que ocurriera dentro de la clase y a las palabras del maestro, que terminaba castigándole por su indisciplina.

Le supuso un esfuerzo apartarse de ellas para subir al estudio. Mientras abría la puerta, reconocía que los recuerdos de su infancia, de Málaga, que tan intensamente se habían revelado en las últimas horas, le reforzaban para la tarea que pretendía iniciar.

El frescor del interior le reanimó, al igual que la luz intensa que entraba a raudales por el ventanal, abierto de par en par. Se despojó de la camisa y fue hasta el cuarto de baño, abrió el grifo del lavabo y puso la cabeza debajo. Estuvo unos segundos disfrutando del agua que se esparcía por el cuero cabelludo. Mantenía los párpados bien apretados y fluían por su mente formas e imágenes con la mudanza del propio líquido al empaparle. De la oscuridad que se cernía en su visión emergió una especie de fogonazo.

Aún con la toalla rodeando su cuello, buscó ansiosamente un tipo de papel que sirviera a su propósito. Revolvió por todos los cajones que había en el estudio sin hallarlo. Por fin, recordó que bajo la Virgen nimbada con rayos de sol metálicos, una figura de barro policromado de lo más chocante que guardaba en el estudio y que generaba comentarios de toda índole entre las visitas, se ocultaba una cartera de cuero repujado que contenía un paquete de hojas de color azul. Era lo que precisaba para comenzar los esbozos y las primeras tentativas del gran cuadro que pintaría en el granero cuando estuviera preparado el lienzo. Antes debía aprovechar el tiempo, ir palpando las posibilidades que le sugería el suceso con el que iba a abordar el asunto del cuadro.

Acomodado en un desvencijado sillón, agujereado por el fuego de las colillas que se desprendían de sus labios cuando se

137

volcaba en el dibujo, colocó una cartulina de unos veinte por treinta centímetros encima de un soporte de madera. Tenía prisa, una especie de ansiedad febril por delinear lo que previamente, mientras se encontraba en el cuarto de baño, brotó como un rayo fugaz atravesando su cabeza de un lado a otro de la sien hasta aflorar luminosamente en sus retinas.

Primero, garabateó un brazo desplazándose por el éter, sujetando una luminaria que abriría los ojos al espectador instándole a presenciar la escena del drama. Era lo que había emergido con anterioridad en su mente. Y, desde luego, no era una imagen desconocida para él, completamente nueva; la atesoraba en su interior, en el conjunto de las improntas que guardaba para ser recompuestas y manejadas a su albedrío con la habilidad de un sacerdote de las formas. A continuación, raudo, casi sin levantar la mina del papel, sin darse un respiro, trazó sutilmente, con muy pocas líneas, el contorno de un toro bravo y un caballo revuelto en su dolor animal, transfigurado por la tragedia.

138

Observó el conjunto unos instantes y, urgido por un impulso que apenas quiso controlar, situó en el lomo del toro a un Pegaso, muestra inequívoca de la inspiración que debía actuar para mover los hilos de la creación. El caballo alado, de origen asirio, era uno de sus motivos más íntimos y personales, de los que le aportaban sensaciones excelentes y fuerza para crear imágenes, un arcano que muchos desearían que fuera desvelado por él, pero que pertenecía a su mundo más exclusivo y mistérico.

Hizo un segundo estudio modificando la colocación de los animales. Situó al toro, al animal bruto y, al mismo tiempo, bravo y noble, en el centro de la composición, en primer término, con un Pegaso más reconocible encima de sus cuartos traseros. A su izquierda, un caballo menos doliente que el anterior con el cuello alargado. Y en la lejanía, saliendo de una especie de templo clásico, el personaje portando la luz en la mano derecha. Sin embargo, dudó sobre el resultado de esta composición; no era lo que buscaba, apenas funcionaba como quería.

Después de analizar los bocetos, hizo un gesto de preocupación. Los arrojó al suelo de barro y se frotó las sienes enérgicamente. Encendió un cigarrillo y aspiró el humo con placer. Ce-

rró los ojos durante varios segundos, se deleitó con el silencio
y la calma del barrio.

Aplastó la colilla con el pie sobre una loseta desportillada y
sacó más hojas de la carpeta. El azul claro del papel le atraía.
Aquel era un espacio que reclamaba una bendita profanación.

Dibujó sin ningún control varias figuras de equinos con
trazos sinuosos y de gusto decorativo. El retorcimiento con el
que había dotado las líneas no fue de su agrado. Por encima de
los animales situó la cabeza de una mujer, de forma ovalada,
como si huyera de una persecución dejando una huella de su
paso, arrastrada por el impulso del brazo con la lámpara. Sí, sería una mujer. Por fin una certeza, aquel sería un eje decisivo
en la composición. Esa imagen la tenía consagrada desde que,
en su día, la contempló en una reproducción del cuadro *La matanza de los inocentes*, obra de Guido Reni. El cuadro de Reni
le entusiasmó por el movimiento y la sencillez para transmitir
la tragedia, personificada en un grupo de mujeres que prote-
gían a sus hijos o clamaban al cielo pidiendo piedad o justicia.
Y había una madre que se salía del conjunto casi rompiendo los
límites del espacio en el que se contenía la pintura. Esa figura
es la que él utilizaría como modelo e inspiración.

139

¿Y el caballo? Buscaba la sencillez esquemática para repro-
ducir al animal y pretendió llevarla hasta sus últimos extremos. Dudaba que fuera una elección conveniente para mostrar
la tragedia. El caballo tenía que ser una pieza fundamental, debía encontrarse en el eje central, en el punto donde converge-
ría la atención en un primer examen de la obra.

Llamaron a la puerta. Lamentó encontrarse solo, sin Marcel
o Jaime para recibir a la visita y, en su caso, alejarla evitando que
le interrumpieran. Insistieron. Dudaba si abrir; se disgustaría
bastante si aparecía alguien por allí para hacerle perder el
tiempo, aunque era muy extraño que ese día vinieran a visitarle.
Miró su reloj de bolsillo y entonces calculó que no podía tratarse
de otra persona. También se lo confirmó la manera enérgica de
golpear la madera con la aldaba de hierro en vez de utilizar el
timbre. Solo conocía a una mujer que se atreviera a tanto.

Sintió un placer agradable al recibir su abrazo efusivo con
el cuerpo apretado al suyo, sin dejar un resquicio para el aire.
Estaba hermosa, con el resplandor marino de sus ojos protegi-

dos con pestañas muy largas, espesas, y unos labios cargados de sensualidad, perfectos, atrayentes para cualquiera que estuviera cerca de ella. Llevaba una cámara colgada al hombro y contagiaba buen ánimo.

—Tardaré un poco más —advirtió a la mujer—. Tengo que terminar unos dibujos. Si lo prefieres, baja a tomar algo y regresas más tarde.

Ella apenas se inmutó en un primer instante; luego apretó sus mandíbulas y endureció un poco el gesto, contrariada por aquel retraso que no se esperaba. Era su manera de expresar desagrado, sin contemplaciones, cuando había algo que la incordiaba. A él le agradaba la forma directa de proyectar sus sentimientos, sin ambages o trucos.

Dora extrajo de su bolso una larga boquilla dorada con el extremo de baquelita negra y colocó un cigarrillo. Ofreció tabaco a Picasso mientras hablaba con aplomo:

—Prefiero quedarme aquí. Observándote y haciéndote algunas fotografías. No te molesta, ¿verdad? Estás trabajando ya en el cuadro del pabellón, supongo.

—En efecto, Dora, y a estas alturas no quiero ni puedo dejarlo a un lado. Hasta tus retratos que tenía bastante avanzados quedarán a la espera.

—Me parece estupendo, es lo que tienes que hacer. ¿Tienes fuego?

Hizo la pregunta mientras depositaba en el suelo el bolso y la cámara. Al girarse hacia Picasso, este comprobó la belleza irresistible de Dora, su capacidad natural para resultar atractiva.

El pintor encendió el cigarrillo de Dora y ella le dio una bocanada profunda para expulsar el humo cerca de él y, enturbiar su vista. Entonces, le besó en los labios cadenciosamente.

—Lo dicho —interrumpió él, dominándose ante la gozosa sensación que le había provocado—. Voy a trabajar un rato…

Después de tomar algunas instantáneas y comprobar que nada alteraba la concentración del artista, Dora salió del estudio. Dijo que iba a visitar el granero para ver si estaba todo listo para la llegada del bastidor y el lienzo.

140

¿*S*implicidad o realismo llevado hasta la máxima perfección? Había logrado, de nuevo, volcarse en la búsqueda de un diseño adecuado para el caballo.

Simplicidad. Trabajó en primer lugar la figura del equino reducido a un esquema evocador de ingenuidad y que difícilmente serviría para proyectar el conflicto que deseaba representar. Dibujó seguidamente en otra cartulina azulada el animal en plena agonía con la boca abierta, derrumbándose, con una delicadeza extraordinaria en el detalle, reflejando el movimiento de su caída. Aquello se aproximaba a lo que buscaba.

El tablero sobre el que se apoyaba el papel estaba tratado con yeso. Se levantó y engarzó la madera en un pequeño caballete. Buscó un grafito blando y en la superficie completó un boceto que interpretaba las cuatro imágenes con las que había trabajado previamente en el papel: la mujer asomándose por una ventana con la cabeza dejando una estela y sujetando una especie de quinqué para iluminar la escena, el toro imperturbable con ojos casi humanos, el caballo herido de muerte con las fauces abiertas lanzando un relincho hiriente, con la lengua con forma de punta de lanza y un Pegaso surgiendo de sus entrañas.

Añadió una figura más al conjunto, la de un soldado de la Antigüedad yacente en el suelo, a los pies del caballo.

—¿Qué tal, Picasso?

Era Dora, que venía del granero y había entrado en el estudio sin llamar; antes había tenido la precaución de dejar la puerta abierta para no distraer al pintor. Al descubrir el dibujo sobre la madera permaneció un buen rato en silencio, contemplándolo.

—Queda mucho, ¿verdad? —susurró, al fin.

—Bastante —respondió él—, pero algo se ve para ser el primer día de bocetos.

—¿Y ese caballito alado que nace del que está agonizando representaría que algo nuevo y mejor surge después de una muerte inútil?

No dijo nada, ni siquiera estaba pendiente de ella. Permanecía junto al ventanal fumando un cigarrillo. La noche caía a toda velocidad. Pensaba que la inteligencia de Dora se sumaba a sus atractivos físicos, a pesar de que tenía un punto de locura en algunas de sus acciones, como de la que él fue testigo al conocerla por primera vez en Les Deux Magots jugando con una navaja, y había ocasiones en las que se quedaba en blanco, con la mente perdida entre las brumas de su confusión, ajena a lo que sucedía a su alrededor, como si no fuera de este mundo.

—Esta mañana estuve en la manifestación —susurró ella.

—¿Y cómo ha sido?

—Algo impresionante. Me temblaba el cuerpo al presenciarlo, toda aquella marea de gente, con tanta energía y entusiasmo. Se me cayeron las lágrimas. Y España estaba en boca de todos, continuamente gritaban consignas contra los fascistas. Tu mural será algo fundamental en esta lucha…

Salieron juntos del estudio para perderse en medio de una noche estrellada y bastante cálida. Picasso no dejaba de pensar en el cuadro. Entre tanto, Dora era feliz, muy feliz, porque era consciente de que tendría por delante varias horas para disfrutar con el hombre al que amaba, eso sí, con verdadera locura.

$\mathcal{E}$ra sorprendente ver a Dora manejar los pinceles o las cámaras fotográficas con tanta destreza, a pesar de las uñas que llevaba, exageradamente largas, puntiagudas y bastante llamativas al utilizar colores brillantes, chillones y diferentes en cada uno de los dedos. Ninguna de sus extravagancias, que se explayaban también en su forma de vestir, afectaba a su porte elegante y sus maneras delicadas. Y al contrario de lo que pudiera deducirse, perseveraba en sus postulados artísticos sin dejarse influir por la potencia creativa y la fuerte personalidad de su amante, uno de los hombres más admirados del mundo artístico. Ella custodiaba sus propios lienzos de las miradas de los curiosos como si fueran piezas solo al alcance de los entendidos. «Algún día intentaré exponerlos, cuando yo lo decida», replicaba a Picasso rechazando su ayuda e influencia para que algún galerista se interesara por la colección. Él ya había sido mecenas de anteriores mujeres a las que deseaba conquistar, como fue el caso de Irène Lagut.

Dora practicaba la pintura como una especialista de género, se dedicaba con bastante oficio y originalidad al paisaje y el bodegón. Le resultaba imprescindible proyectar su poderosa e inquietante imaginación en diferentes actividades, bien fuera con los pinceles o diseñando estrambóticos sombreros que solía llevar ella misma para promocionarlos, o de una manera más profesional con la fotografía. Esta última ocupación, con la que participaba en varios proyectos, había hecho arrinconar últimamente al resto de aficiones y, desde luego, en opinión de Picasso, era en la que sobresalía más. Él, que tenía la capacidad para germinar de la nada toda clase de imágenes radicales, ninguna modosa ni convencional, se asombraba con los humildes objetos cotidianos, como una caja de bombones o de puros, o el lazo de un envoltorio, o el remate de una verja, y no digamos con los objetos arrojados por la calle, como una piedra o un trozo de madera; abría sus ojos con devoción ante lo que consideraba la magia de la fotografía igual que si fuera un niño. Su fetichismo era proverbial para cosas de escaso o nulo valor. Dora, por ejemplo, era su suministradora de llaves para la extensa colección que había ido acumulando con el paso de los años. Cuando ella le traía una pieza que él aceptaba para ser incorporada a sus armarios y que a veces permanecía largo tiempo en sus bolsillos dependiendo del tamaño, compensaba a Dora con un recortable fabricado con las servilletas de papel de un restaurante o con una escultura hecha con trozos de madera que recogía durante sus paseos por las riberas del Sena.

144

Los dos habían logrado compenetrarse bastante bien. Ella tenía una figura bien proporcionada, caderas de matrona mediterránea muy al gusto del pintor, y era inteligente, creativa y de ideas parecidas a las suyas. Él podía permanecer a su lado durante muchas horas sin aburrirse, incluso después de hacer el amor, una medida esencial del atractivo que poseía una mujer más allá de sus potencialidades físicas.

Dora disfrutaba observándole pintar, captando con la cámara sus evoluciones delante de los lienzos o del papel, analizando, casi siempre en silencio, encendiéndole de vez en cuando un cigarrillo, en el proceso de creación de aquel Minotauro. Agradecía el privilegio concedido por aquel hombre de gran fortaleza mental, imaginativo, sensible y capaz de sorprender, con pasión y delicadeza, a una mujer. A su lado, vivía una experiencia absorbente y enriquecedora.

—¿Qué colores utilizarás? El rojo, imagino, en abundancia...

La voz dulce de Dora, melodiosa, de regusto sonoro, perturbó por un instante la quietud en el estudio. Llevaba un buen rato trabajando ajeno a su presencia; se había acostumbrado al pulsador de la cámara como si fuera un sonido integrado en el ambiente del taller y, por lo tanto, no le distraía lo más mínimo. Perseguía con ahínco consumar el diseño del caballo que había esbozado el día anterior en la composición que realizó sobre la madera enyesada. Partió de esa imagen para afianzar y definir la cabeza del animal. Efectuó los dibujos otra vez en pliegos de papel azul y a lápiz. Los trazos transmitían idénticas sensaciones: el animal con las fauces abiertas, falto de aire, herido de muerte, la lengua con la forma de la punta de una lanza y, en esta ocasión, quizá para acentuar el dolor, con los dientes hacia fuera. Este último detalle fue corregido en un segundo esbozo, aunque luego realizó en pocos minutos una pintura al óleo donde reproducía la dentadura en el exterior de la boca. Daba los últimos toques al cuadro, cuando oyó que hablaba Dora. Él le había sugerido que subiese al estudio porque irían a comer con Paul Éluard a la zona de Pigalle, cerca de la casa del poeta.

Había escuchado el comentario sobre el color rojo y dejó, pensativo, los pinceles sobre la mesa que utilizaba como paleta, cubierta con hojas amarillentas de periódicos, donde realizaba las mezclas de los pigmentos y que constituía el soporte para tubos y botes con trementina.

Parecía meditar la respuesta y tardó varios segundos en responder:

—Me interesa especialmente el movimiento en la pintura, el dramático paso de un esfuerzo a otro… Las formas y, desde luego, mis cuadros, tú lo sabes, son como las páginas de un diario, de mi diario…

Dora se acercó hasta él, junto al ventanal, cerca del caballete que sujetaba el óleo con la cabeza del caballo agonizante sobre un fondo negro. Lo hizo casi de puntillas, acariciando las baldosas para no importunarle, ya que daba la impresión de encontrarse en una especie de trance. Los tejados y las chimeneas de las casas cercanas resplandecían con el sol. No se entretuvo en disfrutar con la panorámica porque estaba desconcertada con las palabras pronunciadas por Picasso con voz entrecortada, casi inaudible. Le observó. Él miraba con ojos alucinados a un punto indeterminado de la techumbre.

—No entiendo…, te pregunté por el color —reafirmó ella con suma delicadeza.

145

—¡Ah, sí! —Dio la impresión de salir del letargo—. El color, el color… ¿Ves este cuadro que terminé hoy? —dijo señalando el lienzo mientras recogía un fino pincel con pelo de marta rusa y comenzaba a perfilar en la parte superior izquierda la fecha del día en español: 2 de mayo de 1937—. Apenas tiene color, como puedes comprobar. Quiero algo así, una descarga de blancos, un relámpago, un estrépito… y negro, mucho negro. Cuando no sabes qué elegir, el negro funciona bien.

—Decía Kandinsky en un libro suyo que leí recientemente en el que habla de ti que si el color te estorba, tú lo tiras, porque tu horizonte es la forma.

—Dora, cada día me sorprendes un poco más; algo cierto hay en todo eso. Bueno, marchémonos a comer —dijo limpiando el pincel con un trapo y depositándolo a continuación en un frasco—, espero que también nos sorprenda nuestro querido Paul como él sabe hacer.

Nada más salir a la calle y antes de dirigirse al automóvil, Dora comentó:

—Ya tienes una imagen central y perfilada para el mural, ¿no es así?

—Si te refieres al caballo, te equivocas; aún queda mucho, no está terminado, le falta algo. Aunque creo haber conseguido una cosa…

—Dime —interrumpió ella ante el silencio de Picasso.

—El ensayo que he hecho con el color me satisface. Tenías razón, hoy había que pensar en el color, nada de rojo, por supuesto. Lo que me gusta es el juego de blancos con el negro y, tal vez, algún toque azulado, un fogonazo de luz. Sí, algo así, ya veremos.

*L*os refinados modales de Éluard nunca resultaban excesivos y estaban adornados por una belleza interior que encandilaba a Picasso. A su lado, llegaban a diluirse algunas de las incertidumbres en las que, de tarde en tarde, caía el pintor, de tal manera que siempre que podía aceptaba su invitación para encontrarse con él. Éluard era la luz, el placer de vivir, el optimismo y la voluntad, así es como lo apreciaba el español. Y el poeta describía a Picasso como alguien capaz de multiplicar el resplandor. De lo que no había duda era del mutuo aprecio que sentían el uno por el otro. La amistad se extendía a Nusch, su mujer. La complicidad entre los tres era estrecha e íntima, manifiesta cuando estaban juntos con alguien de confianza, momento en que daban pábulo a muchas habladurías.

Con Paul, el pintor mantenía conversaciones profundas sobre la vida, el arte y la poesía. Dora recordaba una reciente sobre las semejanzas entre la obra de Picasso y su relación con la poética. Paul Éluard había ofrecido, el año anterior, varias conferencias en España sobre el alcance de la pintura picassiana, interpretándola en clave poética, algo que había entusiasmado a su amigo.

—Hablé también de las semejanzas y de la importancia que desempeñan en tu pintura —subrayó Éluard.

—Yo las llamo asonancias y, por supuesto, las utilizo con frecuencia para que armonicen y equilibren el conjunto. Están en la mayoría de mis cuadros, desde luego. En *Les demoiselles d'Avignon*, por ejemplo, y especialmente en los trabajos cubistas. El ojo las percibe y envía a la mente esos ritmos sonoros obtenidos con la forma y el color, porque la pintura es poesía y siempre se escribe en verso con rimas plásticas, nunca en prosa —explicó Pablo.

La relación que tenía con Nusch era diferente; cuando estaban en público era contenida, había respeto y distancia forzada entre los dos, aunque en el ámbito privado se detectaba una corriente de excitación al cruzar sus miradas. Éluard parecía disfrutar con esa complicidad entre su mujer y su amigo. Nusch era una persona delicada y había salvado al poeta de una alarmante depresión tras su desgraciado matrimonio con Gala, que le abandonó para marcharse con Salvador Dalí.

Durante el último verano, en Mougins, cerca de Cannes, donde Paul y Nusch tenían su refugio, ellos fueron testigos de cómo se iniciaba la relación entre Pablo y Dora. Así fue como la nueva amante se incorporó plenamente al grupo. Desde entonces, los cuatro se veían con frecuencia y ya habían hecho planes para pasar todos juntos en Mougins algunas semanas.

*L*a sobremesa de aquel domingo de mayo se fue haciendo interminable, la conversación se alargaba en exceso en opinión de Dora. Los Éluard deseaban conocer lo que preocupaba a Picasso en relación con los sucesos de España y, sobre todo, de qué manera estaba afrontando la obra para el pabellón de la Exposición Internacional. Poco obtuvieron, no porque él evitara contarlo como acostumbraba hacer; la razón era que el proyecto debía madurar suficientemente. Insistió en su postura:

—Ya sabéis que no me gusta hablar de los cuadros, es la propia pintura la que debe hacerlo. Cuando está finalizado, el público, cada persona, escoge lo que más le atrae, y lo siente y lo interpreta a su manera. Y así debe ser.

—Nosotros somos un público especial, ¿verdad? —asintió Nusch con gesto aniñado.

Pablo sonrió maliciosamente y tensó los párpados transmitiendo cierta incomodidad; le había resultado poco agradable que Nusch se dirigiera a él con aquel ardid para conseguir alguna información. Dora intervino:

—Trabaja estos días con la figura de un caballo y con el toro.

—¡Tocado, Pablo! —exclamó el poeta—. No me digas más: vas a intentar representar el combate entre los animales, un acto de sacrificio.

—Es mejor que lo veáis con vuestros ojos, y no a través de lo que yo os comente; ni siquiera sé todavía cómo quedarán finalmente las figuras que estoy esbozando y si serán imágenes en el cuadro —explicó con vehemencia—. Venid, no sé, dentro de algo más de una semana al estudio, y sacaréis vuestras conclusiones sobre lo que tenga hecho. —En ese instante cruzó su mirada con la de Nusch, y Dora comprobó que había ardor y complicidad entre ellos—. Ahora tengo que dejaros, necesito regresar al estudio. Me cuesta marcharme…

—Iremos a verle —afirmó Nusch tratándole de usted como era norma en ella.

—Eso espero, ya tendré el cuadro avanzado —dijo él con una sugerente sonrisa—. Dora, ven luego a Grands-Augustins. Coge un taxi.

Salió raudo como si, repentinamente, hubiera sido urgido por algo que los que estaban allí eran incapaces de adivinar. Dora intentó moverse del asiento y él se lo impidió.

En la misma puerta del restaurante aguardaba Marcel sentado frente al volante del Hispano-Suiza. Encendió un pequeño puro en la acera antes de subir al vehículo. Había mucha animación en el Boulevard de la Chapelle, pero él no quería participar ni entretenerse en aquel ambiente festivo que se respiraba por las calles.

$\mathcal{P}$oco después, en el interior del estudio, arropado por el silencio que precisaba y que le había hecho dejar el restaurante a toda velocidad, llevó a cabo otro ensayo para abocetar el cuadro, partiendo de lo que completó el día anterior sobre madera tratada con yeso. En esta ocasión utilizó idéntico soporte, algo más grande de dimensiones.

Perfiló la figura del toro con una movilidad de la que carecía antes y con rasgos que asemejaban sutilmente a los de un Minotauro. El resto de figuras obtuvo un tratamiento similar: la mujer, aún más definida, asomándose por un ventanuco con un quinqué sujeto en la mano e iluminando la oscuridad; el caballo con la cabeza hacia abajo, moribundo, como una víctima del sacrificio; y el soldado yacente en el suelo junto a otra víctima más. Eliminó el Pegaso, atributo que asumía e incorporaba el toro-minotauro elevándose ligeramente del suelo. Aquel hombre-toro debatiéndose entre sus pulsiones animales y la inteligencia y sensibilidad de una persona no representaban una figura hostil, tampoco en anteriores bocetos en los que aparecía como una especie de espectador pasivo.

Una vez finalizadas las siluetas a lápiz, preparó una aguada de color grisáceo y con un pincel grueso fue subrayando las sombras y la figura del Minotauro.

Encendió un cigarrillo y trasladó el panel al trípode situado junto al ventanal. Sobre los tejados se abalanzaban las sombras; le entretuvo un instante un chispazo de claridad anaranjada en el horizonte de la ciudad, que constituía el último rastro de una jornada rutilante de sol. Dio al interruptor de la luz para ver el resultado de la pintura. Luego, aspiró lentamente el humo del tabaco. Asumió que la escena que había dibujado necesitaba ser iluminada mejor, acaso incorporando una bombilla cuyo reflejo remarcaría la almendra de la composición y concentraría la atención del espectador. Aquello resultaba sugerente, una opción a meditar mientras culminaba el proyecto y lo desarrollaba en su completa dimensión. Allí delante, en el caballete, tenía imágenes que consideraba ya imprescindibles, que se ajustaban a lo que pretendía, y, sin embargo, era consciente de que faltaba algo más, mucho más tal vez. Había que dotar de mayor intensidad el movimiento interno de la pintura, adecuar las asonancias poéticas en el conjunto de la obra con nuevos elementos y, sobre todo, debía lograr que aquella superficie restallara como un grito, que las voces de las víctimas y los testigos de la tragedia llegaran lo más lejos posible, para conmover a todos, y para ello necesitaba formas contundentes, de interpretación inmediata.

El cuadro apenas tendría color, tal y como había considerado por la mañana, e incorporaría elementos que mostrarían la convulsión producida por el dolor, las voces de un drama que penetraría en los oídos del público hasta atravesar sus cerebros.

*L*as trazas de la construcción y las amplias escaleras indica-
ban el recio abolengo del inmueble. Desde la última planta del
edificio central de Grands-Augustins, levantado con piedra labrada, se tenía al alcance una extraordinaria vista de las edificaciones que se extendían por la Rive Gauche. Por sus ventanales entraba la suficiente luz como para tener la sensación de
que se estaba trabajando casi en el exterior.

En la amplia sala apenas quedaba una brizna de polvo después del trajín de Inés y de las mujeres que la ayudaron para
dejarla preparada como nuevo estudio del afamado artista español; las limpiadoras habían ido tan lejos en la tarea que Pablo se encontraba incómodo en aquel desangelado lugar en el
que, inevitablemente, debería pintar el cuadro para el pabellón.
Era el único espacio donde resultaba factible afrontar una obra
de aquellas dimensiones. Sin embargo, Jaime Vidal, el oficial
del establecimiento Castelucho-Diana, meneaba la cabeza para
indicar sus dudas sobre las posibilidades que ofrecía el ático.
Seguidamente, lo expresó con palabras:

—He tomado otra vez las medidas, señor Picasso, y resultará imposible dejarlo derecho, perfectamente apoyado. Las vi-
gas de la techumbre nos lo impiden. El lienzo quedará un poco
inclinado, ni siquiera completamente frontal porque choca en
los laterales. Además, la jácena maestra, que como puede comprobar es gigantesca, nos va a complicar bastante la instala-

ción. Y ahí resulta imposible hacer ajustes porque habría que cortar la madera con el riesgo que ello supone. Espero que estas limitaciones no le compliquen mucho el trabajo.

—No te preocupes; Jaime, en peores situaciones me he visto y ya sé que tendré que moverme como un gato para atacar el lienzo.

Confiaba mucho en aquel joven, empleado de su principal suministrador de material. Era un español, catalán, que siempre daba con el pigmento más extraño y difícil de encontrar en el mercado, proveniente en su mayoría de Couleurs Linel, sus favoritos, o con los pinceles de marta que él prefería, o con los pliegos de papel de textura especial que importaban de Italia y de un país nórdico. Jaime repetía a sus íntimos que su jefe le llamaba la atención para recriminarle su forma de actuar con Picasso porque, en ocasiones, apenas les compensaba el precio de venta de lo que le servían, ya que para conseguirlo debían dedicarle mucho esfuerzo y tiempo. A pesar de las dificultades y de la rentabilidad reducida, la firma Castelucho-Diana se enorgullecía de ser el proveedor principal del artista más reconocido en aquel tiempo, y había designado a Jaime Vidal para que se ocupara, casi en exclusiva, de tan renombrado cliente. Por otra parte, Vidal era un devoto de Picasso y uno de sus sueños consistía en tener la posibilidad de adquirir una obra del artista por muy pequeña que fuera; él nunca se atrevería a solicitarle un regalo.

—Si optara por un díptico, alcanzaría el tamaño que le piden en el pabellón y le resultaría, no sé cómo decirlo, más manejable. Incluso podríamos prepararle con rapidez los lienzos. Espacio para ello hay aquí.

Vidal razonó mirando con sus grandes ojos de color oliva en derredor suyo. Su rostro estaba cubierto por una piel de color cetrino y tenía un pelo negro ensortijado, muy espeso. Aún no había cumplido la treintena, pero demostraba una dilatada experiencia en el oficio.

—Me parece una excelente idea —dijo Sabartés.

—No, no resultaría —replicó Picasso—. Debo hacerlo con un único lienzo. Además, con el marco alcanzaríamos los cuatro metros de ancho, ¿verdad?

—En efecto —asintió el empleado de Castelucho-Diana—.

Por lo alto encajará a la perfección con las medidas que me ha dicho que hay en el lugar donde será instalado. Por ahí no hay problema. Pero a cada lado le faltará aún más de metro y medio.

—Yo creo que quedará bien así. Mañana me acercaré al pabellón para ver el sitio otra vez y hacerme una idea más precisa. Lo fundamental ahora es que me asegures cuándo lo tendremos aquí, Jaime. El tiempo apremia.

—Vamos a ver. —El joven se rascó la coronilla mientras apretaba los párpados para afinar la respuesta—. Pasado mañana podría estar preparado de no ser por la complejidad del bastidor que hemos pensado ponerle. Esto nos va a llevar algún tiempo, no es algo sencillo de construir. Ya que para montarlo, luego desmontarlo, trasladarlo a la exposición, otra vez montarlo, y lo que siga, hemos pensado en poner unas veinte crucetas con cuatro tornillos en cada una, capaces de soportar la tensión del estirado de una tela con esas dimensiones y facilitar su manipulación sin que se dañe en exceso.

—Y precisamos un lienzo especial, esto es importante —planteó el secretario de Picasso.

—Sí, bastante grueso, para que soporte el enrollado y los clavos sobre el bastidor. Señor Picasso, ¿con imprimación blanca ya preparada?

—Por supuesto, y con una buena capa previa de cola animal.

A la respuesta de Pablo sucedió un breve silencio. Jaime Vidal tomaba notas en un pequeño cuaderno de pastas negras. El pintor le observó detenidamente. El dependiente vestía un pantalón azulón, camisa blanca, y calzaba unas alpargatas de tela con tirantes negros anudados en los tobillos, como las de los campesinos de su tierra; quizás incluso se las habían traído desde España. Le ofreció un cigarrillo y el joven se lo agradeció con una generosa sonrisa, mostrando una dentadura perfecta y nívea. Después de dar una calada, afirmó:

—Al final de esta semana lo tendrá listo aquí arriba.

—Me parece adecuado —señaló Picasso—. Ese es el ultimísimo plazo y no puede existir demora, ¿eh?

—Se lo aseguro. Vendré con dos o tres mozos para subir todos los elementos, atornillar el bastidor, ajustar el lienzo y colocarlo en fecha.

155

La voz bien timbrada de Vidal y la firmeza en la expresión concedió credibilidad al compromiso. Picasso lo recibió con entusiasmo y le sonrió.

—Jaime, quiero además que me traigas ese día diez cajas de blanco de cinc y la misma cantidad de negro marfil y otra más de negro de humo. ¡Ay!, que no se me olvide, dos de azul, una de cobalto y otro de Prusia.

El oficial anotaba el pedido sin levantar la cabeza de su cuaderno, casi con la misma velocidad con la que Picasso iba exponiendo las órdenes. Sabartés se percató de que el ascua del cigarrillo se acercaba a los dedos del joven.

—Picasso, despacio, que se nos quema —advirtió el secretario.

—¿Qué más, señor Picasso? —demandó Vidal mientras daba una ansiosa calada para consumir la colilla.

—Necesito aceite de lino y barniz suave para aglutinar y preparar un medio de secado rápido con el color. Y media docena de pinceles del treinta. Tres cuadrados y tres redondos, con cerda de marta.

—¿Brochas?

—No, tengo abajo algunas.

—¿Algún tiento? Con este tamaño puede que le resulten imprescindibles…

—No, no es necesario, guardo algunos. Tráeme extensores de bambú para los pinceles, será la única manera de no estar arrastrándome continuamente por el suelo, y lo que me resulta además imprescindible son dos escaleras…

La sugerencia desconcertó a Vidal.

—Lo miraré, no sé si tenemos.

El oficial respondió mientras aplastaba el resto del pitillo contra el suelo tras comprobar que no había allí ningún cenicero, ni tampoco un recipiente que pudiera servirle. El recinto estaba impoluto, lo que había generado cierto malestar a Picasso, hasta el punto de pedir a su secretario que lo llenara de muebles cuanto antes.

—La mesita para las mezclas de las pinturas llegará esta tarde —dijo Sabartés—, y te subirán muchos periódicos pasados de fecha. También los ventiladores y las lámparas estarán a tiempo. Y en la pared de enfrente, para observar el cuadro a distancia, pondremos un banco alargado, así podrás descansar de vez en cuando y analizarlo cómodamente.

El empleado de Castelucho-Diana se despidió. Antes de salir, tuvo que volver a pronunciarse sobre la fecha de entrega del lienzo.

—Desde luego, a finales de semana —insistió Vidal—. Hasta entonces.

Una vez que se quedaron solos, Pablo caminó pensativo por el nuevo estudio.

—Me temo que con la colocación de ese banco grande en el otro extremo, será complicado acortar la duración de las visitas —previno el artista.

—Tendrás que acostumbrarte a trabajar en público —dijo Sabartés—, porque me está costando bastante convencerles de que, de momento, no hay nada que puedan ver. Cuando se corra la voz de que ya estás pintando, aquí tendremos procesión, y podré detener a alguna cofradía, no a todas.

—Ya sabes: a hacer guardia, *mon petit.*

—¡Qué remedio! —exclamó el secretario.

157

$\mathcal{A}$l descender del Hispano-Suiza, junto al Pont d'Iéna, se percataron de que se hallaban en el mismo corazón de lo que iba a ser la exposición. Aquello era una ciudad dentro de la ciudad, con sus propios jardines, fuentes, avenidas y medio centenar de audaces pabellones por sus propuestas arquitectónicas. El terreno se extendía por el Champ-de-Mars hasta la Escuela Militar, y el otro extremo del principal eje llegaba hasta el palacio de Chaillot. Un enclave privilegiado de París.

Nada más cruzar el puente sobre el Sena, se alzaba la maravilla de Eiffel, construida para una anterior muestra y, muy cerca de donde se encontraban ellos, los edificios que representaban a la Unión Soviética y a Alemania. Como si fueran los pórticos de la explanada del Trocadero, eran dos pabellones de arquitectura peculiar enfrentados el uno al otro pugnando por llamar la atención del público. A tanto había llegado la competición de esas dos naciones, más allá de lo que representaban ideológicamente, que los alemanes, enterados del proyecto ruso y del lugar reservado para el país del Este, amenazaron con retirarse. Finalmente, alemanes y soviéticos habían logrado erigir mausoleos de características similares.

—Son como gigantescos silos y, si no fuera por la torre Eiffel, se habrían convertido en los máximos protagonistas de este lugar —expuso Sabartés observando con mucha atención los dos edificios—. Eiffel levantó un prodigio técnico hace años, y compruebo que hay poco de alarde científico o novedoso en estas construcciones.

La muestra de 1937 iba a constituir un reconocimiento a la energía eléctrica y la exaltación de los últimos descubrimientos bajo el nombre de Exposición Internacional de las Artes y Técnicas para la Vida Moderna. La participación española había surgido de la Generalitat de Cataluña; el gobierno de la República, acuciado por la guerra, rechazó inicialmente concurrir al evento.

Entraron en los jardines del Trocadero y se situaron en medio de los llamativos pabellones que flanqueaban el paso. El ruso era una torre de piedra rojiza coronada por unas imponentes esculturas de hierro que representaban a dos obreros: un hombre y una mujer sujetando la hoz y el martillo. La torre alemana casi duplicaba en altura al pabellón soviético y estaba forrada de piedra blanca. En lo más alto aparecía un bronce con un águila y una esvástica. A los pies de la mole que realzaba al régimen nazi se hallaba el pequeño y sencillo edificio de la República española, con una estructura de acero visto pintado en varios colores, muros de cristal y paneles ligeros, que había sido construido con escasos recursos y en un tiempo récord. El terreno aquí era irregular con una ligera pendiente y se había respetado la arboleda que existía en la zona. En la fachada principal se apreciaba un mural fotográfico con la imagen de varios soldados en formación y textos alusivos a los principios republicanos que defendían. Junto a las escaleras de entrada destacaba una escultura de más de doce metros que llegaba a superar en altura al propio edificio y, por lo tanto, sobresalía especialmente en el conjunto. El autor de la obra, ayudado por unos operarios, ultimaba su instalación y sus acabados encaramado a un andamio. Nada más ver a Pablo, el escultor, un hombre alto y recio, fibroso, cubierto con una boina, con unos brazos como si fueran raíces de olivo, de rostro reseco y facciones que parecían talladas a buril, corrió a darle un abrazo arrojando los instrumentos de trabajo por el suelo.

—¡Coño, Pablo! ¡Dichosos los ojos! No he podido ir a visitarte porque estaba terminando de instalar la escultura y de afinar la pátina, algo que me ocupará varios días. Me tenías inquieto porque de tu mural no sabemos nada. ¿Qué estás haciendo?

159

Pablo separó el corpachón de su amigo y acarició su rostro enjuto. Vestía pantalón de pana marrón y camisa negra, tenía el aspecto de un aldeano de su tierra, Castilla, aunque las gafas que llevaba le daban otro aire.

—Eres un fenómeno, Alberto. ¡Imponente y fantástica obra! —exclamó Picasso con la mirada puesta en la alargada figura filiforme que ascendía al cielo hasta acariciar una estrella con un movimiento en espiral logrado mediante volutas y líneas suaves que modulaban el conjunto—. Y ¿cómo logras esas texturas tan delicadas en la superficie de las maderas, casi metálicas?

—Ya sabes…, herrero, escayolista, panadero… De todos esos oficios algo se aprende. No como tú, que siempre fuiste artista, desde la cuna —dijo Alberto en tono jocoso, sabedor de que le seguiría la chanza.

—Y nunca tan esmirriado como tú, querido Alberto. Para colmo sin darte una juerga, un descanso que te vendría bien…

—Me parece extraordinaria la escultura. —Cortó Sabartés la diatriba entre los dos artistas y fue, entonces, cuando Alberto pareció percatarse de su presencia y ambos estrecharon la mano—. ¿Cómo la vas a llamar? —preguntó el secretario con la mirada fija en lo más alto de la figura.

—*El pueblo español tiene un camino que conduce a una estrella* —pronunció Alberto pausadamente.

Una vez dentro del edificio, Alberto señaló el espacio destinado al mural de Picasso, a la derecha del pórtico de entrada, mientras bromeaba:

—Ya lo ves, estaremos casi pegados el uno al otro, yo haciéndote guardia detrás de la pared, en el exterior. Siempre han existido clases, también en nuestro gremio.

—¿Ah, sí…? Lo que ocurrirá es que viendo tu escultura estará de sobra el cuadro. En la comparación, saldré perdiendo; lo tuyo nunca pasará desapercibido y mantendrá al público pensativo y anonadado el tiempo suficiente como para que les parezca una nimiedad lo que yo haga —añadió.

—Y bien, ¿cómo lo llevas? ¿Cuándo lo traerás?

—No he empezado todavía. —Ante el gesto de asombro que había provocado su negativa, se apresuró—: Llegará a tiempo y, si te acercas por el estudio en el plazo de una semana, lo verás avanzado.

160

—Te conozco, Pablo. Hará tiempo que comenzaste a gestar en tu cabeza la pintura y luego lo ejecutarás rápido. Me dijeron que no querías trabajar aquí, en el pabellón.

—¿Has visto a Sert? Quedamos con él —interrumpió Sabartés.

—Sí, está por aquí. Y tenéis que subir para que veáis a Miró. Está pintando arriba, entre las plantas primera y segunda, en el rellano de la escalera. Es un cuadro monumental que tiene más de cinco metros de altura, con su estilo delicioso. Os dirá que representa a un payés revolucionario. Yo os dejo un rato. —Alberto retiró su boina negra y se frotó la cabeza con los dedos—. Estamos fijando la talla al suelo y la gente que me ayuda estará mano sobre mano sin saber qué hacer. Luego, os veo.

Pablo y Jaime decidieron caminar por la planta donde se colocaría la pintura. Varios operarios trabajaban en la techumbre. El espacio era muy diáfano, luminoso, con muros acristalados. La zona de la entrada estaba bastante avanzada, de tal forma que podían hacerse una idea de cómo quedaría emplazado el lienzo.

—Todo el mundo hace la misma pregunta: ¿y el cuadro de Pablo Ruiz Picasso, cómo es, cuándo lo tendremos?

Estaban tan distraídos que no se dieron cuenta de que Josep Lluís Sert, el joven arquitecto alumno de Le Corbusier, se había acercado hasta ellos. Sert había diseñado el pabellón español para la Exposición Internacional junto a Luis Lacasa, otro racionalista defensor de la nueva arquitectura de la Bauhaus, que había desarrollado varios proyectos urbanísticos en Alemania.

—Hola, José Luis, necesitaba comprobar, una vez más, cómo encajará el lienzo en este lugar después de conocer las limitaciones que tengo en el estudio —dijo Pablo a modo de saludo.

—*Bon dia, Josep* —pronunció Sabartés mientras acariciaba la espalda del arquitecto catalán.

—¿Y qué os parece el lugar reservado para el mural? —planteó Sert. Era un joven de aspecto delicado, no muy alto, y de gesto amable. Tenía una forma de mirar directa con sus pequeños ojos, cercana y franca—. Las limitaciones del estudio

161

no serán muy grandes, espero. Ya sabes que nos encantaría tenerte aquí y poder asistir al proceso de su elaboración día a día. Sería una gran noticia que ayudaría a la promoción de nuestra propuesta en esta exposición.

—Esa es la cuestión que quería estudiar, ver el lugar donde se emplazará el cuadro. —Pablo se fue hasta el panel y lo recorrió con pasos iguales, luego utilizó una cinta métrica con la ayuda de Sabartés. Cuando terminó de hacer sus cálculos, se volvió hacia el arquitecto y dijo—: La tela no lo ocupará al completo, quedará a cada lado un espacio libre de más de un metro.

—¿Y a lo alto? —preguntó Sert.

—Con el marco, ajustará a la perfección.

—Entonces, yo lo veo bien, sin problemas; no es imprescindible utilizar toda la superficie. Ya tiene unas dimensiones llamativas y por lo que me cuentas quedará compensado. Puedes estar tranquilo.

—Sí, tal vez… —susurró Pablo.

—Y fíjate en una cosa importante. Por aquí mismo pasará todo el mundo que venga a visitarnos porque en esta sala se encontrará la recepción del pabellón, el servicio de información, y aquí se facilitarán a la gente folletos, postales y publicaciones de todo tipo. Y lo primero que verán es tu mural, y en el centro de la sala la fuente de mercurio de Alexander Calder, las dos únicas obras de arte que habrá en esta entrada; el resto estarán en la segunda planta.

—La fuente se situará en aquel hueco —indicó Sabartés.

—Sí, eso es. Falta lo esencial: instalar los tubos que expulsarán el mercurio como si fueran cascadas. Pensamos que llamará mucho la atención del público y, sin duda, tiene un simbolismo excepcional después del fracaso de los golpistas, hace dos meses, al intentar hacerse con las minas de Almadén. ¿Qué representará tu cuadro, qué veremos sobre el lienzo?

—Tendrá un significado en contra de la violencia, de las guerras —intervino Pablo.

—Denunciará, en particular, la masacre de Guernica, ¿no? Eso me han dicho.

No hubo respuesta. Pablo levantó ligeramente los hombros mientras hacía una mueca con los labios, como si el comentario del arquitecto le hubiera desconcertado. Desabrochó un botón de su camisa blanca. Sentía calor en el interior del edificio. Pidió a su secretario, con una señal de la mano, que le entregase la carpeta que habían traído y buscó un lugar para sentarse. Se alejó unos tres pasos para acomodarse sobre un grueso madero que hacía las veces de banco al tener sus extremos apoyados sobre un montón de losetas cerámicas. Sert se sentó a su lado, de inmediato, al intuir que lo más probable era que aquella carpeta escondiera la respuesta a su pregunta y que iba a tener la oportunidad de ser testigo privilegiado de la misma.

Pablo deshizo el lazo de cuero que sujetaba las tapas del cordobán oscuro con hermosos repujados y herrajes en las esquinas. Sert no se perdía detalle, había asistido en anteriores ocasiones a la misma ceremonia y sabía que, por nada del mundo, había que interrumpir al maestro pintor. Era una suerte, pensó, contar con su amistad, y la admiración que se tenían era compartida.

Comenzó a sacar dibujos sobre papel azul y los fue colocando, con sumo cuidado, encima de la carpeta. Los cogía por los bordes y con las dos manos. Sabartés, de pie, frente a ellos, le ayudaba cuando era necesario. Y Sert era consciente de que, cuando le llegara a él la hora de tocarlos, debía actuar con la misma delicadeza y cuidado; en caso contrario Picasso podía ponerse de mal humor.

—Aquí tienes algunos bocetos de lo que pretendo pintar —dijo, al fin, mientras ofrecía a su joven amigo que revisara lo que había proyectado sobre el papel.

El arquitecto dio vueltas a uno de los rizos que le caían sobre la frente y sonrió complacido por la consideración con la que era tratado por el malagueño. Luego, se limpió los dedos con la tela del pantalón y cogió uno de los dibujos con ambas manos y por los bordes. Sabartés observaba la escena con curiosidad y ajustó la montura de sus lentes para enfocar mejor la mirada. Encendió su pipa.

Sert fue analizando uno tras otro los dibujos. Todos ellos mostraban la cabeza del caballo con la lengua de punta de lanza que Pablo había realizado días atrás. A continuación, recogió un boceto que reflejaba la escena de conjunto donde aparecían

163

la cabeza de mujer saliendo por una ventana y sujetando con la mano una lámpara, el caballo moribundo, el soldado desangrándose y el toro alejándose del lugar donde se desarrollaba la masacre. Se mantuvo un buen rato contemplándolo. El largo silencio hizo que el trajín de los obreros que faenaban por los alrededores pareciera más intenso.

Sert depositó el último dibujo sobre la superficie del cordobán, y dijo:

—En una ocasión te comenté que con tus dibujos siempre vas a la raíz —de súbito, enmudeció, balanceó la cabeza—, pero no lo entenderán, no lo entenderán esta vez…

—¿Quiénes no lo entenderán? —objetó Pablo.

—Los vascos, Ucelay por ejemplo, comisario de la muestra vasca, y otros como Tellaeche. Lo sé porque les agradaría mucho más una pintura de estilo realista, incluso académica, sobre la tragedia, como las de Horacio Ferrer o las de Aurelio Arteta. Pero te quieren a ti, eso desde luego. En esto la postura es unánime, sin fisuras de ninguna especie, sea cual sea el resultado. Pero no lo entenderán.

Pablo y su secretario cruzaron miradas de asombro. Sabartés no podía ocultar su disgusto en el rostro.

—Ya —susurró Pablo—, me quieren a mí y les gustaría que pintase de otro modo. Yo no pretendo con este encargo crear o explorar un estilo nuevo, como habrás visto, pero sí aplicar lo que he desarrollado a lo largo del tiempo como artista, precisamente porque me gustaría ofrecer lo mejor de mí mismo. Para mí también este trabajo es importante y quiero darle la suficiente trascendencia. Pero nunca fui un decorador o un pintor de salón, lo lamento.

—Lo sé, Pablo, y creo que te entiendo —afirmó el arquitecto con delicadeza—. Deseas suscitar emoción con el mural, me parece algo evidente, y no para llegar a unos pocos, ni para satisfacer el gusto de un sector de personas con una visión del arte muy particular. Hacer una obra que conmueva y con un sentido lo más amplio posible, porque nadie es ajeno a la brutalidad; las víctimas pueden encontrarse en cualquier parte. Y es evidente que deseas enfocar la atención en el acto de sacrificio que representa en nuestro país una corrida, pero yendo más lejos, a la mitología, tratando el asunto como una alegoría. No hay en estos bocetos que me has traído armas, bombardeos ni aviones. Te interesa representar un grito de dolor que atraviese cualquier frontera. Así es como yo lo interpreto y, desde luego, ardo en deseos por verlo proyectado sobre la tela. Llamará mucho la atención y perdurará; puede que sea lo más apropiado en estos momentos y lo importante, lo fundamental, es que tú te sientas bien pintándolo.

—José Luis, me gusta tu sinceridad, eres tan directo y franco; siempre me ha gustado cómo dices las cosas y es mucho lo que dices hoy —intervino Pablo, abrumado ante la descripción que había hecho su amigo—. Yo..., yo no sé expresarme con tus palabras atinadas. Lo mío es pintar, pero los arquitectos sois extraordinarios para explicar las cosas. Esto merece una comida; invito yo —concluyó extendiendo su brazo por los hombros de Sert.

La sonrisa del arquitecto no dejaba lugar a dudas de la satisfacción con la que acogía las palabras y la invitación que le hacía el pintor. Decidió aprovechar la ocasión.

—¿Por qué no nos dejas más obras para la exposición en la segunda planta? Tenemos espacio libre y siempre serán bienvenidas, te lo aseguro; para ti tenemos huecos, los que tú quieras.

—¿Os parece poco lo que ya os he traído? ¿Dónde están las esculturas de las mujeres? —preguntó Pablo sonriendo, sin molestarse en absoluto por la pretensión de Sert.

—De momento, bien protegidas, ahí enfrente, en el patio, bajo unos toldos. Las instalaremos poco antes de la inauguración. *La dama oferente* detrás de la pared donde pondremos tu mural, en el exterior. Y *La cabeza de mujer* casi en la misma entrada, frente a la escultura de Julio González, *La Montserrat*, al otro lado de la escalera donde se encuentra la escultura de Alberto.

Pablo se levantó, encendió un cigarrillo y caminó unos pasos antes de regresar al madero donde aguardaba sentado el arquitecto.

—Me gusta, sí. —La expresión de su rostro denotaba la aprobación por cómo se situarían las obras en el entorno del edificio—. Voy a traeros dos esculturas más, no tan grandes. Si quieres, José Luis, podemos ir una tarde a Boisgelup y las elegimos juntos. Antes del sábado, por supuesto; ese día me llega el lienzo y ya me será imposible moverme mucho del estudio.

A Sert se le iluminaron los ojos; aquello era una oportunidad que, desde luego, no rechazaría y que haría las delicias de todos los que estaban implicados en la muestra.

*L*o encontró al mediodía, en la cocina, charlando con Inés. Él iba a cumplir a rajatabla con las instrucciones que le dejó la noche anterior en una de sus clásicas notas:

Hoy, 7 de mayo de este año saborío MCMXXXVII.
Señor don Jaime Sabartés. París.
Camarada amigo: Al recibo de esta te enterarás de que llegué tarde y que cuando tú te despiertes ni por asomo hagas lo propio con este cansado compañero de batallas. Dile lo propio a mi santa Inés y prepárate para visitar este fin de semana a Marie-Thérèse. Salud y amistad.

Pablo y la doncella reían a carcajadas. El pintor adoraba a su asistenta y se volcaba en atenciones hacia la hermosa joven, querida y mimada por los dos hombres, que consideraban un verdadero lujo contar con su dedicación y ayuda para múltiples tareas. Había llegado incluso a comprarles la ropa. Inés había sido localizada un año antes por Dora y Pablo en Mougins en el Hôtel du Vaste Horizon, donde la muchacha trabajaba como camarera y la convencieron para que se desplazase hasta París para atenderle. Desde entonces, muchas cosas habían cambiado en la casa de La Boétie. Había flores frescas todos los días en algunos rincones de la vivienda, bastante limpieza y un cierto orden respetando las manías de Pablo. Y quizá su aportación

167

más espectacular estaba en la cocina, un verdadero santuario desde su llegada y un lugar donde era factible degustar un buen guiso a cualquier hora del día.

Ella tenía, además, un cierto aire español, andaluz por más señas, debido a su carácter alegre y discreto al mismo tiempo, por su largo pelo ensortijado, negro azabache, ojos oscuros, grandes, de mirada fresca, una sonrisa encantadora y una figura armoniosa en la que destacaba su vigoroso busto.

Pablo pregonó, al ver a su secretario en la puerta de la cocina, las bendiciones de Inés.

—*Mon petit*, cada día estás más fondón. Deberías comer menos fuera y aprovechar los manjares sanos de esta diosa de los fogones.

Ella agradeció el halago con una sonrisa y rubor en sus mejillas. Salió de inmediato, al ver entrar a Sabartés, hacia el pasillo con un ramo de violetas para colocarlo, les dijo, en un búcaro del recibidor. Llevaba puesto un vestido de tela ligera con motivos florales, de una pieza, con abotonadura hasta el cuello. No era una mojigata, pero buscaba la sobriedad en su apariencia siguiendo los consejos de Marcel. El chófer la había advertido de que una sabia mezcla entre la amabilidad servicial y una cierta distancia sería muy de agradecer y bien valorada por el artista. El paso de los meses lo había confirmado, pues nunca Pablo se había entusiasmado tanto con una mujer encargada de las labores de su casa.

—Es curioso que me digas eso —respondió Sabartés— cuando resulta casi imposible conseguir que tú te quedes a comer. Deberías agradecer a Inés lo que hace degustando sus platos más a menudo.

—Es cierto, los dos deberíamos agradecer los esfuerzos de Inés y apreciar más lo que hace por nosotros.

Sabartés se sentó a su lado mientras dejaba encima de la mesa un montón de periódicos y revistas.

—Querías conocer algo de la vida del general Mola, ¿verdad?

—Sí, eso es —confirmó Pablo.

—No he logrado saber mucho más de lo que te dije preguntando a unos y a otros. —El secretario retiró las gafas que llevaba puestas y limpió los cristales con un pañuelo que asomaba por el bolsillo superior de su chaqueta; solía ir siempre con traje, incluso en pleno verano—. Es algo más joven que tú, nació en Cuba y es hijo de un capitán de la Guardia Civil destinado en la isla que se casó con una nativa. Tras la pérdida de la colonia regresaron todos a España. Él se graduó a los veinte años como teniente en la Academia de Toledo y sirvió en las guerras de Marruecos con bastante éxito. Allí fue ascendido por méritos de guerra hasta alcanzar el grado de general de brigada. Pasó algún tiempo en la Península con diferentes destinos, nada relevantes. Aunque poco después de la proclamación de la República fue expulsado del Ejército por el papel que había desempañado en la Dirección General de Seguridad durante la caída de la Monarquía, en contra del cambio político que se venía reclamando, y también por su posible participación en la sublevación de Sanjurjo. La amnistía del 34 le permitió volver a las armas, pero durante su separación creció en él un odio fuerte contra Azaña y sus reformas.

—¿Y es cierto que fue él quien diseñó y encabezó la rebelión?

—Sin ninguna duda. Lo organizó todo, dio las instrucciones para el levantamiento utilizando el seudónimo de «director», estableció las fechas, el ideario y la estrategia. Y sin embargo, a los pocos meses de iniciado el golpe, en el mes de octubre, un grupo de generales le convencieron para que cediera el mando a Franco. Luego, en marzo de este año, emprendió el ataque a Bilbao como jefe del ejército del Norte.

—Por lo tanto, ¿él conocía y aprobó el bombardeo de Guernica?

—De eso quería hablarte hoy. —Sabartés cogió una revista que estaba entre los periódicos y que había depositado antes sobre la mesa de la cocina—. Aquí hay una entrevista sobre esa operación que no deja ninguna duda de cómo se fraguó, cuál era su objetivo y la responsabilidad de la acción.

—Déjame…

Pablo leyó sin levantar la voz el testimonio del general Mola al periodista Jules Legrand.

El avance sobre Durango se efectuó en dos direcciones: desde el sur por la carretera de Vitoria y desde el este por la carretera de San

169

Sebastián. Nuestros soldados se apoderaron de Durango por asalto, mientras la Legión Extranjera ejecutaba por el norte un movimiento rápido sobre Guernica, con vistas a envolver el flanco izquierdo del enemigo.

El avance de la Legión Extranjera (mejor conocida como Legión Cóndor) nos permitió ocupar Guernica, cuna del separatismo vasco, gracias al empleo combinado de la artillería y la aviación. Los ataques preparatorios de la aviación han demostrado ser particularmente eficaces.

Ninguna posición de los gubernamentales ha resistido hasta ahora el ataque combinado de nuestras armas. Las bombas incendiarias se han utilizado con gran efecto para desalojar a las fuerzas ocultas en los bosques.

Al finalizar la lectura, cruzaron sus miradas. Pablo hizo una mueca de desagrado.

—Desde luego queda despejado cualquier tipo de dudas sobre la autoría de la operación —concluyó el pintor—. ¿Y cuál es la consideración que se tiene sobre él?

—Que era alguien que tuvo una formación liberal, un militar eficaz, de vocación, y que terminó empeñado en conquistar una autonomía de los ejércitos por encima del poder político, especialmente para tener las manos libres cuando no les gusta lo que el poder civil decide. Ha acabado siendo un golpista al que no le tiembla el pulso, si es necesario, para sembrar el terror.

Pablo permaneció un rato pensativo. Llenó un vaso con agua mineral y bebió dando pequeños sorbos.

—Esta noche me encontraré con el embajador Araquistáin en el Café de Flore —dijo, al fin.

—Él podrá contarte más cosas —señaló Sabartés mientras recogía su boina y se la colocaba sobre la cabeza—. Bueno, me marcho a Tremblay como me pediste…

—No olvides llevarte los patés para Marie-Thérèse y los paquetes para la niña que ha preparado Inés. Y explícale la situación a ella: que ya he comenzado el cuadro y que no tendré un respiro hasta que lo termine. Espero que lo entienda.

*L*uis Araquistáin era más joven que Pablo pero parecía lo contrario, el embajador había envejecido muy rápido en los últimos meses. Araquistáin se había dedicado al periodismo en su juventud con bastante éxito hasta que se volcó de lleno en la política para impulsar la nueva izquierda, liderada por Largo Caballero, del que se convirtió en consejero principal. La necesidad imperiosa del primer ministro para obtener el respaldo de las potencias europeas había sacrificado a Araquistáin al frente de la legación francesa. Desde París, el embajador se había sentido desplazado e incómodo, alejado de los círculos de decisión política y sin posibilidad de respaldar a su querido compañero.

—En estos momentos dramáticos no cabe la tibieza, Pablo. Y es preciso que tu mural resalte el horror provocado por los fascistas, su crueldad con la población civil y su desprecio por la vida.

Con estas palabras le recibió el embajador en el Café de Flore, lugar elegido por el propio pintor para el encuentro. Aquella noche no cabía un alma en el local envuelto en la humareda de los cigarrillos, que casi impedía observarse unos a otros. Pablo intentó captar la mirada de Araquistáin sin éxito porque lo hacía más difícil el grosor de sus lentes empañadas por la humedad. Lo encontró sentado en los bancos pegados a la pared, en la mesa reservada casi siempre para el pintor, justo delante de un amplio visillo decorado con grecas modernistas, contrastando con los remates de estuco que había en los muros.

El embajador tenía las facciones hinchadas, seguramente como consecuencia del cansancio, pesado en sus movimientos y con un rictus de gravedad en el semblante. Lo recordaba más animoso cuando llegó a la capital de Francia, sonriente, amante de la diatriba de la que disfrutaba cuando más exigente fuera con él. Hacía varios meses que no se veían porque Pablo había rehusado asistir a las invitaciones promovidas por Araquistáin, después de que fuera transformando la discusión política por verdaderas soflamas. Aquella noche no pudo evitarlo, se lo había pedido personalmente llamándole por teléfono a casa.

«Tu participación es esencial. Contigo podemos avanzar en el terreno de la propaganda.»

Aquel mensaje que le transmitió el día anterior a través del auricular fue reiterado por el embajador en persona mientras permanecieron sentados en el Café de Flore. Insistió sobre el particular con diferentes argumentos.

—Pablo, la pintura que tú haces, según mi punto de vista, y yo no soy precisamente un experto en esta materia, no es la que me encuentro en muchas casas decorando los salones. La tuya es diferente, especial y, seguramente, provoca tanta admiración por eso mismo. He comprobado cómo la gente se encandila contigo y tus obras son bastante polémicas, pero indiscutibles en estos tiempos. Pienso que eres capaz de conseguir lo que quieras con los pinceles.

—Incluso convertir la pintura en un arma ofensiva contra los enemigos —señaló Pablo.

—Exactamente, eso es lo que yo quería expresar, lo has dicho a la perfección.

Lo que expresó fue como un bálsamo para el embajador. El motivo del encuentro estaba cumplido para él; había ido hasta el café para escuchar precisamente aquello, que Pablo Ruiz Picasso, la figura española más conocida y admirada del momento, estaba dispuesto a servir a la patria en unas horas en las que peligraba su futuro.

—Todos nos tenemos que sacrificar en estos momentos —insistió el embajador—. Yo mismo estoy en París intentando que las potencias europeas, las democracias occidentales, se impliquen en la defensa de la legalidad republicana y contra el fascismo, que nos ayuden para acabar cuanto antes con la rebelión que tanto daño está haciendo a nuestro país. Y la verdad es que no he conseguido mucho hasta hoy, la tibieza es la respuesta más común de aquellos que no entienden la gravedad de la situación, del peligro que puede suponer para ellos que triunfen en España los golpistas amparados por italianos y alemanes. Europa se juega mucho en nuestro país, y franceses e ingleses aún están en Babia, resulta incomprensible…

Araquistáin apenas probó bocado. Pidió una tortilla francesa con jamón y la dejó a medias. Sudaba por todos sus poros y continuamente se limpiaba la frente y el cuello con un pañuelo. Iba enfundado en un terno azul marino, de tela gruesa, con chaleco y no quiso desprenderse de la chaqueta a pesar del calor reinante.

Al pedir los cafés aparecieron por el local Paul, vestido elegantemente con un traje gris de chaqueta cruzada y tejido suave; Nusch, con pantalones y una blusa blanca, con el rostro blanquecino, como si estuviera enferma, un aspecto habitual en ella; y Dora con un vestido de tirantes azul y un sombrero de plumas multicolores. El embajador no conocía a las mujeres y celebró su presencia con un semblante más relajado.

173

Sin embargo, el poeta Éluard arrastró al jefe de la legación española a los asuntos bélicos que le tenían agobiado en los últimos tiempos.

—Parece que existe una inmovilidad en los frentes desde hace unos meses, aunque los sublevados están avanzando algo en el norte —comentó Paul.

—Estancados, es cierto. Pero si los sublevados se apoderan de la zona industrial vizcaína, donde están presionando ahora con fuerza, caería casi toda la costa cantábrica y no tardarían en hacerse con las minas asturianas. La situación se complicaría para nosotros. Y cabe esa posibilidad con el avance de Mola tras el bombardeo de Guernica.

—Y, mientras tanto, enfrentándonos en Barcelona —aseveró Éluard con su habitual moderación en el tono y delicadeza en sus maneras. Nusch y Dora permanecían más atentas a lo que las rodeaba en el local que a la conversación entre los dos hombres.

—¿Qué ha ocurrido exactamente en Barcelona? He leído algunas cosas, ha habido muertos, pero todavía es algo confuso —urgió Pablo preocupado ante cualquier noticia de la capital catalana por lo que pudiera afectar a su familia.

El embajador dio un buen trago a su copa de brandy y miró fijamente a Paul, con bastante dureza en el gesto. Ahora las mujeres aguardaban expectantes la respuesta de Araquistáin. Este carraspeó antes de hablar.

—Allí ha estallado lo que se venía cociendo desde hace meses. Los comunistas, como sabéis, buscan el control del Ejército, tener sus propios oficiales al mando, sus comisarios…, preparar su revolución con su ejército popular. Sí, ganar la guerra, como todos, y luego dar el salto para hacerse con el poder. En Barcelona, el POUM… —Detectó la extrañeza en el gesto de las mujeres y reaccionó, de inmediato, para ofrecer algunos detalles sobre la organización que acababa de mentar—: Son un grupo marxista enfrentado a los comunistas y nacionalistas catalanes que en ese territorio se han extendido bastante. Pues bien, el POUM y los militantes de la CNT-FAI, los anarquistas, se han enfrentado a los comunistas a lo largo de esta semana y han luchado unos contra otros, casa por casa, tejado por tejado, levantando barricadas por toda la ciudad, y han acribillado los edificios de los adversarios. El resultado ha sido más de quinientos muertos, y muy probablemente los comunistas saldrán reforzados con esta operación. Realmente esto es una muestra más de nuestra debilidad para acabar con los rebeldes que están perfectamente unidos. Largo Caballero ha hecho grandes esfuerzos para desarrollar un ejército regular, disciplinado, sin que sea manejado por nadie, y no ha encontrado el respaldo necesario en un objetivo que resulta imprescindible para ganar la guerra.

—La única fuerza organizada, unificadora, es la que tienen los comunistas —argumentó Paul.

—¡Qué vas a decir tú! —exclamó el embajador con el rostro irritado—. Te falta mucha información. Ya os daréis cuenta del error. Lo mismo que con la presión ejercida contra Largo Caballero. Todos contra él, restándole apoyos. Incluso Indalecio Prieto ha desertado de su lado favoreciendo a los comunistas. Y os digo una cosa: si perdemos a Largo Caballero, perderemos la guerra.

174

El embajador culminó su parlamento en un tono bastante elevado y con gesto airado. Se percató de que era observado desde la mesas de alrededor y vació, sin descanso, la copa de brandy. Daba la impresión de estar apesadumbrado después de narrar la situación del conflicto bélico en España y lo que estaba soportando su jefe de filas, el primer ministro Largo Caballero.

—Tengo que irme rápido a la embajada.

Se levantó del asiento, saludando afectuosamente a las mujeres e incluso a Paul, a pesar de la molestia que le habían producido sus palabras. Luego, abrazó a Pablo y le dijo:

—Queremos que nos ayudes, ya lo sabes; el momento actual lo exige.

Salió con prisa, como si le esperase algo urgente, y a punto estuvo de caerse dentro del café al tropezar con una silla. Con el estrépito todos los ojos dieron con él.

—Hoy no era su día, por lo visto —comentó Dora.

—Debemos tener en cuenta lo que nos ha dicho, su información es de primera mano —subrayó Pablo.

—Lo que ha sucedido en Barcelona es muy grave y lo más probable es que afecte a la continuidad de su camarada y amigo, Largo Caballero —conjeturó Paul Éluard—. ¿Qué os parece si nos trasladamos a Les Deux Magots? Había menos gente, lo vi al venir hacia aquí, y podremos hablar y divertirnos sin tanto jaleo.

Así era el poeta, proclive a intentar aprovechar cada instante a pesar de las dificultades que pudieran presentarse, a transformar la vida en gozo y dispuesto a compartirlo con los amigos.

Pablo dudó si aceptar la propuesta. Lo expresó meneando la cabeza de un lado a otro.

—De acuerdo —afirmó finalmente—, pero debo regresar pronto porque quiero llamar a Barcelona, a mi madre, para saber cómo están allí las cosas y, además, mañana a primera hora tengo que ir al granero de Grands-Augustins porque vamos a montar el lienzo.

*D*ecidió bajar hasta el estudio después de permanecer casi una hora en el ático donde Jaime Vidal y sus ayudantes trabajaban sin descanso ajustando la tela al bastidor. Inés les había facilitado unos recipientes con agua para humedecer el lienzo. Era el sistema que utilizaban para lograr destensarlo y dotarlo de la firmeza necesaria cuando se secara después de haber sido clavado a la madera. Impresionaba ver su tamaño por mucho que el granero tuviera unas dimensiones apropiadas para embarcarse en aquella obra tan excepcional. Pudo comprobar lo dificultoso que era el montaje y supuso lo complicado que sería instalarlo en el pabellón, con la ventaja de que allí no tendrían que subirlo a una gran altura como en Grands-Augustins. Era el momento, se dijo, de trabajar en el estudio para perfilar el mural con nuevos bocetos a raíz de lo que rondaba por su mente. Previno a Inés para que le avisara cuando fueran a recostar el lienzo en la pared porque deseaba estar presente en la operación.

Al acceder al taller situado en el edificio adosado al del granero le deslumbró la potente luz que se colaba desde el exterior inundando toda la sala. Había amanecido nublado pero un viento suave, constante, había logrado despejar por completo el cielo. Dio de comer cereales a las tórtolas y abrió la puerta de la jaula. Al ver a los animales desperezarse revoloteando por el estudio se sintió dichoso. La temperatura era excelente y se desprendió de la chaqueta para quedarse en mangas de camisa.

Encendió un cigarrillo y permaneció unos instantes observando las evoluciones de las tórtolas; luego, buscó infructuosamente el papel azulado con el que había trabajado durante los últimos días. Finalmente, decidió dibujar sobre cartulina blanca.

Le obsesionaba la figura del caballo. Perfiló la testuz y el cuello doblado hacia el interior de su cuerpo, hacia abajo, encerrado sobre sí mismo como formando casi un círculo de tan pronunciado que era el giro. A continuación, compuso la boca con los dientes en el exterior de las mandíbulas, tal y como lo había hecho en otras ocasiones. Una vez terminado el boceto, consideró que aquella postura proyectaba excesiva tensión durante la agonía del animal. Quizá no fuera lo más apropiado. Eso sí, consideró que la forma del equino estaba reclamando una asonancia, es decir, una figura opuesta en su concepción estilística.

En las últimas horas rondaba por su cabeza la idea de añadir al conjunto una madre implorante, una mujer clamando al cielo, lanzando al aire su extremado dolor, incapaz de dominarse mientras sujetaba a su hijo muerto en brazos. Era una imagen que evocaba las pinturas clásicas de Reni, Rubens o Poussin que había visto en diferentes ocasiones. Le concedería otro tratamiento y dimensión a esa imagen aportando más desgarro.

177

Trazó el movimiento de la mujer con una curva opuesta a la que había perfilado con el caballo. Ella estiraba el cuello hacia lo alto, de tal manera que su cabeza se elevaba impulsada por la desesperación, gritando hacia el cielo, con el cuerpo de su hijo hecho un guiñapo entre los brazos.

Las dos figuras, la del animal y la de la maternidad, situadas una frente a la otra, adquirían una fuerza poderosa, emotiva, una elipsis envolvente capaz de atrapar al espectador. Es lo que buscaba.

Tenía ya a su alcance diversos elementos que había elaborado con sumo cuidado, imágenes que podían funcionar según como fueran combinadas sobre la superficie del lienzo. «Sería maravilloso que encajaran en la tela por sí solas, como saltamontes, hasta alcanzar el máximo reposo y solidez», pensó. Era consciente de que aún le quedaba mucho por hacer para considerar que el conjunto adquiría completo sentido: una composición armónica que retuviera al espectador sin saber exactamente la razón que le lleva a permanecer absorto ante unas figuras irreales, simbólicas, esparcidas, aparentemente, al antojo mediante el impulso creativo de un artista.

Revisó los dibujos que había elaborado en las últimas jornadas. A lápiz, o con alguna pincelada de sombra para modular la luz, con austeridad de líneas y carentes de color, exhibían una fuerza expresiva y un relieve poderoso. Tenía razón Dora al recordarle lo que escribió sobre él Kandinsky: si el color molesta, no se utiliza. En esta ocasión, precisaba actuar de esa manera. La sencillez de las formas que pensaba utilizar concedería grandeza y profundidad a las imágenes al ser tratadas sin manchas de cromatismo exuberante.

Al levantar la cabeza de la carpeta de cuero donde protegía los dibujos, descubrió a Inés que entraba en la sala.

—*Monsieur, c'est fini.*

—¿Y ya está colocado en la pared? —demandó él.

—*Non, nous allons le mettre maintenant.*

—Bien, vamos arriba.

Aún le resultó más gigantesco al verlo sujeto en el bastidor. Marcel, Vidal y los dos mozos que le acompañaban no eran capaces de levantarlo del suelo. Lo habían subido desde la camioneta troceado: el armazón y la tornillería en varios viajes desde la calle; la tela en una sola operación con el esfuerzo de todos los hombres a los que se unió Inés y Marcel para echarles una mano. Ella les demostró que poseía la misma fuerza que cualquiera de ellos. Ahora participaba además Pablo, que se había sumado para controlar el proceso, temeroso de que el lienzo pudiera dañarse al levantarlo del suelo y apoyarlo en la pared.

Lo fueron elevando lentamente mientras lo sujetaban por los bordes laterales. Era imprescindible forzar los músculos para impedir un posible balanceo y el derrumbe sobre el piso, lo que supondría una casi segura rotura de la tela. Al alcanzar la pared lateral intentaron colocarlo en posición vertical, lo máximo que habían previsto. Algo impedía alcanzar la posición deseada.

—Choca contra la viga más de lo que calculábamos —resaltó Vidal.

—Imposible, lo hemos medido y comprobado varias veces —replicó Pablo, dejando una mano libre para retirarse el sudor de la frente; las marcas de humedad en los sobacos de su camisa permitían apreciar el esfuerzo que estaba realizando.

—No es mucho más lo que nos lo impide, el problema estriba en la irregularidad del techo —lamentó el oficial—. Bueno, vamos a apoyarlo para descansar un poco y verá que no es tan grave. Ya conocíamos la imposibilidad de dejarlo perfecto.

Pablo se retiró al centro del granero mientras ajustaban el lienzo, como podían, delante de la pared e intentaban equilibrarlo. En ese instante, apenas era consciente de lo que estaban haciendo. Imaginaba sobre la tela algunas figuras y reparaba que en aquel inmenso espacio, casi interminable, cubierto por una blancura deslumbrante en el que rebotaba la luz de un día esplendoroso que cegaba por su intensidad, faltaban elementos para completar la obra.

En espacios más pequeños tenía por costumbre partir de unos modelos que había fabricado mentalmente y, más tarde, frente al lienzo, dejaba fluir la inspiración. En la punta de los pinceles surgían, en la mayoría de las ocasiones, nuevas y animadas imágenes a las que terminaba por conceder más valor incluso que a las iniciales cuando se propuso abordar la pintura, imágenes que respondían a algo sentido previamente y que se habían ido formando en su interior hasta brotar con intensidad. Pero en esta ocasión no era posible actuar de la misma manera. Resultaba casi imprescindible tener elaborada la composición en toda su amplitud, antes de permitir que la creación surgiera espontánea.

Disfrutaba delante de un lienzo virgen donde le estaba permitido jugar, embarcarse en una orgía cuyo final era producto de un ejercicio repleto de sutilezas y pasión, a pesar de que llegó a bromear en una ocasión al comentar que con la firma y la fecha ya constituía una obra de valor; es lo que importaba a los que se dejaban influir por el mercado y la propaganda.

El lienzo que tenía en el granero de Grands-Augustins lo vislumbraba como una sima capaz de devorarle si no lograba afinar todos sus sentidos al máximo. Aquel cuadro sería diferente a los que había pintado hasta la fecha. No lo dejaría dormir, ni tendría posibilidad de ser alertado por un golpe de gracia o un estudio pausado de las manchas depositadas sobre la superficie con libertad plena, absoluta, enfebrecida. Tenía fecha límite para su ejecución y entrega, el plazo era muy breve y, sobre todo, el público aguardaba con expectación encontrar un

180

tema y un significado detrás de las pinceladas y los fondos de pintura que él iría depositando sobre la tela.

—Ha quedado bastante bien.

La voz de Vidal le sacó de su ensimismamiento.

—Espero que funcione.

Una vez revisado el resto del pedido, Pablo dio su conformidad plena y los empleados de Castelucho-Diana se despidieron.

El ático había quedado como si fuera un campo de batalla, todavía quedaba mucho que hacer para comenzar a pintar.

—Será más tarde —propuso Picasso a Inés y a Marcel—. Vámonos a comer al Catalán.

*L*as riberas del Sena repletas de madrugadores adictos a los rayos del sol, los bulliciosos cafés con sus marquesinas saturadas de gentes conversadoras, la animación en los parques y las calles rebosantes de peatones con el rostro bendecido por el entusiasmo que les generaba una primavera tan soleada eran el fiel reflejo de que los parisinos vivían esa estación con verdadera felicidad sacudiéndose los pequeños problemas que se les habían enquistado a lo largo del invierno. La Rue La Boétie, por lo general bastante tranquila, soportaba aquel domingo de mayo un tránsito incesante de gentes y vehículos.

Pablo había permanecido toda la tarde en casa. Se levantó pasado el mediodía y pidió a Inés que abriera de par en par las ventanas para que entrase el aire y el sol. Luego, la sirvienta le preparó algo ligero que comió en el salón. Inés y Marcel tenían la tarde libre y se quedó solo en la vivienda sin que le perturbase el continuo trasiego por las aceras, que él aceptaba como algo estimulante.

Aprovechó el tiempo para retocar a pluma, con la minuciosidad de un monje amanuense en el trazo, el boceto de la maternidad que había diseñado el día anterior en el estudio mientras aguardaba que Vidal ultimase la preparación del lienzo. La utilización de la tinta india concedía mayor relieve a la figura de la madre aterrorizada, y la fue afinando hasta que adquirió un aspecto casi pétreo. Apretó los párpados para analizarla llegando a la conclusión de que aquel enfoque y tratamiento tan modulado resultaba excesivo, puesto que él pretendía alejarse de la complejidad y, como consecuencia de ello, aplicar la máxima sencillez en el concepto de las figuras que situaría en el mural.

Consideró necesario completar ya un esbozo del conjunto porque, más pronto que tarde, debería comenzar a trabajar con los pinceles sobre la tela. Aún no tenía forjada la composición definitiva, pero había llegado el momento de comprobar si los elementos que tenía pensado utilizar funcionaban al situarlos unos junto a los otros.

Encontró dentro de un aparador papel blanco de unos 25 por 45 centímetros de superficie que podía serle útil y se puso a dibujar con un lápiz. Para el fondo emplazó unas construcciones cúbicas de aristas bien definidas y diversos planos en blanco y negro. Delante de los edificios discurría la tragedia, iluminada por la mujer del quinqué que llevaba agitándose sin descanso en su mente desde hacía varios días. La escena era observada por el toro, de volúmenes muy marcados, en tres dimensiones. En el centro situó el caballo junto a una rueda y, a su lado, a la mujer arrastrándose por el suelo y mirando al cielo; en el extremo opuesto dibujó otra matrona. Finalmente, en la parte inferior de la composición, emplazó un montón de cuerpos mutilados.

Lo estuvo mirando un buen rato. La acumulación de cadáveres en primer término tenía una presencia excesiva y, por añadidura, convertiría el cuadro en una propuesta de corte realista. No quería que la tragedia resultara tan evidente, ni que la violencia fuera resaltada hasta ese extremo. Era consciente de que carecía del tiempo necesario para madurar el cuadro como él hubiera deseado.

Se asomó al exterior por la ventana del salón. La luz del sol se iba oscureciendo al ocultarse el astro detrás de los tejados. El bullicio en la calle no se había reducido lo más mínimo con el atardecer. Meditó sobre el contraste entre la vitalidad y la alegría que transmitían las calles parisinas con el dolor, el temor y la amargura que asolaba a las gentes en su querida tierra. Estaba horrorizado ante la tragedia en la que había sumido a España un grupo de militares reaccionarios. Una profunda tristeza se apoderó de él.

183

*R*ecordó su viaje a Florencia. El encuentro con el comandante aficionado a la fotografía y la charla que mantuvieron. ¡Qué diferente resultaba ahora aquella conversación! Nunca la había olvidado y últimamente irrumpió con fuerza entre la vorágine de su memoria. Insistió entonces Mola, en el confortable vagón que les trasladaba de Orvieto a Arezzo, en la debilidad de los gobiernos en España, haciéndolos responsables de la violencia callejera que se estaba produciendo en muchas ciudades, especialmente en Barcelona, donde estaba destinado en aquellos momentos; también culpaba a los políticos del malestar existente en el seno del Ejército. Partiendo de aquella postura era factible evolucionar hacia una visión radical de la realidad arrogándose un protagonismo ciego. Evocaba sus palabras como cuando subrayó que las armas debían mantenerse bajo el mandato civil. Seguramente, el tiempo hacía mella en las personas y en su forma de pensar, en unos más que en otros, pero era innegable su efecto cuando se partía de un análisis particular como el que propugnaba el militar.

Curiosamente, el comandante le dejó una buena impresión, a pesar de la brevedad del encuentro; tenía que reconocerlo. Resultó una persona cordial, comunicativa y, aparentemente, un verdadero experto en las técnicas fotográficas; al menos iba muy bien equipado de aparatos.

Al rememorar el encuentro del que habían transcurrido veinte años, pensó en la brújula que conservaba desde entonces y que Mola se dejó sin querer en el asiento del tren. Fue a buscarla. En una habitación contigua al que había sido su estudio hasta que se trasladó a Grands-Augustins, guardaba y protegía sus fetiches más queridos. Tiró del cordel que sujetaba el manojo de llaves que llevaba en la faltriquera de su pantalón, otro de sus apreciados tesoros. Las fue examinando una por una hasta dar con la correspondiente a la vitrina-museo. En realidad, el mueble era un descomunal armario metálico que ocupaba casi por completo una estancia de la casa.

Con suma precaución y delicadeza, como si fuera un sumo sacerdote despejando la cámara secreta de un santuario, introdujo la llave en la cerradura y abrió las puertas del preciado almacén. Allí conservaba una buena cantidad de pequeñas esculturas realizadas con materiales variopintos, desde papel hasta alambres, piedras de diferentes tamaños, formas y colores, montones de minúsculos cristales desgastados por la erosión, reliquias del pasado compuestas por restos arqueológicos entre los que había numerosas puntas de sílex y la reproducción de dos Venus prehistóricas: la de Laussel y la de Brassempouy; conchas de mar, llaves oxidadas, el esqueleto de un lagarto, de un murciélago y un sinfín de objetos, la mayoría encontrados en cualquier rincón de la ciudad, las playas o los campos por los que él había transitado, y que habían sido arrojados por sus dueños a la basura u olvidados, como había ocurrido con la brújula que perteneció al militar de origen cubano.

185

Rebuscó entre unos trozos de madera arrinconados en el fondo del armario y sintió, de improviso y con agrado, el gélido metal en la punta de sus dedos. Allí estaba el preciado objeto. Lo cogió con cuidado, lo posó en la palma de la mano izquierda; era tan voluminoso que ocupaba la mayor parte de su pequeña y carnosa extremidad. Desprendió la presilla que sujetaba la tapa superior con la ranura en la que se alojaba un hilo de fino alambre que, supuestamente, se utilizaría para localizar un punto en el horizonte. Levantó esta pieza con su visor y luego separó la pequeña lupa que estaba encima del cristal que protegía el módulo principal de la brújula: era el compartimento donde se encontraba la aguja imantada sujeta a un disco interior con numeraciones en rojo y en negro. El disco osciló con suavidad durante unos segundos hasta quedarse quieto señalando el norte magnético. Pablo aproximó a continuación la lupa a sus ojos y pudo ver con detalle las escalas marcadas en el disco y las diferentes coordenadas.

—¿Qué te tiene tan hipnotizado?

Le sobresaltó la voz de Jaime. No se había percatado de su presencia ni había oído el golpear de la puerta al llegar.

—¡Vaya! ¡Qué brújula tan fantástica! —exclamó seguidamente el secretario al descubrir lo que había mantenido a Picasso tan concentrado como para no darse cuenta de que había entrado en la casa.

—¿Cómo te ha ido? —preguntó el pintor ajeno al comentario de su amigo, que parecía bastante cansado.

—Puedes imaginarte. En un primer momento la reacción de Marie-Thérèse no resultó nada agradable. Estuvo llorando un buen rato, me costó un gran esfuerzo y mucha delicadeza conseguir que se calmase, y luego ha permanecido casi todo el tiempo con cara de disgusto. Al final, estuvo algo más calmada. Y Maya te llamaba sin parar, ya habla bastante y la madre le ha enseñado a preguntar por ti. Tú verás lo que haces, no puedes faltar el próximo fin de semana. —Lo expuso con gravedad y rogando con el gesto y con una expresión forzada que aceptase el consejo que le daba. Aguardó una respuesta que no se concretó; el pintor parecía meditarla observando lo que tenía entre sus manos—. Bueno, déjame ver esa brújula que te atrae tanto. ¿Cómo y dónde la conseguiste? —preguntó el secretario dejando a un lado los pormenores de la visita que había hecho a Marie-Thérèse y a Maya y aceptando que Picasso había captado la sugerencia para que no faltase el siguiente fin de semana.

Le entregó la brújula. A Jaime se le iluminó el semblante al recibirla y tocarla con sus manos.

—Compruebo que te gusta también…

—Yo… —Sabartés titubeó antes de expresar lo que sentía—, la verdad es que cuando era tan solo un chiquillo iba por el campo con una parecida a esta, bueno algo más sencilla. —Al secretario se le formaba, sin quererlo, una mueca de satisfacción en los labios, incluso se desprendió de la chaqueta, algo que no hacía con frecuencia; acaso los recuerdos

186

de la niñez le habían llevado a alterar un poco sus hábitos—. Pertenecía a una sociedad excursionista de Barcelona en la que me apuntaron mis padres. Salíamos por los alrededores de la ciudad bastantes domingos y los monitores me enseñaron a desplazarme con seguridad haciendo uso de un plano y a utilizar la brújula para saber cómo ir de un lado a otro sin perderme. ¡Era fantástico!

—¿Y cómo la utilizabais? —preguntó Pablo interesado.

—Salgamos al balcón y lo verás.

La ciudad comenzaba a inundarse de sombras, pero aún era posible distinguir a la perfección sus principales y emblemáticas construcciones. Con la brújula bien sujeta entre sus esqueléticas manos, que no hacían justicia a su oronda figura, Sabartés dejó que se situase el norte magnético.

—Ahí lo tienes, mira. La dirección de la aguja nos señala claramente hacia Courcelles, más o menos por allí se encuentra el norte de la ciudad. Si tuviéramos un mapa y quisiera encontrar las coordenadas precisas para ir hacia la Madeleine, desplazaría la brújula sobre el papel alineándola en esa dirección. Y con estas líneas dibujadas sobre el cristal, desplazando el módulo exterior, hallaría el azimut, el ángulo formado por ellas en la ruta que nos llevaría sin equivocarnos hacia la Madeleine. En este supuesto son ciento sesenta grados sur.

—¿El azimut? Nunca había oído esa palabra —comentó Pablo.

—Sí, es un término acuñado por los astrónomos para estudiar el espacio y emplazar la posición de las estrellas…

—¿Y esto es todo?

—Hay más, este es un objeto con muchas posibilidades, pero tendríamos que movernos por lugares con referencias desconocidas y entonces manejarnos con el visor y buscar, de acuerdo con las coordenadas que se detectan mediante la lupa, el camino a seguir y no perdernos. Al menos, ya sabes cómo alcanzar la Madeleine sin dificultad.

—Muy original, para tal cosa no preciso de nadie, ni de nada. La tenemos aquí al lado; creo que es más interesante la propia brújula que tus explicaciones.

—Es que se utiliza especialmente en espacios abiertos para caminar o desplazarte en una dirección que previamente ha

187

quedado marcada por el azimut y, mirando por el visor, localizar en el horizonte una referencia que te indique el camino a
seguir. —Mientras hablaba, Sabartés iba simulando cómo manejar la brújula.

—Hay que practicar, supongo, para entenderlo mejor. De
cualquier manera, es un objeto que me parece original y muy
práctico.

—Es especial, desde luego, de fabricación alemana, una
buena pieza. ¿Cómo la encontraste? No creo que haya sido en
la basura, como la mayoría de las cosas que tienes dentro de ese
armario; me parece imposible que fuera arrojada entre los desperdicios…

—Es una historia antigua, tal vez te la cuente algún día.

*L*os cuadernos de apuntes los tenía guardados dentro del aparador de su dormitorio y los más antiguos en unas cajas apiladas a lo largo del pasillo, aunque no siempre la clasificación seguía una regla específica ni era tan ordenado con las libretas. Cuando terminaba uno de ellos, algo que ocurría con cierta frecuencia porque anotaba a diario sus impresiones y realizaba dibujos a cualquier hora, se preocupaba de que no se le perdieran entre las montañas de papeles y objetos arrinconados en cualquier esquina de la casa. Normalmente, los colocaba junto a los anteriores en el mismo lugar.

En las cajas del pasillo localizó, por suerte, los primeros que había utilizado en Roma. Dos de los cuadernos fueron completados, casi en exclusiva, con los estudios que realizó para el vestuario de *Parade*: el de los Managers, el de la niña americana, la acróbata femenina, el prestidigitador chino o la cabeza del caballo. También contenía un retrato, de ligerísimo trazo a tinta, de Jean Cocteau que, evidentemente, no se lo había regalado como otros que hizo a su amigo. El poeta aparecía en el dibujo con el rostro afilado, nariz aguileña y penetrante mirada y, al mismo tiempo, con expresión melancólica, la que más le caracterizaba.

En otro de los cuadernos encontró adheridas a las hojas varias postales que había comprado en la Piazza di Spagna y que representaban jóvenes ataviadas con vestidos típicos. En alguna de las postales había trozos de tela pegados para imitar la vestimenta;, fue aquello lo que le hizo adquirirlas. Asimismo, localizó un programa de los ballets rusos y varios proyectos para el telón de *Parade* y del propio decorado. En este bloc tenía un dibujo a lápiz de la Villa Médici, una hoja de notas recogida en el Gran Hotel Victoria, de Nápoles, junto a la factura de su estancia en ese establecimiento y varios retratos de Olga sentada, con las piernas cruzadas y ataviada con lujosas prendas.

Lo que no hallaba por ninguna parte era el cuaderno que utilizó en su viaje a Florencia.

Fue hasta el dormitorio intentando no despertar a Jaime ni a Inés. ¡Cuánto les extrañaría encontrarle danzando por la casa a una hora tan temprana! Llevaba despierto desde poco después del amanecer. Había decidido que aquel lunes, 10 de mayo, fuera un día especial, porque adoptó la decisión irrevocable de comenzar a trabajar en el mural del pabellón y para cumplir con ese deseo precisaba hacer algunas comprobaciones.

A primera hora y antes de ponerse a buscar el cuaderno de Florencia, estuvo retocando, sin levantarse de la cama, las figuras centrales de la obra que iba a emprender en breve. La postura del caballo aún no le convencía; el animal poseía un retorcimiento demasiado acusado y tampoco estaba seguro de la posición que tenía en el conjunto. Trabajó en ello, al igual que en la cabeza del toro para contrastar si humanizando su testuz serviría más adecuadamente a la intención que deseaba concederle como espectador de la tragedia, cual tótem pasivo ante el drama. La utilización inequívoca del Minotauro, hasta aquel momento, seguía pesando en su ánimo sin decidirse por la concreción estética que le daría; no en vano deducía la sucesión de interpretaciones erróneas cuando el cuadro fuera expuesto y un excesivo protagonismo a su figura con ese planteamiento.

Al margen de estas exploraciones y nuevos estudios sobre las imágenes del cuadro, precisaba recuperar las notas y dibujos que se encontraban en el cuaderno que llevaba durante el viaje que realizó a la capital toscana.

Dedujo que tal vez se encontrara en la cajonera del aparador. En el compartimento más bajo del mueble guardaba un estuche de madera chino, de color negro y repleto de incrustaciones de nácar, donde depositaba lo más diamantino de sus recuerdos: una carpeta con esbozos que había hecho en Barcelona durante su juventud, una libreta de Montmartre, dibujos eróticos de algunas de sus amantes... y, posiblemente, estaría allí el cuaderno de Florencia que había utilizado durante los maravillosos tres días que permaneció en la ciudad italiana y que supusieron para él una experiencia y un aprendizaje inolvidable...

Abrió despacio el estuche de madera negro, como si temiera que las hojas que había en su interior fueran a diluirse con el aire y el contacto de sus manos. Lo primero que apareció fue el retrato del comandante Mola con los ojos agujereados para convertirlo en una careta. Apenas lo recordaba. Torció sus labios haciendo una mueca, era una especie de sonrisa burlona. Tuvo intención de colocar la máscara delante de su cara, pero se detuvo ante la grima que sintió solo de pensar que iba a cubrir su rostro con la imagen del sublevado, por mucho que fuera una creación propia y le atrajera aquel juego en múltiples ocasiones. De hecho, lo hacía como un divertimento y con frecuencia con retratos de gatos y perros.

A continuación, se deleitó con la evocación de las pinturas de los Uffizi que él había trazado esquemáticamente sobre el papel, especialmente con los caballos de Ucello, con la obra de Gozzoli y con el rostro de *La Virgen de Ognissanti*, pintada por Giotto. También con los frescos de la capilla Brancacci: los poderosos retratos que había creado Masaccio y las arquitecturas cúbicas que él admiraba desde entonces como lo que eran: una obra maestra insuperable. Localizó en el mismo cuaderno varios estudios con las manos del David de Miguel Ángel.

Se sentó encima de la cama para contemplar con calma las últimas páginas en las que había desglosado e interpretado varias de las figuras que aparecían en el cuadro de Rubens *Los desastres de la guerra*, la pintura que le había comentado María, la hija de su guía Roberto en el inmenso museo del Palazzo Pitti.

El templo de Jano con el portón abierto porque llegaba la guerra, la mujer con los brazos levantados que simbolizaba a Europa, Venus con el brazo alargado atravesando el eje central

191

del cuadro, la matrona con el hijo entre sus brazos, el artista yacente con el torso desnudo...

Desprendió de la tapa del cuaderno la reproducción del cuadro que le había regalado María, la joven estudiante que obtenía algunos ingresos como guía especializada del Museo Pitti.

En una de las hojas del cuaderno florentino había realizado diversos estudios de la figura de Venus: de su rostro, de su busto protegido con la mano y del brazo alargado cruzando horizontalmente el espacio y señalando la luz, intentando dar luz al mundo para que conociera las consecuencias de la guerra.

Velázquez y Goya habían reproducido magistralmente, en su momento, conflictos reconocibles; Rubens, por el contrario, mostró en su obra el resultado al que se llega con cualquier guerra, a través de los mitos clásicos. En Rubens triunfa el dios de la guerra, Marte, y Alecto, la diosa de la venganza. El artista flamenco dirigía la mirada desde el pasado al futuro inmediato para que pudiéramos contemplar el resultado dramático que suponía un conflicto bélico con la muerte de víctimas inocentes, las Artes aplastadas sin consideración alguna y un mundo de tinieblas arrasándolo todo. El torbellino de la pintura, del movimiento, era de izquierda a derecha, dando sentido a la observación hacia donde arrastraba el relato pictórico. Él pretendía volcarse hacia la dirección contraria en el mural para el pabellón español, con la intención de resaltar algún tipo de esperanza, de búsqueda de una salida tras el horror y la destrucción. En Rubens la guerra vencía y él, de alguna manera, deseaba que la guerra fuera vencida. Invertiría claramente las posturas. Por ejemplo, situaría el templo-vivienda, con la puerta abierta y en llamas, en el extremo opuesto a Rubens. Allí clamaría al cielo, con los brazos levantados, otra mujer. ¿España? El escudo de Marte en la obra del flamenco ocupaba el centro más elevado de la composición, por encima del brazo de Venus; él pretendía transformarlo en otra imagen, aún no lo tenía decidido y ni siquiera imaginaba el posible resultado.

Permaneció un buen rato contemplando la lámina del cuadro barroco que llevaba veinte años encerrada en su caja china, pero cuyas imágenes siempre había tenido despiertas en su mente. Sus ávidos ojos recorrían una y otra vez, centímetro a centímetro, cada parte de la postal mientras reavivaba la crea-

192

ción rubensiana colgada en un pasillo de la que fuera residencia de los Médici en Florencia.

Encendió un cigarrillo y degustó el sabor ácido de la nicotina atravesando los poros de la lengua, al tiempo que disfrutaba con la evocación del colorido y las armonías logradas por Rubens.

Él no utilizaría color. Después de una tragedia como la que inspiraba su obra, el color ni siquiera permanece en el ambiente, ha desaparecido, y un vahído de ausencias sucede a la matanza. En Rubens se presiente la muerte y la destrucción, pero aún no ha alcanzado toda su virulencia.

Poco a poco, se situaban con precisión los elementos del mural. Atisbaba las asonancias. Resultaban evidentes en las mujeres, situadas a cada extremo del cuadro, en el movimiento general que deseaba lograr, en la luz y en las sombras, en los sonidos, en los gritos, en las ausencias, en el caballo y en el toro... El cuadro tenía que escucharse, además de ser contemplado. Vislumbraba su potencia y era imprescindible que naciera cuanto antes.

193

$\mathcal{N}$ada más llegar Marcel, y sin avisar a nadie de la casa, salieron hacia Grands-Augustins. Pidió al chófer que aguardara unos minutos mientras tomaba un café en un bar de la calle.

Cruzaron el Sena cuando caía un aguacero sobre la ciudad. El golpeteo de la lluvia atronaba en el techo del Hispano-Suiza. Pablo solo tenía una idea: llegar cuanto antes al granero de los frailes. Allí le esperaba una larga jornada; incluso tenía pensado pedir a Dora que le subiera algo de comer al mediodía porque quería ejecutar sobre la tela, sin descanso, el cuadro inspirado en el bombardeo de la aviación alemana sobre la población de Guernica.

Antes de despedir a Marcel comprobó que tenía los materiales y utensilios que precisaba para trabajar, especialmente revisó el funcionamiento de las lámparas de pie porque llegaba del exterior una luz muy tenue.

—Dile a Sabartés que permaneceré aquí todo el día y no sé si regresaré a casa por la noche. Que si necesita algo de mí, sería preferible que viniera por la tarde y que abra con su llave; no pienso dejar entrar a nadie si no estoy seguro de quién se trata.

Marcel, tan servicial como siempre, insistió en si necesitaba alguna cosa o si debía esperar hasta estar seguro de que no había otros recados por hacer.

—No, eso es todo.

Lo confirmó pasados unos minutos, después de preparar los útiles de pintura sobre la mesa donde mezclaría los pigmentos. Frente al lienzo y con la ayuda de Marcel, habían puesto dos escaleras, una en cada extremo de la tela. Se subió a la de la izquierda, posó sus manos sobre la arpillera de blancura inmaculada con la consistente imprimación que le había puesto *monsieur* Vidal, entornó los párpados y vislumbró las figuras que iba a recrear sobre aquella superficie. Luego, empujó la tela hacia dentro y le satisfizo su excelente tensión.

Tenía por delante una tarea inmensa: hacer el cuadro de mayores dimensiones que había pintado hasta ese momento, en un plazo corto de tiempo y con una fecha de finalización casi improrrogable. Iba a comenzar la operación para transformar aquel espacio en blanco, que resultaba casi infinito y de un resplandor que cegaba, en otro que dejaría de ser un trozo de trapo para convertirse en una armonía de imágenes capaces de avivar múltiples emociones.

En sendos botes metálicos vació un tubo de pintura negra y otro de azul de Prusia con una buena cantidad de diluyente. Removió con dos pinceles gruesos las mezclas y, cuando adquirieron la densidad buscada para obtener una solución ligera con el pigmento, depositó el pincel de menor tamaño, del 24, y el filbert, una pieza de forma cuadrada y con las puntas redondeadas, encima de una mesita baja protegida por hojas de periódico. Desplazó una de las escaleras hasta el centro del tejido y cogió otro de sus pinceles, el 30, redondo, impregnado de azul de Prusia.

Primero trazó, con excelente pulso y la ayuda de un tiento de bambú y tope de gamuza, el eje vertical que dividía la tela, de arriba abajo, en dos partes casi iguales. En el extremo superior perfiló el quinqué que sujetaría la mano de la mujer que cruzaría el cuadro, de derecha a izquierda, con su brazo alargado. Ese debía ser el punto de concentración fundamental del cuadro. A partir de ahí, delimitó varias líneas marcando con espesor la que descendía oblicuamente, como si fuera uno de los lados de un triángulo equilátero, y que rozaría la espalda de una de las matronas que huía del ataque. Trazó los dos lados de otro triángulo, isósceles en esta ocasión e invertido con la base en lo alto, cuyo vértice partía desde el suelo donde quería encajar la figura femenina, de inspiración rubensiana, frente al

195

templo de Jano; luego, desplazándose al lateral izquierdo, fue esbozando un triángulo similar en el que situaría a la mujer con el niño muerto entre los brazos bajo la cabeza del toro.

El equilibrio resultaba apropiado: una pirámide central, sólida, que abarcaría la agonía del caballo iluminado por el quinqué, y dos invertidas, más pequeñas, a cada lado. Con ese esquema plasmaba una composición de reminiscencias clásicas.

Se detuvo un instante para degustar un cigarrillo sentado en el banco que habían emplazado en el lateral del granero, frente a la inmensa tela de casi veinticinco metros cuadrados de superficie. Miró a través de los ventanales y se entretuvo viendo cómo el sol pugnaba por romper la coraza de nubes espesas que cubrían París. Los tejados brillaban con la lluvia. Se giró para contemplar el lienzo atravesado por las escuetas líneas que había proyectado. Podía atisbar las figuras sobre la superficie encarcelada con sus marcas; aún era estático el conjunto que imaginaba y que iría adquiriendo movilidad, paso a paso, durante el proceso pendiente.

196 De súbito, sintió la necesidad de tener a su alcance los dibujos previos que había elaborado, igual que el arrullo de las tórtolas, el calor de su perro o las montañas de papeles y objetos que guardaba en el estudio. Precisaba estar arropado por sus cosas y sus animales para sentirse a gusto y concentrarse en el trabajo. Aquel granero era desolador.

Dio una última calada y aplastó la colilla en el suelo entarimado.

Untó de pintura negra el pincel más fino y subió varios peldaños de la escalera. Fue abocetando, ligeramente y de manera esquemática, la cabeza del toro dotándolo de rasgos ciertamente humanos, similar a las versiones del Minotauro que había diseñado con anterioridad, con el cuello vuelto hacia el centro. Seguidamente dibujó su cuerpo, llegando hasta la zona media del cuadro, casi rozando el quinqué.

Bajó de la escalera y descansó, de nuevo, sentado en el banco mientras fumaba otro cigarrillo. Durante varios minutos no cesó de analizar el resultado de sus pinceladas. No estaba seguro de haber logrado la posición conveniente para el toro, ni tampoco aprobaba por completo que tuviera una apariencia humana. Decidió corregirla hasta emplazar la cabeza del animal en una posición frontal y modificar su fisonomía. Posteriormente, debajo del cuello, proyectó a la madre con el niño muerto, tal y como la había estudiado en los días previos.

Tenía calor, separó las lámparas del lienzo a la vez que ponía en marcha uno de los ventiladores. Se desprendió de la chaqueta y abrió una rendija de las ventanas. Aspiró con ansiedad el aire fresco y húmedo que llegaba del exterior mientras se recogía las mangas de la camisa por encima de los codos.

Al volverse hacia el cuadro, lamentó que la posición de la matrona no resultara perfecta al quedar algo apelmazada con el animal bravío. Tendría que modificarla, pero creía haberla encajado aproximadamente en el lugar adecuado.

Con un cigarrillo en la comisura de los labios y arrodillado en el suelo, comenzó a trabajar con el hombre muerto. La nula elevación del bastidor le obligaría a pintar la zona inferior del cuadro en una postura casi imposible, haciendo un gran esfuerzo físico.

Colocó la cabeza del soldado rozando el eje central y con una espada rota sujeta en una de sus manos, una posición con la que nunca había estado conforme y de la que había dudado en numerosas ocasiones. Casi sin pensárselo, elevó el otro brazo del hombre, la única figura masculina que pensaba incluir en el cuadro, hasta la altura del quinqué, a su izquierda, y con el puño cerrado. Fue algo instintivo, como si se tratara de un desahogo, una expresión de rabia.

Optó por seguir trabajando en la almendra central del cuadro, lugar donde la figura del caballo era protagonista. Al hacerlo, fue consciente de que el brazo levantado del guerrero le complicaba la ejecución de la silueta del equino agonizante.

Oyó golpear la puerta y se sobresaltó, molesto.

Por suerte, era Dora. Su voz cantarina no dejaba lugar a dudas sobre la persona que se encontraba detrás de la puerta. Dejó el pincel sobre la mesita y abrió. Al verse, cruzaron sus potentes miradas transmitiéndose contento. Ella vestía uno de sus trajes floreados de amplio vuelo con los hombros al aire y escote llamativo. Llevaba el pelo recogido luciendo sus hermosas facciones. Ella le besó con fuerza y al hacerlo su mirada se posó en el lienzo.

—¡Picasso, genial! —exclamó desaforadamente, con voz incisiva—. Es lo mejor que podía ver, lo has empezado por fin.

197

—Se separó de él acercándose a la pared en la que estaba apoyado el bastidor.

Dora permaneció en silencio analizando con su penetrante mirada las contundentes e iniciales pinceladas que habían horadado la blancura de la tela. Extrajo del bolso su larga boquilla de oro en la que alojó un cigarrillo. Fumaba, lentamente, con placer. Picasso, entre tanto, detrás de la mujer, admiraba la fortaleza de su cuerpo deteniéndose en sus pronunciadas formas. Ella se acercó tanto al lienzo que terminó acariciándolo con sus dedos perfectos, gráciles, rematados con uñas largas pintadas, en esta ocasión, de escarlata.

—Es extraordinario —pronunció susurrante y con los ojos iluminados por la emoción—. Falta mucho, pero ya hay bastante para haberlo hecho en media jornada—. Podré fotografiarlo, ¿verdad?

—Por supuesto, debes hacerlo —respondió él con su voz ronca y, al mismo tiempo, suave, en el tono que tanto seducía a quienes llegaban a conocerle—. Pero, ahora, lo que necesito es agua, un poco de vino y una *baguette* con jamón y queso porque no saldré de aquí hasta la noche. Luego, si te apetece, después de cenar temprano en el Catalán unos *chateaubriands*, nos quedamos a dormir en el estudio, abajo.

—Me parece estupendo —confirmó ella mientras le acariciaba la espalda.

—Pues manos a la obra, que yo tengo que continuar.

Antes de salir, desde la misma puerta que daba a las amplias escaleras del edificio central de Grands-Augustins, Dora preguntó:

—¿Y el brazo en alto con el puño cerrado?

Pablo se sorprendió por la cuestión, estaba metido ya en faena.

—¿Qué le pasa? —replicó.

—No sé, desde lejos se aprecia un cúmulo de fuerzas, hacia arriba: el toro, la luz… —Y sin añadir nada más ni esperar una respuesta, salió del granero cerrando suavemente el portón.

Por la tarde, pasadas las seis, llegó Jaime. El cuadro había tomado forma, especialmente la zona de la izquierda. Picasso había elaborado sobre todo la parte inferior; para ello tuvo que arrastrarse por el suelo en varias ocasiones, arrodillándose en la tarima. Prohibió a Dora que captase con la cámara su imagen en esos instantes; por nada del mundo deseaba que le recordasen en una postura tan inusual, forzada por las dimensiones del lienzo.

—¡Coño! Pareces un Cristo —espetó su secretario al encontrarle con la ropa repleta de manchones, los pantalones destrozados como los de un pordiosero y con la cara y las manos sucias de pintura. Con sorna, añadió—: Tú sí que eres el auténtico cuadro, sin precio por el momento, y solo hubiera faltado que utilizaras color rojo para ser un Cristo al completo.

Sabartés observó el rostro curtido de su amigo con las arrugas marcadas como si fuera el de un campesino. Había adelgazado en las últimas semanas, tenía un aspecto físico más enjuto y eran más acusadas las hendiduras de la frente, las que tenía alrededor de los ojos y los surcos en las comisuras de los labios que partían casi de la nariz y alcanzaban la barbilla. Por lo demás, su pelo había encanecido casi por completo y era fácil para cualquiera deducir que tenía alrededor de los cincuenta y cinco años, su edad real.

—Tendré que tener más cuidado, bajar a lavarme de vez en cuando al estudio y trabajar en calzoncillos —respondió Pablo.

—En calzoncillos estás a menudo, es tu vestimenta favorita y en la que te encuentras más cómodo —comentó Sabartés abocinando sus finos labios.

—Entiendo tu maldad, puñetero.

Dora asistía asombrada al diálogo entre los dos hombres. Jaime se acercó a ella y se besaron en las mejillas a modo de saludo.

El secretario se aproximó al lienzo, tan cerca se colocó que su nariz afilada llegaba a rozar la tela. Desplazó la montura de sus lentes para enfocar mejor las imágenes.

—¿Qué? ¿Qué te parece? —demandó el pintor.

—No me gusta darte mi opinión cuando aún no ha tomado suficiente forma el cuadro o está poco avanzado.

—Te lo pido…

Después de un silencio de varios segundos y de separarse lo suficiente para observar la totalidad del lienzo, Sabartés respondió remarcando cada sílaba.

—Algo barroco, pero cuidado, no me hagas mucho caso, es una impresión rápida.

—¡Qué tontería es esa del barroco, *mon petit*!

—No sé, ya te digo que es difícil para mí analizar algo cuando estás comenzando; veo, por ejemplo, un amasijo de cuerpos, de elementos, aquí, en la zona inferior, abajo: un soldado destrozado y, casi unida a su cabeza, la de una mujer muerta coronada con una flor. Algo curioso, desde luego. El caballo, un pájaro… Cuando solo hay líneas es muy difícil imaginar cómo quedará al final, lo que ronda realmente por tu cabeza y que, posteriormente, encaja a la perfección.

—¿Un poco de vino? —ofreció Dora.

Después de brindar y abrir las ventanas de par en par para que entrase el aire fresco de la noche, se acomodaron los tres en el banco.

—Fíjate, a mí me preocupa el caballo —expuso Picasso—. Tiene una postura extraña, algo forzada.

—Despacio, amigo —previno Sabartés—. Has avanzado mucho en un día y las dudas se irán resolviendo, ¿no te parece, Dora?

—Desde luego, es fantástico lo que ya vemos sobre el lienzo y seguro que quedan sorpresas por aparecer —respondió ella mientras acariciaba cariñosamente la nuca de su pareja.

—Lo fundamental es que te dejen trabajar tranquilo y que puedas terminar en la fecha prevista —señaló Jaime agotando su copa y preparando la cachimba—. Porque hay algo misterioso, de veras, algo que me resulta sorprendente. Esta mañana estaba atónito. De repente, todo el mundo se ha puesto a llamarme por teléfono solicitando una visita, venir a verte a este viejo granero; es como si alguien hubiera dado la voz de alarma aireando que habías comenzado hoy a pintar el cuadro y se hubieran puesto todos de acuerdo. Incluso llamó Heini, que nunca quiere ver las obras sin terminar.

—¿D. H. K.?

—Sí, tu querido marchante, Daniel Henri Kahnweiler, que últimamente estaba ocupado en la preparación de las exposiciones de Holanda y Suiza, viajando por esos países, y que apenas llamaba. —Jaime aspiró la pipa y al exhalar el aire inundó la sala de abundante humo—. He tenido que hacer una auténtica obra de arte, de habilidad diplomática, para que algunos no se pusieran nerviosos y se lanzaran hasta aquí como posesos.

—Tienes que frenarles como sea —solicitó Picasso con semblante ceñudo—. Nunca me han gustado las visitas cuando estoy metido en faena, ya lo sabes.

—En esta ocasión va a ser casi imposible. Administraré los encuentros con el personal lo mejor que sepa, pero ten en cuenta que este cuadro es un encargo muy concreto, especial, y el cliente es muy importante: el gobierno de nuestra República. Y la embajada, los representantes del Gobierno y hasta los compañeros artistas del pabellón es lógico que deseen conocer de primera mano lo que estás haciendo. Debes asumir que, en parte, desean que el trabajo de creación sea público, al igual que el de otros colegas tuyos que soportan las miradas mientras trabajan en el edificio de Sert, como es el caso de Miró.

—De acuerdo, de acuerdo, pero te pido que concentres las visitas a última hora de la tarde y que seas muy exigente a la hora de dar vía libre a los que pretenden subir a este altillo.

—Lo intentaré, por supuesto —afirmó Sabartés—. Y lo que importa ahora es saber cómo te encuentras. Te veo algo cansado.

201

—La verdad es que estoy destrozado, ha sido un día largo —dijo señalando al cuadro que se encontraba en la pared opuesta iluminado por dos potentes lámparas—. ¿Nos vamos a cenar juntos? Ha encargado *chateaubriands* en el Catalán. Hay que celebrar el inicio de esta pintura con una buena cena, me recuperaré al instante.

Dora asintió con un movimiento de cabeza y cogió el bolso. Sabartés hizo una mueca complaciente con sus comprimidos labios.

—Antes hay que bajar al estudio —señaló el secretario— para que te arregles un poco, o no nos dejarán entrar en el restaurante; como mucho te darán una limosna, pues pareces un pordiosero. Con el aspecto que tienes serían incapaces de reconocer al gran Picasso.

*L*a celebración en el Catalán se prolongó más de lo previsto y fue tan animada que Dora y Pablo regresaron tarde al estudio. Algunos conocidos de Sabartés y del pintor fueron acogidos en la misma mesa hasta congregarse un total de nueve personas, entre las que había varios contadores de chistes que hicieron las delicias de los comensales.

Pablo también se entretuvo charlando un buen rato con una joven pareja que cenaba en la mesa de al lado. Eran dos pintores rusos que rechazaban radicalmente el arte clásico. Ante postura tan severa, se puso a debatir con ellos tratando de convencerles de las ventajas que supondría para su formación estudiar a los maestros del Louvre, y lamentando que no tuvieran el Prado a su alcance.

A la mañana siguiente, se levantó cerca del mediodía. Descansaba como un bendito en el dormitorio que tenía en el estudio. Ya había comentado la posibilidad de trasladarse algún día a vivir en Grands-Augustins, algo que no agradaba a Sabartés, para quien la zona de La Boétie era perfecta por diversos motivos, entre otros porque allí se canalizaba el mercado del arte.

Dora había salido para su casa, situada a pocos metros, en el mismo barrio, pero allí tenía a Inés, enviada por el secretario para atenderle. La disposición de la asistenta constituía un excelente bálsamo para comenzar la jornada. La encontró dando de comer y de beber a las tórtolas. Lo hacía con tanto cariño que consideró una bendición haberla contratado.

—Le he traído ropa limpia y todo lo necesario para que pueda comer aquí si lo desea —anunció la asistenta con la mejor de sus sonrisas cuando le vio aparecer con las secuelas de la noche bien marcadas en el rostro—. Cuando limpie y ordene todo un poco, regresaré a La Boétie y más tarde puede venir Marcel para lo que precise. ¿Vendrá esta noche a casa?

—Es casi seguro, aquí me faltan cosas. ¡Ah! Dile a Marcel que me traiga los periódicos, trapos para limpiar pinceles, trementina; que se pase por Castelucho-Diana y que compre varios frascos, y dale ropa vieja de la que utilizo para pintar y un pantalón corto. Cuanto antes, mejor. Y tú, Inés, regresa a casa en taxi.

Al rato, pocos minutos después de que la joven se hubiera marchado, subió al granero cargado con las carpetas en las que guardaba los diferentes estudios que había realizado para el cuadro y láminas de papel para seguir dibujando.

Esbozó a lápiz en una cartulina blanca una versión diferente del toro con la cabeza de rasgos humanos. Era bastante similar a la primera que había trazado el día anterior sobre la tela y que, más tarde, emborronó. Sus devaneos con el toro-minotauro, y en menor medida con el caballo, se habían convertido en una idea obsesiva, inquietante. Se inclinaba por utilizar un Minotauro; no en vano reflejaba lo que de animal tiene el hombre, repleto de fuerzas oscuras que se agitan en su interior. Él lo había reproducido muchas veces para mostrar el deseo del hombre-animal, del semidiós encerrado en el laberinto de la creación y que se embelesa con mujeres jóvenes. Apreciaba al Minotauro por lo que tiene de humano, de pasión y sentimientos encontrados, de intelecto e instinto en permanente pugna.

Le agradaba el resultado que ofrecía el dibujo que acababa de finalizar. Sin embargo, podía ser interpretado como si él pretendiera integrarse en la escena al representar al mito que tantas veces había realizado en diferentes soportes, lo que provocaría equívocos innecesarios. Una concepción tan personal adquiriría mayor sentido en otro tipo de composición, no para un mural como el de la Exposición Internacional con el alegato que iba a desplegar. Quizá se lo replanteara más adelante, con el cuadro avanzado.

A lo largo de la tarde, pintó sin respiro la zona situada a la derecha del lienzo. Primero, completó el contorno de una vivienda en llamas que venía a ocupar la mitad del espacio del fondo; por una de sus ventanas surgía la mujer sujetando la luz; delante de la puerta abierta, otra mujer huía hacia el centro de la escena y su posición en diagonal se prolongaba por uno de los lados del triángulo equilátero. En ese extremo del cuadro planteó la figura de una tercera mujer abrasada por el fuego, con las manos levantadas al cielo, inserta toda ella en un triángulo isósceles invertido. Apenas convencido del movimiento que deseaba imponer para esta imagen, estableció diferentes posibilidades con un pincel fino y algo de azul de Prusia. Al final, eran tantas las líneas que a un observador ajeno le resultaría imposible atisbar la solución definitiva que tendría este personaje.

Se alejó del cuadro agotado por el esfuerzo físico que suponía subir y bajar continuamente por una escalera. Abrió las ventanas para que se inundara el granero con el aire fresco que llegaba impregnado del Sena y se tumbó, a pierna suelta, encima del banco. A continuación, encendió un cigarrillo y lo saboreó con calma, impulsando la droga hacia sus poros externos después de expandirse por el interior de su organismo.

Pasados varios minutos, se incorporó para estudiar detenidamente el resultado de la tarea realizada a lo largo de la tarde. Tal vez había dispuesto demasiadas figuras, como le señalara Sabartés, imágenes que chocaban unas con otras; había algo de confusión en el conjunto… No deseaba que la composición final adquiriera ese concepto. Perseguía simplicidad y conmoción, un grito de dolor que atravesara, con un golpe de vista, las conciencias de las gentes que se acercaran al cuadro.

Cuando se disponía a tapar los botes con las mezclas de color, oyó cómo se abría la puerta. Era Sabartés acompañado por Juan Larrea y Alberto Sánchez. Estos últimos constituían una pareja curiosa, chocante; el primero de ellos iba atildado con un excelente traje y corbata llamativa, elegante como era habitual en el poeta; por el contrario, Alberto llevaba un pantalón de pana oscura, chaleco similar y camisa de tela gruesa, igual que

205

un destripaterrones manchego, algo por otra parte bastante común en él.

—Hola, Pablo —dijo el poeta bilbaíno a modo de saludo desde la entrada.

—Esto es grandioso —añadió Alberto dirigiéndose hacia la zona donde estaba el cuadro—, me siento un privilegiado por poder verlo. Dame un abrazo, Pablo.

—No nos van a creer cuando digamos que hemos podido asistir a los prolegómenos de una pintura tan esperada —manifestó Larrea.

El pintor alabó los buenos oficios de su secretario por haber facilitado una primera visita al granero a dos amigos que siempre eran bienvenidos y que jamás suponían una molestia para él. Mientras recogía los enseres de pintura, ellos se dedicaron a analizar la primera composición del cuadro.

Juan y Alberto hacían comentarios entre ellos bajo la atenta mirada de Sabartés. Este sonrió a Pablo, que movió la cabeza revelando con ese gesto que asumía y aceptaba, en esta ocasión, la inevitable curiosidad de los recién llegados.

—¿Y los pájaros?

Pablo escuchó la cuestión que planteaba el escultor toledano, a pesar de su escaso volumen de voz, y le retó:

—¿Qué les pasa a los pájaros? Tú los esculpes en madera de todos los colores y formas.

—Los míos son pajarracos —contestó Alberto desprendiéndose de la boina y rascándose la coronilla—. Los que has colocado aquí dicen más. Uno de ellos está muerto junto a la mujer derrumbada en el suelo con una flor en la cabeza; la otra ave emerge del cuerpo de la mujer con los brazos levantados, la que sale de la casa incendiada, y su significado parece bastante evidente.

—¿Cuál es? —sondeó Larrea.

—Si Pablo no nos lo cuenta, como me temo, lo diré yo, con su permiso y beneplácito. A los artistas nos desagradan los expertos que hablan sin medida.

Bien sabía Alberto que el malagueño no era partidario de dar explicaciones y que era reticente a concederlas. El pintor dio su conformidad con un gesto de la mano y una amplia sonrisa para que el escultor expresara la solución.

206

—Es evidente que la mujer en el suelo es una víctima que ha muerto como cientos de seres inocentes masacrados en los bombardeos, en las guerras, en cualquier guerra. Sin embargo, la mujer con los brazos levantados es un símbolo, según creo, que nos viene a sugerir que nunca morirá del todo, que nadie podrá quitarle la vida y que renacerá con más fuerza y empuje desde las cenizas que la rodean, como el ave que sale volando de su costado.

Tras las palabras de Alberto, sucedió un largo silencio en la sala. El escultor demandó su opinión a Pablo.

—No está mal —dijo al cabo de un rato rompiendo la calma.

—¿Esa mujer podría ser España? —preguntó Larrea.

—Lo que uno quiera ver; de todas formas, no hay nada definitivo en la pintura —concluyó Pablo—, esto es así...

En ese instante llamaban a la puerta con golpes tímidos.

—No hay ninguna duda, seguro que es Bergamín —anunció Sabartés. Pablo le miró aceradamente y supo el secretario que debía explicarse con buenas razones, de inmediato—. Le dije que viniera otro día, más adelante, pero insistió e insistió porque quiere solicitarte un escrito, a pesar de que le advertí de tu falta de tiempo en las próximas semanas.

—Abre —ordenó, al fin, Pablo.

Bergamín apareció cabizbajo, como si quisiera pedir perdón por el atrevimiento al presentarse en el sanctasanctórum picassiano sin haber sido invitado.

—Siento mucho interrumpir, pero había urgencia en hablar contigo.

Luego saludó al resto de los reunidos. Dio la impresión de incomodidad, que captó Picasso, ante la presencia de Juan y Alberto, lo que dejaba evidente huella en su rostro de perfiles cortantes, como si estuvieran tallados a golpe de gubia, en el que encajaban malamente unas orejas grandes de soplillo. Sus pequeños ojos, de un brillo tristón, no cesaban de curiosear por la sala, hasta detenerse en el lienzo de casi ocho metros de largo que ocupaba por completo la pared lateral.

—¡Y pensar que el embajador Araquistáin llegó a dudar de que lo hicieras! —subrayó sin contener el entusiasmo que le producía comprobar que el mural del pabellón había sido abocetado al fin.

207

—Hombres de poca fe —musitó Pablo con gesto burlón.

—Decías...

—Nada, Pepe. ¿Cuál es la urgencia que te ha traído hoy por aquí?

Bergamín puso cara de circunstancias y su mirada se tornó un poco sombría al verse apelado a relatar, de inmediato, el motivo que había manejado para acceder a Grands-Augustins.

—La Alianza está organizando una exposición de carteles de la guerra en Nueva York y queremos incluir unas palabras tuyas en el catálogo. Es muy importante, Pablo.

—¿Cuándo tendrá lugar esa muestra? —preguntó el pintor.

—A finales de julio o primeros de agosto.

Todos se miraron sorprendidos, con disimulo, menos Pablo, que comentó con voz firme:

—No comprendo las prisas entonces.

—Se complican luego las cosas y hay que anticiparse en la preparación, imprimir los catálogos, las traducciones, ya sabes...

Pablo ofreció tabaco a los presentes. El granero se llenó pronto de humo y el secretario dijo que bajaba al estudio a recoger una de sus pipas.

Juan Larrea expresó en voz alta una duda:

—¿Has dicho la Alianza? Supongo que te refieres a la de los Intelectuales Antifascistas.

—¡Cuál va a ser! —sostuvo Bergamín, ufano—. De la que soy presidente, sí. Hacemos todo lo que está en nuestras manos para la defensa de la cultura.

—En estos tiempos apocalípticos no es una tarea fácil.

Mientras Bergamín y Larrea charlaban en un rincón de la sala sobre las dificultades para trabajar por la cultura en medio del conflicto que asolaba España, Alberto examinaba cuidadosamente el cuadro, cerca de la mesa donde Pablo limpiaba sus pinceles.

—A muchos les molestará ese puño en alto.

El escultor hizo el comentario en voz baja, con la intención de que solo lo oyera Pablo. Este se volvió sorprendido, clavándole su ardiente mirada y con una expresiva sonrisa. El que en otro tiempo había sido panadero en Toledo y, más tarde, se convirtiera en un maravilloso artista, por el que Pablo sentía verdadera fascinación, nunca escondía su filiación comunista sin hacer gala de la misma.

—Y lo dices tú, precisamente.

—Pues sí, Pablo, porque es la verdad. En el cuadro, tal y como lo estás planteando hasta el momento, las imágenes son símbolos, y es evidente la intención que subyace en él: pretendes que el dolor de los personajes y su exclamación ante la barbarie nos hagan crujir y nos atraviesen como un relámpago. Pero ese puño, al que por su ubicación concedes sin duda una importancia destacadísima, define un objetivo concreto, una meta revolucionaria con la que nos identificamos muchos, eso es cierto, pero, te lo diré yo, sí —afirmó Alberto con gravedad y en tono amigable—, perjudicaría al resultado del mensaje, de lo que yo entiendo que tú quieres provocar con esta obra que debe expandirse en todas direcciones, sin limitaciones de ningún tipo, para que sea aceptada por el público al margen de sus ideologías. Por esa razón, sería un error que realce, especialmente, una de ellas.

209

*E*l jueves se levantó a media tarde cumpliendo con su tradicional descanso para ese día de la semana.

La noche anterior Dora y él dejaron tarde el granero; ella estuvo tomando numerosas fotografías. No tuvo fuerzas para oponerse a sus deseos, a pesar de que hubiera preferido esperar algo más antes de que los objetivos de una cámara eternizaran sus tanteos. Era admirable verla trabajar; colocaba la Rollei entre sus pechos como si de un objeto sexual se tratase y sus deliciosas manos acariciaban los mecanismos de tal forma que las instantáneas denotaban la sensualidad que proyectaba y captaba al mismo tiempo.

Sus manos eran especiales. No solía ser la parte del cuerpo que más le atraía de una mujer, pero con las manos de Dora la opinión era unánime en todos los que la conocían. A Picasso le sugerían múltiples fantasías. Y por suerte, él había descubierto otros de sus misterios, su poderosa sexualidad, aunque la irradiaba en toda su figura y en los rasgos de su rostro, donde se combinaban, a la perfección, las líneas marcadas de sus cejas y de su nariz, en contraste con una boca perfecta, fresca, y una mirada turbadora.

La noche anterior apenas le habló mientras enfocaba y se desplazaba, de manera nerviosa, buscando los encuadres más apetecibles.

—¡Ponte ahí, delante del cuadro! —ordenó en una ocasión.

—No, Dora, tendrás que hacerlo más adelante y sin que me percate de ello, cuando esté trabajando; no me gusta posar, sé que para ti representa mayor dificultad y tendrás que ser muy hábil para conseguirlo.

—¿Ocurre todo en el exterior? —preguntó mientras observaba el cuadro por el amplio visor de la Rollei.

—De momento, sí. Las figuras están delante de las casas, aunque no me importaría reflejar los dos planos: la calle y el interior. Es algo que, tal vez, venga más adelante.

Al terminar la jornada se marcharon a Les Deux Magots, al local que tanto significaba para ellos. Nunca preguntó a Dora por qué cuando la vio por primera vez jugaba a lastimarse los dedos con una navaja. A Pablo le encantaban los misterios y prefería desarmarlos sin forzar las cosas; resultaba más fascinante.

Después de cenar pasaron la noche juntos en la casa de La Boétie y, como otras veces, Marcel la llevó temprano a trabajar. Dora tenía cada vez más encargos de revistas. Continuamente le llegaban ofertas de todo tipo de publicaciones, lo que había ayudado a tranquilizar el ánimo de una mujer inteligente, muy inquieta, pero que de tarde en tarde se sumía en una confusión que agriaba y enturbiaba su carácter. Desde que se había convertido en la amante oficial del pintor, sus fotografías eran más apreciadas. Antes lo eran por los surrealistas, con los que tuvo una vinculación especial.

*A*vanzada la jornada del jueves, y mientras aguardaba el regreso de Sabartés para cenar con él, se dispuso a dibujar. Hacía ya varios días que de sus manos no surgían otras imágenes que no fueran las utilizadas para el mural. Esta circunstancia le agitaba, era la primera vez que se veía incapaz de abordar simultáneamente otros proyectos artísticos. Lo normal cuando trabajaba en una obra de cierta complejidad era tomarse algunos descansos pintando otros cuadros, o haciendo grabados y esculturas. Es más, lo consideraba esencial en el proceso de elaboración de una obra de cierta envergadura. Sin embargo, en esta ocasión, no podía distanciarse con otros proyectos.

Precisaba experimentar aquel día con los rostros de las mujeres que huían y clamaban a los cuatro vientos ante el drama del que eran testigos y víctimas. Lo hizo utilizando el lápiz y colores al pastel para dotarlas de mayor volumen.

Se había percatado de que al avanzar en el estudio de cualquier personaje individual, desgajado del conjunto, terminaba resaltando su sufrimiento, llevado incluso al paroxismo, pues tal era el sentimiento con el que afloraban sobre el papel. Sin embargo, era indispensable que luego encajaran en la composición general con la dimensión y el gesto adecuado.

La intensidad en el trazo y una expresividad dramática, rotunda, caracterizaban el dibujo que hizo de la matrona con el hijo muerto. Tenía tanta fuerza que difícilmente se amoldaría con los otros personajes. Buscaba huir del énfasis para que no terminase afectando como una exageración. La realidad era así, es cierto, pero la realidad no es arte.

Perfeccionó en otra hoja de papel, utilizando asimismo colores al pastel, la cabeza de la misma mujer con el cuello doblado hacia arriba, con idéntica forma a como la había trazado sobre el lienzo. Ahora, perfiló más los detalles del rostro: los dos ojos a un lado, observando al público, hallazgo de la época cubista que aplicaría al resto de figuras porque agilizaba la posibilidad de que el espectador quedase atrapado; la boca abierta como si le faltase el aire y los pechos desnudos al igual que el resto de mujeres.

Finalmente, elaboró un estudio a tinta de la mano del soldado sujetando la empuñadura de la espada rota. Era una imagen destacada al encontrarse en primer término, en la parte inferior del eje central.

Deslizó los papeles sobre la colcha de la cama y se tumbó cerrando los ojos. Las piezas del cuadro iban encajando unas en otras por sí solas; aparecían en su mente fogonazos de luces y sombras que daban volumen, energía y vibración al conjunto. El grito que surgía del cuadro se expandía alcanzando lo más profundo...

Se mantuvo unos instantes, descansando, mientras recreaba las imágenes.

Antes de ducharse, llamó a Barcelona.

Al llegar Sabartés insistió en lo mismo que le había contado su madre por teléfono.

—¿Has leído los periódicos, Picasso? En Barcelona continúa el desorden y la Generalitat es incapaz de resolver la situación. El Gobierno central ha tenido que asumir el orden público.

—Es lo que me ha contado mi familia. Los anarquistas lo están complicando todo y el Gobierno catalán no demuestra voluntad para intervenir.

—Es un desastre, así no hay manera de frenar con contundencia a los rebeldes fascistas y la guerra se complicará y eternizará, lo que supone, desde mi punto de vista, perderla —destacó el secretario—. Los enfrentamientos, las contradicciones entre los republicanos, entre Madrid y Barcelona son un desastre que aprovecha el enemigo.

El ambiente que detectaron durante el paseo por el distrito octavo hacia la Avenue Matignon, donde Sabartés había reservado mesa en un restaurante al que solían acudir cuando querían regresar pronto a casa, les resultó extraño. La vitalidad que se respiraba por las calles y los locales era chocante para ellos, que no cesaban de reflexionar sobre la guerra, comentando las crónicas de los enviados especiales al frente, tanto franceses como ingleses, de obligada lectura cada día, o evocando las palabras de amigos y familiares sobre la sangría que asolaba a la Península; no, no podían sustraerse a esa dura realidad, a pesar de que les rodeaba una ciudad exultante y repleta de entusiasmo en cualquier esquina.

Recorría con su mirada las techumbres cuajadas de diferentes grises y verdinegros, muy luminosos debido a la humedad. A ratos, el humo del cigarrillo enturbiaba la vista, envolviendo con más vaho una tarde de cielo espeso oscurecido por nubes que anunciaban lluvia.

Se había tomado un respiro después del cuidadoso examen del cuadro y tras modificar algunos detalles que de ninguna manera resolvieron por completo sus dudas sobre el resultado. Creía haber mejorado algunas imágenes, como era el caso del puño alzado, tras el cual había incorporado un halo flamígero. También distribuyó algunos toques de color para resaltar perfiles en las figuras. No obstante, mantenía la incertidumbre sobre la posición del caballo tras variar la forma de su cabeza y pintar una lanza encima del lomo. Seguía debatiéndose sobre el encaje que debía tener el animal en la composición sin llegar a ningún resultado definitivo.

Decidió refugiarse en el deleite de la nicotina con la intención de calmar el cúmulo de disquisiciones que se agolpaban en su mente; hubo un instante en que le resultó prodigioso, y muy tranquilizador, quedarse en blanco mientras vagaba con sus ojos por los tejados de la ciudad. Duró muy poco el estado de reposo porque regresó a la realidad al oír cerrar la puerta con un fuerte golpe. Era Sabartés. Él esperaba que antes hubiera llegado Dora.

El secretario le saludó y, sin aguardar una respuesta, se desplazó hasta la pared donde estaba alojado el inmenso lienzo.

Picasso le observaba, a pesar de que Jaime Sabartés dominaba el control de su expresión gestual con objeto de que no pudiera conocer la impresión que le suscitaba el cuadro. Se conocían ambos demasiado bien como para conseguir despistarle. Interpretó a la perfección lo que significaba que el secretario se abrochara la chaqueta e intentara cubrirse la cabeza otra vez con la gorra negra de paño que, nada más entrar en el ático, se había quitado. Era palpable que había visto algo que no le gustaba y nunca lo expresaría en voz alta, salvo que se lo preguntara sin ambages.

—*Mon vieux*, dímelo, ¿qué no entiendes o qué no te parece bien? ¿Acaso hay algo que extrañas? No me importa, ya lo sabes...

El secretario carraspeó mientras sacaba el pañuelo que adornaba el bolsillo superior de su chaqueta para, a continuación, limpiarse meticulosamente las lentes. Ganaba tiempo para articular la respuesta, superar la timidez y el respeto inconmensurable que tenía por Picasso. Este le había forzado a manifestarse y sabía que tendría que hacerlo sin reservas de ninguna especie, a pesar de ser consciente de que al pintor le importaba, y mucho, lo que expresara sobre el desarrollo de su trabajo, al contrario de lo que había afirmado para hacerle hablar.

—Tengo la impresión —dijo aún con la voz tomada, con un volumen casi inaudible— de que has puesto ese gigantesco sol en el centro del cuadro porque deseabas neutralizar o reducir el mensaje político del puño cerrado, que contiene demasiada presencia al estar situado en el eje de la composición, y que también intentas suavizarlo con el ramillete de flores que sujeta.

—¿Y cuál es el problema? —rebatió Picasso, decidido en el tono y con una sonrisa agradable en sus labios que sujetaban una colilla amarillenta.

Jaime secó con el pañuelo el sudor de su frente que brotaba en exceso. Los focos que iluminaban el lienzo habían elevado la temperatura de la sala. Comenzaba a llover con intensidad y desvió su mirada hacia el ventanal abierto intentando, al mismo tiempo, atrapar el oxígeno que entraba por el hueco y llenar sus pulmones para dominar los nervios. Notó que segregaba demasiado sudor por los sobacos e hizo amago de desprenderse de la chaqueta, pero se contuvo. El pintor iba en mangas de camisa y las llevaba arremangadas por encima de los codos. Se fijó en los goterones de pintura que cubrían sus poderosos brazos; algunas salpicaduras de color oscuro también le manchaban el rostro proporcionándole una apariencia algo diabólica, debido especialmente a sus córneas blanquísimas que contrastaban con la tonalidad de su cara, de aspecto bronceado, ya que tenía una piel que atrapaba los rayos de sol por débiles que fueran, y de sus ojos de profunda mirada y negritud que, en ocasiones, daban la impresión de cavidades hacia las que uno era arrastrado sin remedio.

—Ninguno, creo… —balbuceó, al fin, Jaime.

—¿Estás seguro? Fíjate bien.

Pasados unos segundos comprendió que no tenía escapatoria y que, si intentaba evadirse, sería peor.

—El sol…, creo que tiene demasiada entidad y eclipsa, por decirlo de alguna manera, la intención que transmitía la mujer con el brazo extendido y que yo había interpretado como algo esencial en la composición. A mí me gusta bastante la mirada, el gesto, y la evolución por el espacio del cuadro de esa figura porque te lleva y empuja a no permanecer ajeno a la escena. Ella nos llamaba la atención e iluminaba arrastrándonos hacia el escenario trágico donde vemos, con toda crudeza, la muerte del caballo y de otras víctimas. Ahora no es lo mismo; hay confusión en el lugar central de la pintura y con tantos elementos, que hasta resultan ajenos al desarrollo de la acción, yo diría que ha sido anulada esa figura y el efecto que se buscaba con ella, algo que me parecía importante.

Picasso sonrió complacido. El secretario expulsó el aire de sus pulmones y se sintió más tranquilo después de comprobar la reacción del pintor y de haber hecho su análisis sin reprimirse un ápice.

—¡Vaya! Te has explayado de lo lindo —soltó a bocajarro, pero en tono jocoso, Picasso—. Está bien conocer lo que no te gusta del cuadro, así nos quedamos los dos más tranquilos, ¿no crees?

217

—No es que no me guste, lo veo como algo extraño, inapropiado, diría yo.

—¿El qué? Dime —urgió el artista.

—El círculo solar que has dibujado como si fuera el centro de todo, el lugar al que hay que mirar antes de nada, y ese puño florido con su indiscutible significado. Resta protagonismo a otras figuras del cuadro que son fundamentales. No sé, piénsalo. Ya sabes que yo soy un tocapelotas bastante ignorante y no me hagas mucho caso. De todas formas, tú…, tú me has obligado a hablar.

Picasso soltó una carcajada.

—No te pases, Jaime. Lo que eres es un incordiante que practica el mutismo encantador. Y me gusta —expresó con su mejor sonrisa.

Sabartés respiró aún más tranquilo después de escuchar a su amigo. Resultaba infrecuente que quisiera conocer la opinión de alguien sobre su trabajo antes de estar terminado. No había duda de que el cuadro era algo especial para él, diferente en su producción pictórica.

218

Cuando llamó Dora a la puerta, los dos hombres se encontraban bebiendo vino y charlando sobre asuntos de índole legal que estaba tramitando el secretario. Ella apareció cargada con la Rollei y un pequeño maletín colgado del hombro en el que llevaba el material auxiliar: carretes, fotómetro, flash…

—Hoy no hay fotografías —advirtió Picasso—. Tenemos prisa, hemos quedado con unos amigos en Saint-Germain dentro de una hora y preciso lavarme un poco.

Dora aceptó sin rechistar. Antes de que Picasso bajase al estudio para arreglarse, extrajo un libro de su bolso y se lo mostró.

—No lo has leído y él seguramente siente los colores igual que tú.

Picasso hizo un gesto con los hombros para indicar su desconocimiento sobre lo que le estaba comentando.

—Es el libro de Kandinsky, ¿recuerdas? Te hablé de él y del color que no existe en tu cuadro porque la vida ha sido anulada. Déjame que te lea un párrafo, por favor, en el que describe por qué utilizas negro, blanco y gris, nada más. ¡Es fantástico! Toda una premonición, verás…

—De acuerdo, aunque no olvides que el negro es un color, para algunos el único verdadero —resaltó Picasso.

Sabartés no se perdía detalle de la conversación que mantenía la pareja.

Dora comenzó a leer muy despacio, redondeando con su voz armoniosa cada sílaba:

—«El negro es la nada muerta después de apagarse el sol, un silencio eterno y sin esperanza, el color de la más profunda tristeza y símbolo de la muerte. Mezclado con el blanco da el gris, un color que no posee ni sonido externo ni movimiento. El gris es la inmovilidad desconsolada y, cuanto más oscuro, tanto más predomina la desesperanza y se acentúa la asfixia».

Picasso no dejó de mirar asombrado a la mujer, disfrutando con el sonido dulce y firme de su voz. Sonreía complacido, con una sutil mueca en los labios, y mantuvo el ceño fruncido concentrando toda su atención en ella. Al finalizar la lectura, se aproximó y la besó suavemente en la boca.

219

*P*or la mañana, muy temprano, pidió a Marcel que le dejara junto al Quai des Grands-Augustins. Quería disfrutar con la cercanía del Sena y con su paso por la Île, admirar los osados arbotantes de la Chapelle y percibir la calma que se respiraba a ciertas horas por aquel hermoso enclave de la ciudad. Acodado en el pretil, junto a la orilla del río, sintió repentinamente un escalofrío que recorrió todo su cuerpo. A punto estuvo de llamar a un taxi y regresar a casa. Le preocupaba su salud en los últimos días; se encontraba más debilitado y, precisamente, al levantarse, había detectado algo de calentura en su frente, lo que aumentó su inquietud. De vez en cuando, para reanimarse y fortalecerse, le resultaba imprescindible permanecer postrado en el dormitorio un día completo. El descanso alejaba muchos de sus males.

Al cabo de un rato, había relegado el malestar después de abrigarse con el chaquetón de lana y ser atrapado por el extraordinario ambiente que le rodeaba por el barrio.

Después del mediodía, Marcel le subió sus preciadas *baguettes* y un medicamento para atemperar los síntomas del catarro, pues tal era su dolencia en opinión de Inés; ella acostumbraba a resolver con delicadeza y conocimientos sus pequeñas afecciones.

Si las fechas no se le hubieran echado encima, aquel sábado 15 de mayo se habría marchado a pasar el fin de semana con su hija Maya. Le encantaban los niños siempre que fuera posible limitar a su voluntad el tiempo que debían estar a su lado, algo que rechazaban ellos y mucho más las madres, empeñadas en que no se alejasen de él en cuanto había alguna oportunidad para estar juntos. Compaginar los gustos y las necesidades de unos y otros era tremendamente complicado estando las mujeres por medio. Pero, a pesar de las limitaciones y los enfrentamientos que pudieran darse, el mundo infantil, su creatividad, le hacía feliz, y ansiaba integrarse y participar en ese ámbito tan sugerente para él como artista y padre. Se consideraba un excelente compañero de juegos y disfrutaba disfrazándose al igual que los pequeños, aunque no siempre tenía el ánimo para volcarse en ese tipo de situaciones.

Aquel sábado avanzó poco en el trabajo; incluso a media tarde bajó hasta el estudio para recostarse en un sillón y hojear varias revistas, dejando los pinceles a un lado. Dedicó algún tiempo a reflexionar sobre la médula de la composición. El brazo con el puño sujetando unas flores, enmarcado después por un amplio sol, había adquirido mayor peso y presencia que en la versión inicial. La solución de las flores y el astro no funcionaba y debía resolverlo cuanto antes. Sabartés estaba en lo cierto, tenía que darle la razón. Alberto Sánchez también le había avisado sobre el riesgo de incluir aquel símbolo que él había considerado como una llamada de esperanza y signo de la robustez con la que renacer después de la tragedia.

Al subir al granero, casi al finalizar el día, realizó algunos retoques y pequeños cambios, especialmente para dotar de mayor dimensión la figura de la matrona que huía, ampliando sus extremidades, y trazar con su movimiento una diagonal que nacía del ángulo inferior derecho y evolucionaba hasta el centro del cuadro. Finalmente, el ave muerta que se hallaba junto a la mujer tendida en el suelo fue transformada en una mano con los dedos extendidos.

Consciente de que de un momento a otro llegaría Sabartés acompañado de Heini para ir a cenar juntos, comenzó a limpiar los pinceles. Los cuidaba especialmente, más que el resto de sus útiles de trabajo. Los tubos de pintura o los botes de disolvente a menudo quedaban esparcidos por los suelos sin recoger y,

221

muchas veces, sin tapar. Marcel se encargaba después de que no se estropeara el material.

Todavía quedaban restos de pintura en sus manos cuando entraron los dos hombres, y no había bajado al estudio para adecentarse un poco.

$\mathcal{K}$ahnweiler permanecía en silencio, lastrado su corpachón en mitad de la sala y sin desprenderse de la gabardina, mientras estudiaba el cuadro. Se fue hasta allí, raudo, después de saludar a Picasso. Se conocían los dos bastante bien; él había convertido al pintor en una figura mundialmente reconocida y su cotización era la más elevada en el mercado del arte. Y, entre tanto, con la exclusiva que tenía sobre su producción, el marchante se había hecho millonario.

Daniel-Henry Kahnweiler, Heini para los amigos, había llegado al granero obsesionado por descubrir, en primera persona, lo que Pablo estaba haciendo para la Exposición Internacional, pues aquel era el tema favorito en los círculos intelectuales de la ciudad. Y a él —al galerista alemán que había difundido el cubismo por todo el mundo, al marchante que había respaldado como nadie a Pablo Picasso, que había adquirido *Les demoiselles d'Avignon* cuando todos, sin excepción, lo denostaban— ahora no cesaban de interrogarle sobre lo que estaba pintando su pupilo en un ático inmenso en las cercanías del Sena.

Pablo y Jaime evitaron interrumpirle con cualquier clase de preguntas. Heini arqueaba más sus espesas cejas a medida que pasaban los segundos y se frotaba la barbilla con los dedos, acaso intrigado por lo que veía sobre el lienzo. Era un hombre corpulento, de cabeza grande, teutónica, con abundante pelo negro y rasgos acentuados en el rostro de piel rosada. En sus labios tenía una mueca rígida, firme.

Al fin musitó:

—Curioso, uno espera encontrar verdugos o asesinos y no hay nada de eso…, y es una obra muy figurativa, realista.

Enmudeció hasta que transcurrieron varios segundos más. Volvió a manifestarse con un murmullo.

—Los personajes miran hacia arriba, hay una fuerza, una exclamación… todo proviene del cielo, ¿la muerte?… ¿Y lo llamará *Guernica*?

Desde los tiempos del Bateau-Lavoir, en Montmartre, cuando ambos se conocieron, Picasso y Heini se hablaban de usted, nunca intentaron modificar el tratamiento.

—Sí, creo que le pondré, sin más, ese título —respondió el pintor.

—A pesar de que nada lo sugiera, a primera vista, salvo el hecho de que las víctimas nos indican que la muerte proviene del cielo, pienso que pretende con esta obra lanzar una llamada al mundo, a todos los hombres y en todas las latitudes sin excepción.

El marchante apenas se movía del mismo lugar y, mientras hablaba, no cesaba de analizar la pintura que tenía enfrente; apenas miraba a Pablo.

—Ya sabe que yo no me planteo mensajes tan ambiciosos, ni nada parecido.

—Pero esta obra tiene un significado especial, nunca aceptó encargos fácilmente.

—No pude negarme, será mi aportación para dar a conocer la brutalidad que está soportando mi país. Un pequeño regalo para España.

A Heini se le iluminaron los ojos y asomó una leve sonrisa en sus labios. Y fue, entonces, cuando decidió acercarse a pocos metros del lienzo.

—Desde luego, Picasso, eso es algo que le ennoblece —dijo con tono enfático— y le será reconocido a su tiempo, seguro. —Avanzó algo más hasta situarse muy cerca de la tela, se quitó la gabardina azul que llevaba puesta y la colgó de su hombro—. Hay en la composición general una cierta reminiscencia clásica, por este triángulo central —movía las manos dibujando las líneas en el aire— inserto en un rectángulo al modo de los templos de la Antigüedad y por las figuras encajadas en la forma geométrica. Llamará la atención de inmediato y está muy bien para una obra que será instalada en un lugar por el que pasarán, casi sin proponérselo, miles y miles de visitantes. —Respiró hondo y se detuvo unos instantes—. Pero observo, asimismo, que la energía concentrada en las figuras estalla ha-cia fuera: los brazos, las piernas, las miradas que perforan los límites del lienzo, y los alaridos hacia el cielo... Y lo está haciendo con ese dibujo tan personal suyo.

—Ya sabe, Heini, que siempre quise dibujar mal para salvarme.

La sonrisa del alemán se hizo más resplandeciente y, al mismo tiempo, puso el brazo sobre los hombros del pintor.

—Para crear y construir sus figuras con la máxima libertad, Picasso, sin la disciplina de lo perfecto, lo sé. Y aquí, en este cuadro, aparece también esa libertad en la creación que tanto ha buscado siempre, acaso algo más contenida y estudiada que otras veces, pero indispensable en una obra tan ambiciosa y donde vuelven a aparecer los elementos que tanto ha trabajado últimamente, como el toro y el caballo...

Heini se retiró hacia atrás para contemplar desde lejos la pintura.

—Lo que me resulta extraño —volvió a hablar casi en un susurro— es la acumulación de fuerzas y elementos que ha situado en la cúspide del triángulo: un sol, la lámpara, el puño, las flores...

Jaime y Picasso cruzaron sus miradas al escuchar el comentario del marchante.

El pintor bajó al estudio para cambiarse de ropa. No quería seguir allí con la conversacióny les dijo que les esperaba en la calle para ir juntos hacia Saint-Germain.

225

*T*ranscurrieron casi dos días sin acudir al desván de Grands-Augustins. Definitivamente, permaneció en la cama durante ese tiempo para recuperarse de dolencias que solo él conocía. Llamó a Marie-Thérèse Walter para explicarle la situación por la que estaba pasando y anunciarle que en cuanto finalizase el cuadro iría a verla, a ella y a la pequeña Maya. Los gritos que tuvo que soportar resonaron varios minutos en sus oídos después de colgar el auricular. Resultaba insólito cómo había cambiado aquella joven que, en otro tiempo, era todo dulzura; ahora desbordaba su energía en increparle. ¡Qué lejos quedaba la voluptuosidad con la que ella envolvía sus actos! Una voluptuosidad estimulada, amasada por él mismo mientras fueron amantes. Lo cierto es que llevaba casi un mes sin ir a verla. La tenía mal acostumbrada porque hubo temporadas que acudía todos los jueves y domingos, pero las circunstancias ahora eran distintas y ella no mostraba la más pequeña comprensión.

También Sabartés le recriminó al considerar que carecía de motivos para no haber visitado a Marie-Thérèse. Tuvo que desvelar a su secretario el mal momento que estaba atravesando al sentirse agobiado con el calendario para la entrega del *Guernica* y la necesidad imperiosa de resolver algunos problemas que planteaba su ejecución.

Sabartés sugirió que aprovechara el descanso para escribir

el texto que le había pedido Bergamín para el catálogo de la exposición de carteles en Nueva York.

A última hora de la noche del domingo, llamó al secretario y le entregó un folio manuscrito. Sabartés lo leyó en voz alta:

> La guerra española es la lucha de la reacción contra el pueblo, contra la libertad. Toda mi vida de artista no ha consistido en otra cosa que en una lucha incesante contra la reacción y la muerte en el arte. Cuando comenzó la reacción en mi país, el constitucional y democrático gobierno de la República me nombró director del Museo del Prado, puesto que acepté inmediatamente.
>
> En estos días trabajo en un mural que titularé «Guernica» para evocar la masacre cometida contra esa población vasca. Y en todas mis obras recientes quiero expresar, con absoluta claridad, mi dolor por lo que sufren mis compatriotas y mi repulsa a la casta militar que ha sumido España en un océano de horror y muerte.

—Contundente escrito que hará enmudecer a muchos que aún dudan sobre tu postura —resaltó el secretario.

—La verdad es que nunca consideré necesario hacer este tipo de manifestaciones. Pero ahora me parece imprescindible hacerlo. Paul Éluard me ha insistido mucho para que me pronuncie.

—Y lo has hecho con pocas palabras, con brevedad —observó Sabartés limpiando sus lentes, sentado a los pies de la cama en la que reposaba el pintor.

—Así el texto resultará más decisivo y terminante.

*A*l día siguiente por la tarde, regresó al granero. El descanso y la distancia le habían permitido decidirse por algunas soluciones que aplicaría de inmediato. Estaba convencido de que el drama sería más patente y tendría más contundencia si la pintura estaba compuesta con mayor sencillez expresiva y simplicidad de elementos, como había pretendido con el texto que escribió para Pepe Bergamín.

Lo primero que hizo fue eliminar el brazo con el puño y el gigantesco sol, pues entorpecían la fluidez necesaria en la obra y eran símbolos innecesarios que, por otra parte, habían sido rechazados casi de forma unánime por todos aquellos que habían visto la pintura. En ese lugar quedaba ahora un espacio limpio.

A continuación, y sin tomarse un respiro, enfebrecido por la necesidad de intervenir con la mayor rapidez, se puso a modificar la parte inferior porque precisaba aliviar el hacinamiento existente. Previamente, fue incorporando superficies geométricas pintadas con negro que acentuaban, por contraste, otras zonas luminosas y ocultaban tentativas que ya no le servían ni funcionaban en el conjunto. Eliminó por completo la figura de la mujer muerta en el suelo y dio la vuelta a la posición del soldado, cuya cabeza quedó emplazada debajo de la matrona con el hijo en brazos. Establecía así una conexión entre el triángulo central y la parte izquierda del cuadro; además había logrado que el guerrero destacase al alterar su colocación.

A pesar de estar agotado de tanto subir y bajar por las escaleras, decidió matizar con ángulos de color la figura del caballo. Tenía la certeza de que su posición no era buena. Aquella tarde había conseguido mejorar el conjunto y, sin embargo, el equino sobre el que había realizado numerosos estudios escondía una potencialidad que él aún no había descubierto en su totalidad ni, por supuesto, había conseguido plasmar. El caballo debía agonizar y así estaba pintado; transmitía a la perfección su derrumbe y dolor, pero el retorcimiento de su cuerpo no encajaba con la tendencia y el paso del resto de las figuras.

Encendió un cigarrillo y se tumbó a pierna suelta sobre el banco de madera. Comenzaba a lloviznar. En el respaldo tenía un jersey de lana y se lo puso encima de la camisa repleta de manchones de pintura a medio secar.

Aún quedaban dos o tres caladas para despreciar la colilla cuando oyó manipular la cerradura de la puerta. Apareció el bueno de Juan Larrea junto a Sabartés. El poeta, que también escribía guiones de cine o ensayos para ir tirando, había solicitado al secretario regresar a Grands-Augustins porque quería hacer un ensayo sobre el proceso del *Guernica*.

El ensimismamiento que le produjo a Juan encontrarse cerca de la pintura y analizar con tanto privilegio lo que encuadraba era la mejor demostración de que le atraía el resultado. Al rato llegó Dora con su cámara al hombro. Ella se puso a trabajar con tanta movilidad y frenesí que interrumpía, en ocasiones, la contemplación reposada del poeta. Jaime y Pablo habían bajado al estudio dejándoles disfrutar a sus anchas de la pintura. Para facilitárselo colocaron las lámparas de forma que resaltaran las luces, las sombras, los volúmenes y perfiles.

Al regresar al granero, hallaron a la pareja en animada charla. Larrea anotaba en una libreta sus impresiones mientras hablaba la mujer.

—Yo lo desconozco; Picasso lo habrá hecho con alguna intención, entiendo. Aquí lo tienes, pregúntaselo —propuso ella.

—¿Por qué todas las figuras y la energía se encaminan hacia la izquierda? —planteó el poeta.

—Pudo ser al contrario —comentó Pablo con su voz ronca y, al mismo tiempo, de timbre sedoso y agradable. Levantó las manos y sonrió antes de decir—: Hay una fuerza que los arrastra.

—¿La huida desesperada? —insinuó Dora, acomodada en el banco y con la cámara en el suelo.

—Tal vez. También nos ofrecen una salida —susurró Pablo.

—De cualquier manera, el cuadro llegará a la gente, es algo de lo que no me cabe la menor duda; está tratado con mucha habilidad. Has recogido la voz del Apocalipsis en el que está inmerso nuestro país. Lo que sucede ahí, en la pintura, está hermanado porque, más allá de la batalla entre las bestias y con el caballo desgarrado, se expande un grito que estalla por todos los rincones, que brota, de manera unánime, de todas las gargantas y rompe los límites del espacio que contiene el cuadro. Ese es para mí un gran acierto…

Sabartés no salía de su asombro al comprobar la satisfacción que le producían a Picasso los comentarios de Juan; estaba conociendo un aspecto inédito del pintor, enemigo de dar explicaciones sobre sus obras y de escuchar opiniones sobre las mismas antes de que estuvieran finalizadas. El intelectual bilbaíno siguió hablando:

—… te alcanza más el clamor que surge del cuadro, ya que nada lo puede enturbiar por la limpieza de las formas y la austeridad en el tratamiento general: en el color, en las líneas, hasta en la luz que procede de todos los ángulos. Y así, el grito… el lamento penetra en los corazones, es lo fundamental.

Pablo acarició la espalda del descarnado y sensible amigo; era la manera de agradecerle que se hubiera expresado con tanta emoción y maestría. El escritor iba ataviado, como era su costumbre, con un traje gris de tela finísima, lo que permitía palpar su tórax huesudo. Pablo le sonrió abiertamente, complacido con sus palabras. Había dejado de llover y los rayos de una luna creciente se colaban tímidamente por la espaciosa sala a través de los numerosos ventanales.

Cuando se disponían a salir, después de apagar las luces, el resplandor níveo de la luna se posó intensamente en la superficie de la tela, y aquellas zonas que no estaban pintadas con negro adquirieron una extraña vibración. El efecto resultó tan llamativo que antes de abandonar el desván se detuvieron unos instantes para contemplarlo.

$\mathcal{P}$icasso encontraba espacios para el descanso, a pesar de la urgencia y la entrega que le exigía la gestación del *Guernica*. Y como no podía ser de otra manera, los jueves eran los elegidos para explayar sus manías. El 20 de mayo apareció muy temprano en la casa de La Boétie después de pasar la noche con Dora en el estudio. Estaba tan reanimado y fresco que organizó un auténtico revuelo.

De vez en cuando y sin previo aviso, se le activaban las neuronas organizativas. Era algo insólito y ocurría en muy contadas ocasiones. Aquel jueves pidió a Inés y a su fiel secretario que deshicieran lo que el propio Sabartés calificaba, con pérfida ironía, de coexistencia bajo el manto del enredo babilónico.

—Hoy tenemos que despejar un poquito este barullo —solicitó.

Era la voz de alarma para recolocar las ingentes montañas de papeles que se habían acumulado por cualquier rincón de la casa en los últimos meses. Exigía a sus colaboradores que juntaran las cartas, las revistas, los recortes, los libros o las facturas en diferentes paquetes. Si durante el proceso aparecía algo que mereciera la pena, debían separarlo para que fuera revisado posteriormente por él mismo.

Mientras Inés y Jaime se enfrentaban a una tarea tan poco estimulante y agotadora, él decidió entrenar sus manos con una actividad diferente que llevaba tiempo sin poner en práctica. Lo hacía con bastante frecuencia años atrás cuando acudía al Château de Boisgeloup, donde tenía el taller para esculpir y el tórculo. Allí utilizaba el barro para modelar esculturas de gran tamaño.

Aquel jueves había llegado a casa con una pequeña bobina de alambre dorado que seguramente recogió entre las basuras y a la que deseaba darle una forma nueva surgida de su imaginación.

Sacó una de las cajas que tenía en el dormitorio donde guardaba algunos de sus «tesoros»: pájaros de papel, algunos hechos con servilletas de sus restaurantes favoritos; una careta elaborada con corteza de árbol, otra de cartón; una especie de diosa prehistórica modelada con papel de periódico y engrudo casero; las alas de una mariposa con papeles de colores... Después de admirar sus humildes creaciones (los «tesoros» más preciados los guardaba en el armario metálico donde estaba la brújula), se puso a manipular el alambre hasta conseguir un entramado de hilaturas que iba adquiriendo el volumen y la forma de una paloma.

Salió eufórico al pasillo. Le brillaban los ojos y mostraba una sonrisa pícara, casi infantil. Sabartés estaba rodeado de montañas de papeles.

—¡Mirad lo que se puede hacer con un material tan frío! —resaltó ufano, mostrando su creación, que refulgía con el movimiento que le daba simulando el vuelo del ave.

Solía expresarse con ese entusiasmo cuando lograba realizar piezas con materiales humildes y, en cambio, resultaba mucho más contenido con las grandes obras que provocaban la admiración entre los entendidos y el público.

—Es una pieza delicada, sí. ¡Quién tuviera tus manos! A otros nos competen aficiones más prosaicas y ensuciarnos con el polvo —afirmó el secretario bromeando y torciendo los labios.

El pintor envolvió la pequeña escultura entre sus dedos como si formara un nido para protegerla. Paseó con ella por toda la casa para terminar guardándola con el resto de sus joyas. Entre tanto, Inés y Jaime se habían desplazado hasta el salón para continuar haciendo paquetes que se sumarían pronto

232

a los otros que hicieron meses atrás. Desde allí, reclamaron su presencia:

—Picasso, ¿qué te parece si nos libramos de algún castillo? La asistenta aguardaba expectante la respuesta porque en contadísimas ocasiones había sido afirmativa. Sabartés, al hablar de «castillos», se estaba refiriendo a las pilas de cajetillas de tabaco que el pintor elevaba a medida que se desprendía de un paquete vacío. Se podían encontrar por toda la casa, en los lugares donde parecía imposible que mantuvieran el equilibrio: sobre una silla o encima de las chimeneas. Inés actuaba de inmediato si llegaba a derrumbarse alguna torre para armarla de nuevo.

—¿Por qué hay que tirar las cosas? ¡Qué obsesión! Cada objeto es una señal de que hemos vivido, forman parte de nuestra memoria. Ya sabéis que me fastidia incluso que se quite el polvo.

Inés conocía la aversión de Picasso a cierta clase de limpieza; por esa razón él utilizaba siempre trajes de color gris, ya que eran los únicos en los que apenas destacaba el poso de las partículas.

233

—¿Sabes que a Tellaeche no le gustó el cuadro y que se ha propuesto él mismo para pintarlo? Me lo han contado unos amigos.

El secretario cambiaba de asunto recordando el resultado de la visita que habían hecho el martes al desván el pintor Julián de Tellaeche y José María Ucelay, este último comisario de la sección vasca del pabellón español en la Exposición Internacional. Picasso estimaba especialmente a Ucelay, un joven y audaz pintor de Bermeo, al considerarle un artista que se alejaba del clasicismo folclórico en el que estaban anclados la mayoría de sus paisanos. Ucelay huía del tipismo que caracterizaba a los pintores vascos, aunque le quedaba mucho para superar el lastre del terruño y confirmar una tendencia innovadora. También los había defensores de la supuesta modernidad en Tellaeche, empeñado en los temas marinos, al que consideraban influido por Cézanne.

En Grands-Augustins, el bermeotarra Ucelay no pudo ni quiso disimular su entusiasmo, ni tampoco fue capaz de controlarse a la hora de preguntar: ¿La mancha negra sobre el lomo del toro significa que reducirá su presencia? ¿La abertura de luz ovalada en lo más alto es para fijar la atención en esa especie de ojo de la noche?

Más tarde afirmó rotundamente que la composición del cuadro era muy clásica, lo que produjo estupor en Tellaeche. El comisario insistió en la simetría y la distribución como si fuera un tríptico: el centro ocupado por el caballo y la mujer del quinqué, más la matrona que huye; el lateral derecho, por la mujer que sale de la casa con los brazos en alto clamando al cielo; y el izquierdo, por el toro y la cuarta mujer con el hijo muerto en sus brazos.

—Se trata de una pintura repleta de símbolos —afirmó Ucelay con vehemencia, a lo que Pablo replicó, consciente de que el vasco exploraba a la búsqueda de ese tipo de representación:

—Explícate.

Ucelay, después de subrayar que ninguna de las figuras podía considerarse real, fue detallando los simbolismos que él apreciaba: el soldado o artista muerto, identidad que no había sido desvelada por Pablo, como el ideal agredido y llevado a la destrucción. Las cuatro mujeres, según el artista vasco, multiplicaban las señales: la agresión psíquica estaba representada en la matrona con el niño; la agresión física, en la mujer que levanta los brazos; la fecundidad agredida, en la mujer que huye y cae con la rodilla en tierra mostrando sus pechos desnudos; y la feminidad liberadora, en la mujer que empuña la luz de la razón para que contemplemos la catástrofe. El toro, prosiguió Ucelay, como alegoría de la muerte, el gran tótem de España, «una realidad confusa», insistió el comisario. «Y el caballo, víctima pasiva, podría representar al pueblo...»

Tellaeche, que daba la impresión de no aceptar la interpretación que había hecho su compañero, planteó:

—No veo nada de Guernica, ni de las bombas que cayeron...

—Aquí no está representada una guerra, están todas las guerras, sus consecuencias —respondió Ucelay.

Dos días más tarde, Picasso y su secretario evocaban el encuentro con los pintores vascos.

234

—Está bien saber que hay personas a quienes no les gustará el cuadro, lo contrario resultaría increíble. ¿Y qué han respondido a la propuesta de Tellaeche para hacer un mural con el bombardeo de Guernica? —preguntó a Sabartés.

—Que por nada del mundo renunciarían a una obra tuya, sea cual sea el resultado. En ello insistió Ucelay, por supuesto.

*D*ora tenía trabajo hasta muy tarde, así que él decidió encerrarse en su cuarto después de tomar algo ligero en la cocina. No tenía por costumbre salir fuera a cenar los jueves.

Abrió el cuaderno de Florencia. Allí conservaba la reproducción del cuadro de Rubens que le regaló María, la joven y experta guía de la Galería Palatina del Pitti. Ansiaba contemplar, una vez más, la obra contra la guerra del pintor flamenco, sus poderosas imágenes y la fuerza arrolladora que había incorporado el maestro barroco al lienzo. Era admirable su composición, el movimiento que arrastraba a todas las figuras como si fuera un torbellino contra el que era imposible oponerse, el hábil juego entre la oscuridad y la luz...

Rubens había simbolizado en el cuadro lo que suponen los desastres de la guerra, de todas las guerras. La violencia y la barbarie estaban personificadas en Marte, que avanzaba con la espada ensangrentada, amenazando con extender la muerte y el dolor por doquier. Nada lograba detenerle, ni siquiera la belleza y la capacidad seductora de Venus, que alargaba el brazo e intentaba con el máximo esfuerzo atraerle hacia ella, hacia su cuerpo refulgente envuelto entre las sombras de la desolación. A sus espaldas, saliendo del templo de Jano, una mujer con los brazos levantados y gesto de desesperación clamaba al cielo justicia y ayuda. El Mal y diversos monstruos arrastraban a Marte con una fuerza descomunal. Y por los suelos, las víctimas: una joven hermosísima que sujetaba un laúd; una matrona con su hijo muerto entre los brazos; un hombre, acaso un artista, aplastado por la violencia. La fecundidad, la creatividad, la vida en suma, destruida por el ciego fanatismo. Marte pisoteaba unos libros en su caminar.

Los elementos del cuadro, pintado en el primer tercio del siglo XVII, estaban engarzados con suma habilidad y en su composición Rubens manejó varias diagonales que lo dotaban de gran solidez estructural y ayudaban a introducirse en la vorágine que contiene la escena, lo que facilitaba extraordinariamente ser imbuido por su clímax.

Él pretendía para su mural la máxima sencillez narrativa con contundencia, una obra simbólica de asequible comprensión, de todos los tiempos, aunque abierta a interpretaciones al introducir el ritual encarnado en España por el toro y el caballo en las ardientes tardes del estío. Le entusiasmaba el primitivismo medieval de los iluminadores, de aquellos monjes que en los *scriptoria* creaban imágenes lineales y austeras en su concepción que facilitaban el entendimiento de historias tan complejas como el Apocalipsis de san Juan, desbrozado al detalle por el *Beato de Liébana*. Había visto en la Biblioteca Nacional de París algún ejemplar del *Beato* miniado y una Biblia mozárabe con soluciones estilísticas de gran atractivo que admiraba y deseaba manejar con idéntica sencillez y soltura en el diseño.

237

Depositó a los pies de la cama el cuaderno italiano y preparó los útiles de dibujo.

Era tarde, reinaba un silencio casi absoluto dentro de la casa y por las calles. Abrió las ventanas de par en par para que entrase aire fresco en el cuarto. Una luna creciente plateaba las cubiertas de los distritos cercanos y, a lo lejos, titilaban las lucecitas del extrarradio. Acodado en la herrumbrosa barandilla del balcón, disfrutó fumando un cigarrillo mientras descubría establecimientos de su barrio de los que nunca se había percatado ni sabía que estuvieran allí.

Comenzaron a circular por su cabeza las imágenes del cuadro de Rubens y las de su propia obra en un vaivén poderoso, frenético. Al cabo de un rato, dos de ellas, el toro y el caballo, se fueron perfilando en su mente.

Se puso a dibujar febrilmente la cabeza del toro. Primero, lo diseñó con trazos abocetados y algunos detalles como la boca y los ojos que lo humanizaban. A continuación, hizo otro dibujo, esmerándose más en las líneas y perfeccionando los volúmenes con una aguada grisácea. Resultaba aún más Minotauro. El animal había adquirido rasgos antropomórficos. ¿Un autorretrato?

El segundo dibujo había quedado perfecto para su apreciación, impecable. Pero no, no era factible conceder tal protagonismo y un tratamiento de ribetes clasicistas al toro del mural. La duda, la tentación, estaba despejada, definitivamente resuelta. Era una temeridad mantener esa inquietud. Un dibujo minucioso, realista, del hombre-toro chocaría con la simplicidad que él buscaba para el resto del cuadro. No cabían más interpretaciones posibles. El toro sólo sería un toro y tendría un tratamiento similar al resto de las figuras que aparecían en el *Guernica*.

Debía impedir que se enturbiase la contundencia del drama, que los previsibles debates exegéticos amortiguaran el grito y la desolación que él quería que traspasaran los límites del cuadro y llegasen al mayor número de personas; expresado todo ello con un lenguaje plástico al alcance de muchas gentes, al igual que hicieron los iluminadores medievales con unas formas y un dibujo nítido, tanto que pudiera ser comparado con los *scriptoria* monacales en muchos de sus hallazgos estilísticos.

238

$\mathcal{N}$i siquiera el continuo ruido del pulsador y el de la membrana del obturador de la cámara alteraban un ápice su concentración, tampoco el deambular de Dora de un lado para otro. Daba la impresión de encontrarse arrobado, inmerso en un estado de ardor que le mantenía alejado de la realidad más próxima e inmediata.

Después de numerosas tentativas, ultimaba con auténtico frenesí la cabeza del caballo, alzado ahora, con la cabeza en el epicentro de la escena, de tal manera que su gemido acerado rasgaba los límites del espacio contenido en la finísima arpillera encolada. Ocupaba el espacio casi medular de la composición, inmediatamente debajo del sol, la luna, la farola o el ojo, que iluminaba y observaba lo que acontecía en una calle empedrada por la que circulaban, en la negra noche, seres desamparados y dolientes bajo un suelo ensangrentado. Con anterioridad, en el lugar donde se erguía el equino asfixiado por las profundas y letales heridas, dando las últimas bocanadas, se encontraban los cuartos traseros del toro. Pablo había dado la vuelta a la res brava en una transformación fundamental; su posición se había modificado por completo para situarse en un extremo. El rabo azotaba el cuadrante superior izquierdo del cuadro y la matrona con el niño muerto quedaba enmarcada por completo por su silueta. El toro también había sufrido otro trascendente cambio: su cabeza se volvía para observar la escena y sus ojos, con un brillo casi humano, miraban al espectador mientras contemplaba el *Guernica*. Parecía convocarle para introducirle en el drama. El giro del toro le invitaba a seguirlo y su temple, su distancia, resaltaba y hacía más visible el sufrimiento que inundaba el mismo éter en el que se insertaba la noble bestia. Por fin, el toro y el caballo adquirían la definición que había explorado a lo largo de varios días mediante numerosos dibujos preparatorios.

Sentía un profundo estremecimiento que le hacía palpitar, tembloroso…

Hubo un instante en el que Dora dejó de captar imágenes y sucedió un completo silencio en el desván, que terminó por sacar a Pablo de su ensimismamiento. Descendió lentamente los peldaños de la escalera y nada más alcanzar el suelo arrojó los pinceles y el tiento de bambú sobre la mesita cubierta con hojas de periódico en los que no quedaba ningún espacio inmaculado de pintura.

Levantó los brazos y realizó movimientos ágiles para relajar los músculos; a continuación, masajeó su espalda con cierta dificultad. Dora se le acercó tomándole por la cintura y comenzó a darle calor con sus manos.

—Apenas tienes fuerza —objetó él.

—Pero poseo la voluntad y el amor para calmar tus dolencias.

Estuvieron un buen rato acariciándose, de pie, hasta que decidieron sentarse en el banco que funcionaba a modo de diván donde podían acomodarse varias personas dadas sus dimensiones. Picasso se tumbó a lo largo y Dora se puso a horcajadas sujetándole la cabeza. Ella le fue repeinando con sus delicados dedos, suavizando los músculos de la nuca del hombre hasta que detectó relajación en su cuello. Picasso entornó los párpados y susurró:

—Para esta clase de exquisiteces sí estás preparada, desde luego.

—Las necesitabas, no hay más que ver cómo la tensión había agarrotado tus músculos.

—Además de intentar hacer algo que merezca la pena desde un punto de vista artístico, este cuadro supone un buen esfuerzo físico, no creas. Pero teniéndote cerca, es más llevadero. Te pagaré con más amor si cabe…

Dora agradeció sus palabras dándole un sonoro beso en la frente.

—Hoy, tenemos que celebrarlo —dijo ella.

—¿El qué?

—Que ya tienes el cuadro casi terminado.

—Te equivocas, aún queda bastante. Pero de cualquier manera lo celebraremos, sí, en compañía. Están a punto de llegar Paul y Nusch.

Apenas dieron unas caladas a los cigarrillos que acababan de encender cuando llamaron a la puerta.

Dora hizo un mohín de disgusto apretando sus carnosos labios y mostrando su semblante más enérgico al afilar el mentón, algo que surgía en ella con relativa frecuencia, especialmente cuando tenía cerca a Nusch. Eran muchos los amigos que sugerían la existencia de una relación esporádica con Picasso, consentida por su marido, el poeta. Dora odiaba esa clase de comentarios; se negaba a aceptar esa clase de juego amoroso, su entrega al pintor era total y con un punto de egoísmo. Quizás en el pasado, cuando ella misma se prestó a ser la amante de Bataille y participó en toda clase de transgresiones sexuales, no habría visto con malos ojos una situación como aquella, pero lo que sentía por el español la había hecho cambiar. Ansiaba ser su única mujer, no creía que Nusch fuera una amante secreta de Picasso y tampoco se atrevía a preguntárselo abiertamente para no mostrarse como una mujer celosa y desconfiada. Todo aquello la hacía sentirse incómoda al lado de Nusch.

Poco podía sospechar Dora que en el anochecer de aquel sábado 22 de mayo, Georges Bataille, el escritor surrealista que la instruyó con maestría en alocadas habilidades amatorias, iba a ser el protagonista del análisis que hiciera Paul Éluard sobre el cuadro.

Nada más entrar, Paul cogió del brazo a Picasso y se acercaron juntos a pocos metros de la tela. Ella y Nusch se quedaron detrás. Nusch desviaba su mirada acuosa y huidiza por las sombras que envolvían los edificios que podían verse tras los ventanales, con la intención de espaciar el contacto con la amante del pintor.

Por el contrario, el poeta y refinado comunista de elegante

241

porte expresó en su semblante y en sus ojos muy azules, que brillaban como nunca, la inmensa satisfacción que le producía ser testigo de una creación picassiana que él apreciaba ya como algo extraordinario.

—¡El triángulo de luz! —exclamó emocionado Éluard con las palmas de las manos abiertas y hacia lo alto—. Es perfectamente palpable. ¿Recuerdas lo que escribió Bataille en *Soleil Pourri*?

Picasso asintió con un leve movimiento de la cabeza. Estaban pegados el uno al otro.

—¿Lo recordáis? —insistió volviéndose hacia las mujeres, ajenas por completo al comentario de Éluard, que no aguardó una respuesta. Su despejada frente se arrugó un instante, antes de iniciar la plática—: Georges Bataille afirmaba en *Soleil Pourri*, que escribió inicialmente para participar con el texto en un homenaje que se hizo a Picasso en una revista, que el sol representa una concepción imposible de atrapar por el ser humano, ya que no se puede estudiar con la mirada. Lo asociaba a sacrificios ancestrales y a las ceremonias taurinas elevándonos hacia el pensamiento poético y espiritual, pues como tal describe Bataille la caída de Ícaro…

242

Dora escuchaba atenta las explicaciones; había sido atraída al oír el nombre de Georges Bataille, su anterior amante, y, sin pensárselo, interrumpió a Éluard:

—¿Y qué tiene que ver ese análisis de Georges con el cuadro?

—Dora, déjale que prosiga —intervino Picasso.

—Te lo agradezco —dijo el poeta con delicadeza—. Georges resaltaba en su escrito que la elevación hacia la brillantez cegadora que supone el sol estaba al alcance de Picasso por su capacidad para elaborar y descomponer las formas, algo que podemos descubrir en esta pintura colosal con el estallido de tensión que rompe los límites del cuadro y nos arrastra. Observad, observad bien el triángulo de luz que nace sobre el caballo, es algo que definió Georges Bataille como «el horror que se expresaba al emanar de un brillante arco de luz». Ese arco de luz ocupa en esta pintura la visión principal de la composición enmarcada por el triángulo central.

Al terminar la exposición de Paul, se hizo un largo silencio que finalmente rompió el propio pintor.

—Excelente, es excelente contar con tan buenos amigos como tú, capaces de interpretar con palabras profundas mi trabajo, algo que tiene más valor incluso que lo que yo hago.

Picasso sonrió mientras aparecía en su rostro una mueca pícara que complació a Éluard. De súbito, descubrió a Nusch sentada como si fuera un buda en el banco. Vestía un pantalón negro ajustado que perfilaba su delgadez y una blusa de seda blanca con manga larga. De su cuello colgaba una gargantilla de oro. Su belleza pálida resultaba espectral entre las sombras del ático. Picasso acudió a su lado.

—Fíjate, Dora —anunció Éulard sujetándola con suavidad del brazo. Ella atendía, de reojo, y con mayor interés a lo que sucedía detrás, en la pared opuesta del viejo desván—. El movimiento es extraordinario en esta calle fuertemente iluminada por el arco de luz. Las figuras tienden hacia lo alto y hacia la izquierda buscando una escapatoria, quebrando el perímetro del cuadro.

Lentamente se fueron acercando más al lugar donde se apoyaba el lienzo; el poeta seguía hablando con voz dulce.

—Hay una fuerza que empuja a las figuras, una tensión poderosa…

Al rato, Dora terminó por alejarse del poeta, que continuaba reflexionando con voz casi inaudible ante el *Guernica*. Se desplazó hacia el fondo de la sala con intención de fotografiar a la pareja sentada en el banco.

«*El* enigma, el misterio, pertenecen al propio artista, quedan plasmados de diferentes maneras en su obra para una posible interpretación al alcance de muy pocos, pero debe animar a cualquiera en sus búsquedas. El arte pictórico, en su mayoría encuadrado en un espacio rectangular, condensa un poema expresado con palabras pintadas, como comentó nuestro querido Paul Éluard con gran acierto. Cada persona debe intentar descifrar esas palabras, leer y descubrir lo que transmiten las imágenes con sus propias experiencias, y es aceptable cualquier lectura. En ocasiones, nos atraviesa una especie de rayo o vahído al contemplar una pintura; en esa conmoción se concita y consagra el mensaje poético, sin más razonamientos ni disquisiciones. ¡Que el público vea lo que quiera y... que escuche, que escuche al encontrarse frente a una obra de arte!»

Así concluyó Picasso la charla que había mantenido con Sabartés sobre las posibles interpretaciones del mural que estaba pintando, sobre la manera de acercarse a contemplar una obra pictórica. El secretario le había insistido sobre las múltiples versiones que circulaban en algunos ambientes españoles y artísticos de París, en relación con los motivos que había plasmado en el cuadro. Los rumores corrían como la pólvora de boca a oreja y en el camino se hacían diferentes cábalas sobre el cuadro modulando la realidad del contenido del *Guernica*.

«Mi única pretensión es expresar de una manera plástica el horror y la indignación ante la injusticia y la muerte de seres inocentes —manifestó Picasso al secretario cuando este le expuso lo que se comentaba por la ciudad—. Y lo hago con el lenguaje que mejor conozco, dando lo mejor de mí mismo, eso es todo.»

Era consciente de la importancia del cuadro, de una obra a la que habían rodeado de desproporcionada expectación, según su criterio.

Él aún se debatía sobre decisiones de carácter estético y la intencionalidad del mensaje que contenían las imágenes que estaba creando, tal era el caso sobre cómo proyectaban el dolor. Mantenía la incertidumbre ante este hecho al considerar excesivamente sutil el tratamiento que le estaba dando y todavía perseguía otros enfoques posibles con bocetos a lápiz. Era lo que le preocupaba, mucho más que los dimes y diretes sobre su trabajo.

José Luis Sert lo encontró en el estudio realizando dibujos en los que se desbordaba el drama.

—Venía a conocer cómo evoluciona tu cuadro, me han dicho que lo pintas en una especie de gigantesco desván —dijo el arquitecto—. He oído contar cosas extraordinarias y también explicaciones confusas sobre ese mural.

Sert permaneció unos minutos en silencio observando la manera en que Picasso ultimaba un rostro desencajado. Al comprobar la extrañeza que al arquitecto le provocaba el dibujo que tenía en el caballete, le preguntó:

—¿Qué te parece, José Luis?

Sert tardó varios segundos en responder; antes tragó saliva y tensó los párpados sin dejar de analizar la figura.

—Es un rostro atormentado —habló pausadamente— que expresa patetismo… Las lágrimas parecen perforar la piel de la mujer. ¿Esta es una figura del cuadro?

—Me lo estoy planteando, no estoy seguro de si debo plasmar el sufrimiento con esta intensidad.

—Si fuera así, tendría un enfoque expresionista bastante acusado —razonó, con timidez, el joven arquitecto.

Picasso sonrió mientras asentía con un movimiento de cabeza. Depositó los lápices en el cajetín del bastidor y se limpió las manos con un trapo.

—¿Y el cuadro? —preguntó Sert.

—Tranquilo, vamos para arriba, al que llaman granero de los frailes, un lugar prosaico para intentar crear arte, pero adecuado cuando uno necesita «alimento».

Al salir al patio comprobaron que la noche se cernía sobre la ciudad; unos nubarrones amenazantes habían oscurecido, casi por completo, el cielo.

Al entrar en el amplio desván, Picasso encendió todas las luces y los focos situados frente al cuadro; también abrió las ventanas para despejar la atmósfera cargada con los gases de los disolventes y la trementina. Sobre los tejados restallaban, en ese instante, algunos fogonazos eléctricos.

El arquitecto, de una estatura no muy elevada, empequeñecía aún más cerca del inmenso lienzo y flanqueado por las escaleras de tijera que utilizaba el pintor para trabajar en lo alto. Sert enmudeció en un primer instante, se frotaba los ojos asombrado por la luz que desprendía el *Guernica,* acelerada con los chorros de resplandor producidos por la tormenta que, intermitentemente, se colaba en el ático. Como si estuviera ajeno a la presencia de Picasso, comenzó a hablar con voz balbuciente:

—Esto es un estallido..., los blancos..., y la luminosidad que ciega..., al principio ciega... te impide localizar los ejes que sustentan la composición y, antes de que lo consigas, arrastra... te atrapa un movimiento intenso, sin atisbar cuál es el derrotero hacia el que vas. Y sí..., al final te implicas, te implicas aunque no quieras, es imposible mantenerse alejado de lo que sucede en el interior de la pintura... A mí me parece un trabajo extraordinario, mi enhorabuena.

Al culminar su reflexión, se giró buscando a Picasso; este se encontraba sentado al fondo de la sala fumando un cigarrillo, apenas se le distinguía envuelto por el humo.

—Y pensar que me costó convencerte —dijo Sert acercándose al lugar donde se hallaba el pintor—, y luego, cuando aceptaste, nos respondías con evasivas. Yo te comprendo. Llegar a conseguir algo tan grandioso —señaló al cuadro— quema por dentro y necesita madurar, no se sabe cuánto tiempo se precisa para ello —se detuvo y observó, desde la distancia, la pintura—. Es como un destello del que no te puedes alejar, lo mires desde donde lo mires. Estoy satisfecho por haber postulado, con todas mis fuerzas, que lo hicieras tú.

$\mathcal{A}$l día siguiente de la visita de Sert, acudió temprano a Grands-Augustins. A media mañana llegaría Dora y por la tarde esperaba algunas visitas. Supo esto último por una nota que le dejó Sabartés en el dormitorio dentro de un sobre en el que había escrito Pablo Ruiz, sin el apellido de la madre. El secretario era de las pocas personas que utilizaba, en ocasiones, su apellido paterno; especialmente lo hacía cuando él estaba fuera de París y tenía que enviarle alguna cosa por correo. Era la mejor manera de proteger su identidad, pues casi nadie conocía su nombre completo.

> Estimado señor Ruiz Picasso:
> Hoy, martes, se abalanzará sobre tu santo reducto junto al Sena la *troupe* española con Max, Pepe y Juan a la cabeza. No he podido detenerles, ya sabes de sus fortalezas y voluntades. Si lo deseas, organizamos una estampida, aunque veo bastante difícil que en estos tiempos podamos escondernos; nos tienen controlados al segundo, y mucho me temo que nos seguirían hasta el infinito.
> Tu leal Jaime

Había sido una suerte que Sabartés aceptase unir su destino al suyo. Desde que estaba a su lado, múltiples aspectos de su vida funcionaban como un reloj y, lo más importante, tenía más tiempo para dedicarse a la pintura. Llegó en el momento en que más lo necesitaba. Aún recuerda cómo apareció aquel día lluvioso y frío, a mediados de noviembre, por el andén de la Gare d'Orsay. Descendió del tren con aspecto cansado, arrastrando casi los pies, envuelto en un raído abrigo de paño gris, con una boina descolorida sobre la cabeza y pálido, muy pálido. Daba grima verle tan desolado. Le costó reconocerle en un primer instante. Jaime no había tenido mucha suerte en la vida y había dado demasiados tumbos antes de aceptar trabajar para él. Por fin, desde hacía casi dos años, sus vidas estaban unidas por múltiples lazos; nunca imaginó que se entregaría tanto, y sin poner reparos, a la hora de ayudarle en lo que fuera menester. Sabartés había establecido las condiciones para que él pudiera dedicarse plenamente al arte y no existía ninguna tarea molesta para el secretario si con ella impedía que fuera distraído de su principal misión.

Durante la elaboración del *Guernica* había hecho todo lo posible para que no fuera interrumpido por alguien ajeno al proyecto. Y lo había logrado en gran medida.

Había llegado a la fecha del 25 de mayo con la pintura bastante avanzada, próxima a lo que él pretendía, y aún restaba tiempo por delante antes de instalar el cuadro en el recibidor del pabellón de Sert.

En aquella jornada, mientras Dora captaba algunas instantáneas, dedicó sus esfuerzos a modificar la figura femenina con los brazos levantados, la que estaba situada a la derecha. Los brazos y la cabeza le convencían, no así el resto del cuerpo, ya que recelaba si debía apoyarse en el suelo. Finalmente, redujo sus extremidades inferiores a una especie de rectángulo sólido, compuesto con una especie de tablones, flotando sobre las llamas.

Otro problema sin resolver era el de la figura del hombre en la base de triángulo central: le resultaba demasiado compacta. Tanteó con un corte en el cuello y consideró que quizá debería orientar su cabeza hacia arriba. Lo aplicaría más adelante. Entre tanto, ocupó la mayor parte de la tarde en algunas correcciones para dotar de mayor solidez al conjunto, también en analizar, desde diversos ángulos, el efecto del color. Ensayó con algunos toques de azul muy diluido. Avanzado el día esbozó el contorno de una bombilla en el interior del ojo-sol.

249

Fue esto último lo que más llamó la atención de Max Aub cuando accedió al granero acompañado por José Bergamín.

—Sin duda, esa bombilla es un homenaje a la Exposición Internacional, que está dedicada a la energía eléctrica —afirmó el escritor y agregado cultural de la legación española.

Picasso le clavó, al instante, su mirada trepanadora, escudriñándole con fogosidad. Max se sintió incómodo con el examen, algo que no era fácil de conseguir porque el escritor soportaba bien ese tipo de situaciones. Hijo de un judío alemán, poseía un fuerte carácter que venía marcado en su propia fisonomía: frente amplia, rasgos del rostro muy acusados y mentón partido. Portaba una gafas con cristales de miopía que apenas amortiguaban su inquietante y profunda mirada, muy analítica. Torció la boca con una media sonrisa y buscó otra interpretación

—También caben otros puntos de vista sobre esa luz, Picasso, y uno de ellos posiblemente nos acerque hasta Goya, y sea semejante a la lámpara que iluminaba la escena de *Los fusilamientos del 3 de mayo*. Para que la luz de la razón nos ayude a despertar ante la injusticia y veamos la verdad de los hechos —relató con cierta afectación.

250

—¡Excelente! —alardeó Bergamín—. ¿Es así?

Picasso sonrió abiertamente, lo que relajó la tensión inicial, antes de responder.

—No me agradan esa clase de debates y análisis, porque las respuestas no están a mi alcance y no me es posible satisfaceros —cogió a los dos hombres por los brazos y les habló con suma amabilidad—: Os tengo que dejar un rato, he reservado para todos mesa en el Catalán y voy a bajar al estudio a lavarme y cambiarme de ropa. Dora os servirá, mientras tanto, algo de beber.

La mujer se encontraba ajena a la conversación, fumando relajadamente junto a uno de los ventanales, con la mirada perdida en el horizonte brumoso de la ciudad, cortado por la torre Eiffel.

—Antes —intervino Max— aquí tienes un cheque de ciento cincuenta mil francos. No lo puedes rechazar: es una decisión del Gobierno.

—Ya os advertí que lo quería donar, es un regalo para los españoles —objetó Picasso.

—Si tenemos en cuenta la cotización de tu obra en estos momentos, considéralo como una cantidad para cubrir gastos —replicó Max Aub con voz grave y bien timbrada—. Lo fundamental es que exista de por medio una contraprestación económica real y efectiva con un documento que respalde y certifique la operación...

Picasso levantó los hombros como en un gesto de incomprensión e hizo ademán de comenzar a hablar.

—Nunca se sabe lo que puede ocurrir —se apresuró Max—. Esta es la manera de que España, el pueblo español, pueda demostrar documentalmente algún día que es el auténtico propietario de esta maravilla que has hecho para denunciar los crímenes que se están cometiendo en nuestro país.

Los presentes se sorprendieron por la firmeza con la que se había expresado el diplomático. Picasso arrugó el entrecejo mientras adoptaba una decisión que no tardó mucho en manifestar con afabilidad.

—De acuerdo, tienes razón; habla con Sabartés y lo arreglamos como dices. Jaime está a punto de llegar, no creo que tarde mucho.

251

Subió al granero una hora más tarde; se había duchado y vestía un traje gris, casi recién estrenado, camisa del mismo tono, corbata a cuadros rojos y blancos, y tenía repeinado su largo mechón a la izquierda de la frente, desprendido como una catarata. Entre sus labios sujetaba un habano imponente cuyo aroma se esparció por toda la sala.

—De los americanos —descubrió Sabartés, sentado en el banco junto a Max y Dora.

—En efecto, tenía la caja abajo.

El día anterior había recibido en el estudio de abajo, a primera hora, a tres críticos de arte estadounidenses; dos eran de Filadelfia y el otro de Nueva York. Uno de ellos, el neoyorkino, agradeció la visita con los puros cubanos. Habían aguardado desde el sábado hasta que Sabartés le convenció para que aceptase el encuentro. Picasso puso una condición: que no subieran al granero; pretendía evitar que más personas, y sobre todo ajenas al compromiso que tenía con el pabellón, conocieran la obra sin terminar.

Hacía calor a pesar de que todos los ventiladores estaban en funcionamiento. Marcel se había adelantado y recogía los útiles de pintura que estaban desparramados ante el lienzo. Solía hacerlo cuando no quedaba nadie en el lugar. Probablemente, pensó Pablo, Sabartés se lo había ordenado a la vista del descomunal estropicio de tubos de pintura sin cerrar, frascos, botes, papeles, trapos o pinceles que había por el suelo. Pablo se puso a ayudarle con la intención de colocar las cosas donde más le convenía; muy cerca se encontraban Juan Larrea y José Bergamín. Hablaban de las figuras del cuadro.

—El caballo representa a los fascistas —apuntaba Juan.

—Yo pienso que nos muestra al pueblo que brama de dolor, atravesado por una pica, con la lengua fuera como un puñal, sin aire, ahogándose —argüía Bergamín.

—A mí me cuesta creer que ese pueda ser su significado —objetó el poeta vasco.

—De cualquier manera, los elementos de la corrida son evidentes, al igual que su significado real. Por un lado, el toro, bravo y salvaje. Y del otro, el caballo, la gracia y la inocencia.

—Pero también el toro, Pepe, forma parte del pueblo por su capacidad para resistir.

—Y por su brutalidad —concluyó Bergamín.

Los dos hombres se habían topado con un callejón sin salida debido a sus posturas difíciles de conciliar. Decidieron pedir auxilio.

—Te lo rogamos, Pablo. A pesar de que no te gusta explicar lo que haces, dinos al menos lo que simbolizan el caballo y el toro en esta pintura; el resto resulta más evidente.

El planteamiento lo hizo Juan con sus modélicas maneras y con la ávida curiosidad de sus ojos. Especuló sobre el hecho de que al poeta cada día se le afilaba más el rostro y se ampliaban las entradas del pelo. No, no debía pasarlo bien en aquellas fechas tan complicadas, aunque eran mucho peor para los españoles que permanecían al otro lado de la frontera. Resultaba evidente que algunos reflejaban más en su cara las angustias y dificultades de aquellos meses, tal era el caso del vasco.

—Poco puedo aportaros —expresó con una agradable sonrisa—. El toro es un toro, el caballo es... un caballo. Os preguntáis por los símbolos, no es preciso que hayan sido creados con alguna intención por el artista plástico. De otro modo sería mejor escribir de una vez lo que se quiere decir, en vez de pintar. Que cada cual lo interprete como quiera. En el cuadro podéis ver personas, niños y animales destrozados, víctimas de la guerra, de la locura espoleada por los hombres; eso es todo lo que os puedo decir.

253

*E*l jovencísimo postulante a la Compañía de Jesús les transmitió las sensaciones que le provocaron lo que presenció en Guernica días después del bombardeo alemán. Tenía una voz ronca, profunda, que correspondía y se ajustaba con su apariencia robusta, y un rostro que asemejaba a un tronco de roble en el que habían tallado las facciones con trallazos de formón.

—A los tres días llegaron las tropas de Mola y se esforzaron para ocultar las pruebas todo lo que pudieron. Cubrieron los hoyos que habían hecho las bombas y esparcieron gasolina para culpar a los vascos de la destrucción de la localidad y del asesinato en masa de personas civiles. En la mirada de las personas que no habían huido, heridos o supervivientes del bombardeo, se podía apreciar el drama que vivieron, la angustia y el miedo que soportaron durante varias horas. Cuando entré en Guernica, aún había muertos por las calles sin enterrar y la desolación había atenazado a los testigos como mis padres, a los pocos que lograron salir indemnes.

Iñaki Arrazola había abandonado el seminario de los jesuitas en Bilbao para localizar a sus mayores, por suerte ilesos, entre las ruinas de la población arrasada por la aviación alemana. Decía que fue cosa del destino o de la protección celestial, también del opulento bolsillo de sus padres, lo que le permitió trasladarse a Francia con ellos y refugiarse en la capital parisina en casa de unos parientes.

La presencia de Iñaki en el granero de Grands-Augustins fue una sorpresa. Josemari Ucelay no advirtió a Sabartés que acudiría acompañado. Pretendía contar con otro punto de vista sobre el trabajo de Picasso e Iñaki resultó un excelente espectador, inesperadamente en contra de lo que imaginaba Ucelay, aunque le reafirmó en la buena elección que habían hecho con el artista malagueño para una de las obras esenciales de la exposición.

Picasso había realizado ese mismo día pequeños retoques y aún tenía sin resolver la zona inferior del triángulo central en la que se confundían las extremidades del caballo con algunas formas geométricas y la figura descuartizada del soldado. También había ensayado la utilización del collage con papel sobre el cuerpo de la mujer que se arrastraba y la madre con el niño, aditivos que retiró poco después. Debía afinar algunos detalles, pero estaba cerca del acabado final.

—En la composición todo tiende hacia arriba —precisó el seminarista—, hacia lo alto, como si fuera del espacio material del lienzo ocurriera algo, un segundo ámbito que, sin duda, nos hace meditar e intentar ver más allá de la propia pintura. Los laterales están cerrados, igual que la parte inferior. Sin embargo, el conjunto de las figuras, salvo el hombre que está muerto en el suelo, como es lógico en su estado, nos llevan hacia el lugar del que surge la tragedia que el señor Picasso nos induce a imaginar sin que la veamos. Es como una especie de torbellino que nos arrastra e involucra para apreciar el drama desde dentro y tener muy en cuenta lo que sucede fuera. ¡Excelente!

255

Picasso sonrió complacido por la explicación de alguien que había estado en el lugar de los hechos, un testigo de excepción que no se extrañaba con su propuesta y buscaba una interpretación de hondura estética. Le resultó atrayente la delicadeza de aquel hombretón de aspecto fiero en el que llamaba la atención una nariz enorme y aplastada, y unos ojillos negros y brillantes, como la piel de las olivas, del mismo color e intensidad que los suyos, pero bastante más pequeños.

—El toro y el caballo resultan evidentes como referencia a España, pero me gustaría saber lo que representa ese pájaro que se encuentra entre el toro y el caballo y que parece haber surgido de la brecha que tiene en el lomo —apuntó el vizcaíno, refugiado desde hacía unos días en París.

Sabartés y Ucelay atendían expectantes, cada uno de ellos al lado de su amigo.

—Es un polluelo —dijo Picasso.

Atrapado entre una mesa y la techumbre de un interior, Pablo había pintado un ave con el ala rota y el pico entreabierto. Daba la impresión de sufrir un estertor.

El guerniqués Iñaki Arrazola observó a hurtadillas a Josemari como si le solicitase autorización para seguir hablando. Decidió hacer gala de un poco de descaro y osadía; al fin y al cabo era lo que le pedían sus tutores en el colegio donde se estaba preparando para convertirse en un jesuita con alma de avezado misionero, dispuesto a enfrentarse con cualquiera en cualquier zona del mundo donde hallara injusticia y desamparo para con los más débiles.

—Ya veo, señor Picasso, evita explicarnos el significado de lo que ha pintado, y yo le entiendo porque podría llegar a ser malinterpretado y pertenece a su mundo personal, el más íntimo, y como artista debemos respetar su postura. Pero si me lo permite —no aguardó la autorización del pintor y siguió con la plática—, para mí ese pájaro simboliza la esperanza, no muere del todo, nos ofrece una salida. Es un detalle hermoso, sí, de esperanza…

—En el arte antiguo, el ave representaba el viaje hacia el más allá, el paso de las almas hacia la inmortalidad que, en este supuesto, adjudicaría Picasso a lo que el caballo simboliza si, como parece, ha surgido de su propio cuerpo —explicó Ucelay, atrapado como pintor simbolista y verdaderamente entusiasmado con la charla que mantenían su paisano y el artista andaluz.

—El arte no morirá nunca —ratificó Picasso con tal contundencia que sucedió un largo silencio, imprescindible por otra parte para reflexionar sobre el significado de su sentencia y la posible relación con el pájaro que había incorporado a las imágenes que componían el *Guernica*.

Al pintor le complacía la presencia del seminarista, que rondaba los veinticinco años, y la manera de expresar sus conclusiones ante la contemplación del cuadro. Pasados varios segundos, el joven volvió a explayarse:

—Me agradan los ojos como remolinos que tienen algunas figuras, rostros desbordados que acentúan el movimiento y la tensión que nos envuelve a nosotros mismos, o la manera de transmitirnos la angustia e impotencia para huir pintando pies y piernas grandes como los de la mujer que se arrastra, una figura que siguiendo la diagonal es lanzada hacia lo alto. Es un recurso sencillo de contar las cosas, nítido, primigenio, como lo haría un niño sin haber sido contaminado. O, por ejemplo, la mujer que surge de la ventana, la forma extendida de su cabeza que proyecta un alarido por todo el espacio que contiene el cuadro. Es algo genial, de verdad.

El comisario vasco del pabellón asentía con un ligero movimiento de la cabeza a las palabras del seminarista, localizando, previamente en el lienzo, las pinceladas y las figuras a las que hacía referencia.

Algo más tarde, fue Sabartés quien llevó la conversación por otros derroteros tras constatar la lucidez del joven aspirante a jesuita, ataviado aquel día con un excelente traje de paño azul marino a rayas claras, chaqueta cruzada y corbata roja. Un conjunto de lo más seglar que dejaba patente el alto nivel adquisitivo de Iñaki y su elegancia a la hora de elegir la vestimenta.

—Conoces el «cinturón de hierro», supongo. ¿Qué posibilidades ofrece para impedir la caída de Bilbao?

Ya en anteriores ocasiones había escuchado Pablo preguntar por lo mismo a su secretario. Era, sin duda, un asunto de su máximo interés. Había muchos que destacaban la imposibilidad de que el enemigo pudiera hacerse con la capital vizcaína gracias al muro defensivo que la protegía.

—Por supuesto que lo conozco —respondió Iñaki, satisfecho por tener la oportunidad de explayarse en algo sobre lo que poseía abundante información—. Un buen amigo intervino en su diseño y construcción, él me explicó sus ventajas y sus debilidades. Se trata de una extraordinaria fortificación con trincheras, nidos de ametralladoras, búnkeres y diversos abrigos en un cuadrilátero de casi cien kilómetros que rodea la ciudad para su defensa por todos los flancos, tanto por la costa como por los montes.

—¿Y aguantará como si fuera una fortaleza medieval, inexpugnable? —planteó Picasso.

—¿Cuáles son sus debilidades? —preguntó Sabartés.

—Los que saben de esas cosas —terció Ucelay— afirman que la fortificación no está suficientemente protegida para soportar los ataques aéreos. Y en esto último, como saben, los rebeldes han demostrado una superioridad aplastante. Además, hay que tener en cuenta la traición del ingeniero jefe que dirigió la construcción de las defensas y su distribución.

—¿Traición...? —profirió Sabartés.

—Sí, hace dos meses que el ingeniero jefe, Alejandro Goicoechea, se pasó al enemigo; antes lo hicieron otros sin tanto conocimiento como el que tiene Goicoechea del «cinturón», y es de suponer que este habrá entregado los planos a los fascistas —destacó Ucelay.

—Mi amigo —dijo Iñaki—, el que me explicó las características de las defensas, ha permanecido fiel a la República y sigue trabajando allí para el mantenimiento de las instalaciones.

—Entonces, Bilbao puede caer en cualquier momento y, si algo así ocurriera, peligraría todo el norte —deliberó Sabartés, apesadumbrado.

El interés por lo que les contaba el pintor vasco, adscrito en tareas diplomáticas a la legación de París, y su joven amigo, Iñaki Arrazola, fue creciendo. Pablo les ofreció tabaco mientras el bermeotarra Ucelay meditaba la respuesta al comentario que había hecho el secretario sobre las consecuencias que tendría la caída de Bilbao. Las ventanas del desván estaban abiertas por completo y el rumor de la ciudad se colaba en la sala. Estaba muy oscuro en el exterior a esas horas de la tarde y se había levantado algo de viento.

—Las tropas de Mola ya han superado Lemona y Orduña por el sur —comenzó a explicar Ucelay mientras encendía el cigarrillo— y, en cualquier momento, por la información que tienen en la embajada, llegarán al «cinturón de hierro». Ya han comenzado algunas incursiones aéreas para medir su capacidad y si, como dice Iñaki, se confirma la debilidad ante los ataques de la aviación, no sé..., veremos qué pasa...

—No parece muy tranquilizador lo que cuentas —dijo Picasso mientras se ponía una chaqueta para protegerse del frío que entraba en el estudio.

—La moral de las tropas es ahora muy elevada —señaló Iñaki, respirando profundamente e hinchando su formidable tórax—. Desde hace tres semanas nuestro lehendakari, José Antonio Aguirre, es quien tiene el mando del ejército vasco. Hay que tener esperanza, ¿no es así, señor Picasso?

Picasso no se dio por enterado y les dijo que se le había hecho tarde y debía marcharse a Les Deux Magots. Allí le esperaba Dora. Les invitó a acompañarle al Boulevard Saint-Germain y continuar la charla, si lo deseaban, en el café.

Dejaron los ventiladores en marcha y los focos encendidos para facilitar el secado rápido de la pintura. Marcel se encargaría más tarde de ponerlo todo en orden y apagar las luces.

*L*os rostros de las mujeres que había utilizado para el *Guernica* le resultaban tan sugerentes que a partir de ellos trazó varios dibujos en los que adoptaban una expresividad y un dramatismo más acusados. Eran imágenes vigorosas, con ácidas lágrimas quemándoles la piel, erosionando el rostro con heridas incisivas, imágenes que difícilmente podían encajar en el conjunto del mural.

Dora Maar, de alguna manera, también figuraba en esos bocetos. En las marcas sutiles que tenía su amante en la piel de su cara, él descubría en muchos momentos tragedia y sufrimiento; incluso lo percibía en los instantes de culminación sexual con ella. Dora poseía unos labios perfectos y, sin embargo, en su boca siempre había tensión y una mueca de tristeza. Su mirada era profunda, acuosa y, a ratos, de vértigo; las líneas de su rostro resultaban duras, excesivamente acentuadas para una mujer.

Pero era bella, de una entrega y pasión que le mantenía despierto, más estimulado y vivaz de lo que había estado con otras mujeres.

En algunos ratos de reposo, y especialmente el jueves 27 de mayo, realizó varios dibujos explorando las posibilidades que ofrecían las imágenes de las mujeres representadas en el *Guernica*. Las fue recreando con los ojos más arremolinados, con facciones desencajadas por el dolor y el sufrimiento. Hizo lo

propio con la maternidad, llevando el drama hasta el paroxismo al deformar la cabeza de la madre y dotarla de incuestionable delirio expresionista. Necesitaba proyectar esas figuras sobre el papel, sacarlas de su mente; al brotar hacia el
exterior conseguía desahogarse, sublimar la tensión que se
arremolinaba dentro de su ser dolorido por los acontecimientos de su patria desangrada.

261

*E*l viernes lo dedicó a revisar meticulosamente el resultado del *Guernica* encerrándose en el granero, tras pedir a Sabartés y a Dora que le dejasen a solas durante toda la jornada, por lo menos hasta bien entrada la noche. A lo largo de la mañana permaneció un buen rato acurrucado en el banco, fumando sin parar un cigarrillo tras otro intentando calmar la inquietud que le mantenía nervioso sin saber muy bien cuál era el motivo. Decidió construir con hojas de papel ligero figuras tan frágiles como alas de mariposa, lo que le permitió relajarse. Algunas de las alas las hacía revolotear por el aire del desván, otras las fue arrojando por una de las ventanas mientras permanecía acodado en la barandilla prendado con sus evoluciones hasta que se posaban en los adoquines del patio. Fue alternando el juego con la contemplación del cuadro.

Por fin, más tranquilo, llegó la hora de preparar las mezclas de pinturas, coger los pinceles y un tiento. Escuchó a un grupo de chicos que daban voces en la calle, o quizá desde el muelle; el viento traía hacia lo alto el sonido de los muchachos potenciando su eco. Le resultaba agradable y, si hubiera podido, habría salido a dar un paseo por las cercanías del río para envolverse en el murmullo sugerente de su caudal y en el de las gentes que paseaban por las calles. Pero no era el momento de desligarse de lo fundamental.

Había decidido corregir la figura del hombre-guerrero situado en primer término, después de estudiar su posición y volúmenes. Lo había ido dejando para el final, entre otras razones, por el desgaste físico que representaba tener que abordar la solución en cuclillas.

Modificó por completo la cabeza del hombre para que su posición boca arriba no resultara forzada; era la única figura del cuadro que no lo hacía, como resaltó el novicio Iñaki Arrazola al referirse a la disposición de las imágenes. Perseguía con el cambio que la figura quedase relacionada con el resto. El corte del cuello quedó completado y definido dando la impresión de ser una estatua, al igual que el brazo derecho desmembrado y desprendido de un cuerpo ahora inexistente. Esa zona del cuadro adquirió así mayor transparencia. Había delineado además las patas del caballo con más visibilidad, con lo que logró una perspectiva tridimensional que partía de la cabeza del degollado y profundizaba, por detrás del toro, en la mesa donde se apoyaba el pájaro.

A continuación, se dispuso a aplicar una técnica de rayado que consideraba fundamental para destacar el cuerpo del caballo rodeado de luces y formas que habían reducido su presencia y añadido confusión. Consistía en una especie de punteado que imitaba los *papiers collés,* tan utilizados por él en el período cubista. Buscaba con esa técnica resaltar la figura central del *Guernica* y dotarla del relieve preferente. Mientras llevaba a cabo ese trabajo subido en lo alto de la escalara, resbaló y se fue contra el suelo.

Quedó algo magullado, pero ileso, con un bote de pintura gris desparramado por toda su ropa. Sintió rabia porque el incidente retrasaría la operación que había iniciado y necesitaba bastante tiempo para completar la reproducción con pincel del *papier collé.*

De repente, la puerta se abrió. Era Inés. Se disculpó al mismo tiempo que se alarmaba al encontrarle en un estado lamentable. Había sido enviada por Sabartés, contraviniendo su petición de dejarle tranquilo, para traerle algo de comer, su quiche favorita de verduras, y conocer si necesitaba alguna cosa, lo que resultaba evidente viéndole derrumbado en el suelo empapado de pintura y con un aspecto penoso.

—Bueno, has llegado en el momento más oportuno —dijo él para recibirla. Ella sonrió de inmediato alejando las señales de alarma que se dibujaron en su rostro nada más entrar.

La asistente bajó corriendo al estudio para preparar el baño y un juego de ropa limpia, mientras Pablo arreglaba el estropicio para evitar resbalar cuando volviera al trabajo.

Con la ayuda de Inés, todo había vuelto a la normalidad en menos de una hora y él se encontraba completamente repuesto del incidente. En su fuero interno agradeció que la asistenta se hubiera presentado en Grands-Augustins. Sabartés casi siempre daba en la diana.

Dedicó gran parte de la tarde a ultimar la definición del equino haciendo uso del minucioso rayado de su cuerpo.

Afinó después los rayos del sol-lámpara al proyectar sus sombras y reducir su excesivo resplandor.

*E*l sábado hubo reunión en el Café de Flore.

El cuadro estaba prácticamente acabado. Para celebrarlo, Pablo quiso congregar en el café-restaurante a las personas que habían seguido su proceso y eran partícipes, en cierta medida, de su propia existencia. Lamentó que no pudieran sumarse Juan Larrea, Josep Lluís Sert y Alberto Sánchez. Disculparon su presencia después de pasarse por Grands-Augustins, a primeras horas de la mañana, para ser testigos aventajados de la finalización de la obra que iba a presidir el recibidor del edificio español en el evento internacional. De la conversación que mantuvo con los tres amigos, durante su visita al granero, extrajo algunas ideas que pondría en práctica al día siguiente. El domingo 30 era la fecha que él había establecido como límite para dar las pinceladas definitivas al *Guernica* porque, de no cumplirse ese plazo, no habría tiempo para su completo secado, indispensable para su traslado hasta el Trocadero, el escenario de la exposición.

La mayor sorpresa fue la ausencia en el Café de Flore del embajador Luis Araquistáin. Enfrascado en el trabajo, aislado del mundo en el granero, no estaba al corriente de los últimos acontecimientos ocurridos en España.

—La dimisión del jefe del Gobierno, de Largo Caballero, estaba anunciada; era algo inevitable —dijo Pepe Bergamín.

—Desde luego. Después de los enfrentamientos y luchas callejeras en Barcelona entre estalinistas y antiestalinistas que dejaron un saldo tan numeroso de víctimas era previsible; ha sido un fracaso del Gobierno —ratificó Max Aub.

—La caída del primer ministro ha sido celebrada y apoyada por el partido comunista, que perseguía el control del Ejército, a lo que se oponía y con razón Largo Caballero, a pesar de que este siempre vio con buenos ojos el respaldo ruso —argumentó Sabartés—, de la misma manera que rechazó la disolución del POUM como pretendían los comunistas para hacerse dueños de la izquierda.

El comentario del catalán produjo un largo silencio y miradas cruzadas entre los comensales. Finalmente, fue Bergamín quien tomó la palabra.

—De cualquier manera, su mayor enemigo lo tenía cerca, era Indalecio Prieto y sus secuaces. Prieto siempre lo consideró un incompetente.

—¿Quién ocupará su puesto? —preguntó Pablo.

—El doctor Negrín —dijeron casi al unísono Bergamín y Aub.

—La unidad de esfuerzos es esencial y no se comprende cómo hemos llegado a esta situación; hay demasiada ceguera en los enfrentamientos de carácter político, cuando lo único que debería importar es derrotar a los rebeldes golpistas y restaurar la legalidad republicana —reflexionó Sabartés con gravedad.

Pablo apenas probó bocado y terminó por prestar escasa atención al debate, dejando vagar su mente entre el animado público que se congregaba en el local. La noticia de la dimisión de Largo Caballero le había afectado mucho. Últimamente llegaban procedentes de España pocas que fueran esperanzadoras, lo que no significaba que se hubiera acostumbrado a recibirlas fríamente debido a la distancia y a la acumulación de informaciones negativas.

—Imagino cómo debe estar Luis —comentó pasado un rato de distracción—. Él tenía bastante ilusión con el pabellón, por lo que supondría para transmitir el mensaje de la resistencia y concitar apoyos.

—Ha renunciado al puesto de embajador y no ha perdido ni un minuto en regresar a España para unirse a su amigo y mentor. En estos momentos tan críticos, Largo necesita cerca personas de la talla de Araquistáin.

$\mathcal{A}$l llegar a casa, después de la cena con los amigos en el Café de Flore, a Pablo se le hizo imposible conciliar el sueño. Estuvo leyendo periódicos españoles pasados de fecha que le había enviado su cuñado. Era tarde, pero solicitó una conferencia con Barcelona. Al otro lado del auricular tardó en escuchar la voz de Juan, trufada con la de alguna operadora con un sonido prácticamente inaudible.

—¿Me oyes? —repetía el cuñado desde la capital catalana a través de la defectuosa señal telefónica—. Te puedo asegurar que tu madre está bien. Le diré mañana que has llamado. De aquí, ya estarás enterado, estamos algo más tranquilos en Barcelona, aunque la guerra se estanca y es imposible determinar cuándo finalizará ni el bando que ganará.

—No puedes pensar así —replicó el pintor disgustado por lo que acababa de escuchar.

—Es mi impresión, Pablo. Si hubiera un poco de cabeza...

La voz desde el otro lado del auricular se fue apagando; al cabo de unos segundos regresó con algo de fuerza mezclada con una especie de arenilla que molestaba a los tímpanos.

—... un acuerdo entre todos, sí, y aunar esfuerzos con la misma intención dejándose de rencillas internas —repetía su cuñado, el doctor Vilató—. Pero hacen todo lo contrario, entre otras razones porque muchos, los más radicales, pueden aprovecharse con el río revuelto y sacar ventaja de la situación.

Pablo insistió a Juan para que cruzase la frontera con la familia:

—De lo contrario, dile a mi madre que iré a recogerla yo mismo, a pesar de los riesgos que suponga ese viaje...

Se lo pidió como otras veces, ofreciéndoles además todo lo que estuviera a su alcance para buscarles el mejor acomodo y las condiciones más convenientes, incluso para que el doctor pudiese desarrollar su carrera profesional en París.

—Tengo amigos, Juan, y me sería fácil buscarte un buen destino en Francia.

Pablo era consciente de que, mientras Juan Vilató no se decidiera a dar el paso para refugiarse en Francia, su madre permanecería en Barcelona con Lola y con los nietos. Al igual que en anteriores ocasiones, temió no haber sido capaz de convencerle.

Con la textura granulada que había aplicado en la mayor parte de la superficie del caballo, había conseguido destacar al animal de todo lo que le rodeaba. El resultado entusiasmó a Dora, que el domingo por la tarde se ocupaba de captar las que serían las últimas imágenes del cuadro antes de ser desmontado.

A lo largo de ese día, 30 de mayo, Picasso realizó varios retoques finales al lienzo: resaltó la falda de la madre con el niño mediante unas líneas paralelas y utilizó suaves toques de azul pálido en la cabeza del caballo y el cuello del toro; también pintó con ocre, muy diluido, algunas zonas de las extremidades de la mujer que huye.

Dora reveló algunas conclusiones sobre el delicado y casi imperceptible cromatismo:

—Kandinsky afirma que el azul es la quietud, pero que si lo sumergimos en el negro, como tú has hecho, adopta un matiz de tristeza humana, se hunde en la gravedad que no tiene, ni puede tener fin. Y ese azul, nos dice, evoca el sonido de una flauta, con una melodía amarga, cadenciosa y lejana.

Los toques últimos que aplicó Picasso fueron para componer una flor esbozada con pétalos dibujados en pocas líneas; una flor apenas visible, ya que la corola no se destacaba y surgía junto a la empuñadura de la espada rota sujeta por el soldado decapitado. El brote, recién abierto, quedaba situado en el centro de la base del cuadro.

—¿Por qué? —preguntó Dora mientras le observaba acurrucado en el suelo terminando de pintar las hojas.

—Era necesario; pedía un soplo de vida, por pequeño e insignificante que fuera entre tanta destrucción, ¿no crees?

—Sí —respondió ella sin demasiada convicción—. Me temo que el cuadro no gustará mucho a los partidarios de una obra al servicio de la propaganda —expuso Dora alejándose del lienzo varios metros. Él atendía sin mirarla, concentrado en la tarea.

—Lo he evitado, desde luego, el que tuviera cualquier tipo de vinculación o que fuera considerado un cuadro al servicio de una ideología determinada.

—Tampoco entusiasmará la pintura al público que acuda a la Exposición para descubrir los avances tecnológicos, que son la mayoría de los visitantes. Ni a los que consideran la pintura actual, de vanguardia, como algo degenerado, que son muchos. No entenderán, de ninguna manera, el amasijo de formas rotas, porque es lo único que apreciarán muchos a primera vista, si no se esfuerzan en mirar más lejos…

270

La voz de Dora era profunda, a veces quebrada y melancólica. A él le cautivaba escucharla y, cuando la fotógrafa estaba cerca, se relajaba con las vibraciones de su sonido.

Dora fumaba sin parar con su larga boquilla y hablaba en exceso aquel domingo.

—Has hecho bien al evitar elementos que pudieran relacionar el mural, de manera incuestionable o aproximada, con el bombardeo a la población vasca. De esta manera, consigues separar al espectador del suceso y lo obligas a reflexionar con alguna distancia.

—Me dirán que no me he comprometido, ya lo verás —rumió el artista dando las últimas pinceladas.

De repente, golpearon la puerta con reiteración y contundencia. No esperaba a nadie. De hecho, Sabartés le anticipó que ese domingo sería tranquilo, sin ninguna clase de visitas.

Abrió Dora y el gélido saludo de ella no obtuvo respuesta; sucedió un silencio que él intuyó como algo violento.

Allí estaban las dos mujeres, una frente a la otra, retándose y analizándose mutuamente, con severidad en sus gestos. Marcel cerró la puerta, venía como acompañante.

Sabartés ya le advirtió de que podría ocurrir algo así de persistir en sus ausencias. Se incorporó del suelo y sin dejar los pinceles en la mesa se abalanzó hacia la puerta. Era imprescindible adelantarse o, de lo contrario, la situación se agravaría con consecuencias imprevisibles.

—¿Por qué no has traído a la niña? ¿Dónde la has dejado? —preguntó sin obtener una pronta respuesta.

Captó, de inmediato, la carga emocional acumulada en ella. La suavidad y dulzura en el carácter de la joven Marie-Thérèse se había tornado con el tiempo en fiereza. El gesto ceñudo incrementaba la rotundidad de sus facciones y expresaba su disgusto. Jamás entendería a las mujeres, pensó en aquel instante.

Marie-Thérèse llevaba un vestido negro ajustado a su esbelto cuerpo destacando una figura sólida acentuada por la práctica deportiva a la que era muy aficionada. Tenía el pelo muy rubio, casi albino, con una corta melena. Él apreció de buen grado su voluptuosidad y belleza, tan diferente a la de Dora, menos externa. Esta, cuando Pablo se acercó, se fue alejando de ellos; fumaba nerviosa sin lograr apaciguar su ánimo ante la presencia de la joven.

271

Pablo abrazó a Marie-Thérèse y pudo apreciar la firmeza de un cuerpo que él había explorado hasta la saciedad y sin límites a lo largo de diez años. Durante ese tiempo, Marie-Thérèse había sido una dócil y dulce amante.

—Se ha quedado con Jaime e Inés en la casa. Luego vendrás y me acompañarás para estar con la niña, ¿verdad? —respondió ella a la cuestión que le había planteado Picasso mientras se dejaba acariciar.

—Estoy deseando hacerlo —afirmó él sinceramente y con una amplia sonrisa, con la mejor que tenía. Comprobó, de inmediato, cómo Marie-Thérèse distendía los tendones. Aprovechó para rematar—: ¡Ahí lo tienes! La razón por la que no he podido ir a visitaros durante este mes —dijo señalando el cuadro que aparecía impresionante bajo los focos, recién terminado.

Marie-Thérèse, que apenas se había percatado del cuadro, quedó atrapada por la fuerza de las imágenes y avanzó unos pasos hacia la pared. Picasso escrutó, a hurtadillas, a Dora, que permanecía de espaldas a ellos, asomada al ventanal con el torso inclinado y los brazos cruzados como si tuviera frío. El chófer seguía junto a la puerta, sin moverse lo más mínimo, a la espera de recibir órdenes.

Pablo dedujo lo que probablemente había ocurrido. Marie-Thérèse debió presentarse con Maya en La Boétie y el secretario no fue capaz de retenerla por la contundencia con la que exigiría verle. Temiendo Sabartés que el encuentro derivase en un escándalo, retuvo a la niña en casa e hizo acompañar a la madre por Marcel.

—Entonces, ¿vendrás este jueves si has terminado ya el trabajo? —preguntó Marie-Thérèse—. Tengo que cortarte el pelo, te ha crecido mucho.

—El fin de semana próximo, seguro, ya no os fallaré —replicó él—. He tenido que dedicarme de lleno a pintar este inmenso cuadro para la Exposición Internacional, que, como puedes comprobar por sus dimensiones, precisaba de mucho tiempo y esfuerzo.

—Y ella, ¿qué hace aquí? ¡Es una cualquiera! —exclamó, de súbito, entre dientes y mirándola con descaro, sin que pudiera nadie imaginar que se expresaría con esos modales. Dora escuchó perfectamente el insulto dirigido a ella, pero se controló, intentando por todos los medios que no se notase su malestar y el disgusto que le estaba produciendo la visita inesperada de Marie-Thérèse.

La joven se acercó a su oponente plantándose con descaro a pocos centímetros de la mujer sin obtener ninguna reacción de ella, hasta que volvió a hablarle.

—Este no es tu lugar, aquí sobras...

Al escuchar estas palabras, Dora se volvió hacia Marie-Thérèse separándose de la ventana. En su rostro había decepción y tristeza, le temblaban las manos. Era lo único que enfriaba la atracción simultánea que percibía el pintor, en aquellos instantes, hacia las dos mujeres. En realidad, asistía a una escena que no le disgustaba del todo; tenía que reconocerlo en su fuero más interno, aunque quería impedir a toda costa que fuera a mayores y se desbordara la tensión entre ellas.

Dora, finalmente, fue quien resolvió la situación.

—Estaba haciendo unas fotografías del cuadro —dijo señalando su cámara Rollei y recogiendo de inmediato el maletín con los objetivos y el material que se encontraban por la tarima—, y ya he terminado. Así que tranquila, yo me voy, puedes disfrutar de él para ti sola.

Cargó el equipo sobre el hombro, levantó la cabeza con gesto altivo y se despidió sin aguardar una respuesta de Pablo, ni por supuesto de Marie-Thérèse.

Al cabo de unos minutos, el pintor acompañó a Marie-Thérèse, como le había prometido, hasta La Boétie. Ardía en deseos por encontrarse con su hija Maya.

> Revienta la ampolla que hace las veces de puerta en la habitación
> y baña las paredes y el techo con sus fluidos de músicas militares.

*A*l concluir la lectura, Jaime estuvo un rato pensativo. El pintor había regresado a la expresión literaria y su actitud era muy distinta a la que abrigó cuando se inició, casi en secreto, con la pluma. Por aquel entonces, evitó que sus escritos fueran leídos.

—Toma otro, *mon vieux*, ¿no estarás cansado?

Llevaban levantados casi dos horas. Aquel era un día especial y Pablo les había alertado a una hora desacostumbrada.

> En las entrañas del corazón están solando las calles del pueblo y
> la arena que cae en los relojes de arena heridos en la frente al caerse
> por la ventana sirve para secar la sangre que brota de los ojos asom-
> brados que miran por el ojo de la cerradura.

—¡Coño! Esto es algo… cómo diría… —balbuceó Jaime Sabartés sin hallar la manera de transmitir su impresión o quizá sin atreverse a manifestarlo.

—¿Algo oscuro?

—Amargo, surrealista —concluyó el secretario a la vez que observaba la taza de café que sujetaba entre las manos—. Desde luego, no es como tu pintura, pero está bien.

Picasso se había enclaustrado en La Boétie durante los últimos días y la mayor parte del tiempo permaneció en su cuarto. Solo permitió la entrada a Inés para que le dejase algo de comida junto con los periódicos y, de tarde en tarde, al secretario si tenía que darle algún recado urgente. Entre tanto, leía con avidez todo lo relacionado con España. Era como si, de repente, la guerra se hubiera convertido para él en una obsesión que revolvía sus entrañas. Mientras estuvo pintando el mural se había distanciado subliminalmente del efecto del conflicto civil, como si la realidad se hubiera difuminado con la creación artística. Tal vez por ello precisó después volcarse en el conocimiento más detallado y reflexivo de lo que estaba sucediendo en España, por muy doloroso que fuera para él. Habló varias veces con Barcelona, con su familia, con muchos amigos. Quería obtener de fuentes próximas y fidedignas información sobre el desarrollo de los acontecimientos. Como era previsible, las noticias resultaron muy dolorosas. La situación empeoraba y la brutalidad reinaba por cualquier rincón del suelo patrio.

Mientras tanto, revisó mentalmente el resultado obtenido con el Guernica: cada línea, cada forma, las pinceladas, el movimiento interno... Todas las imágenes deambularon por su cabeza, obsesivamente. Hubiera deseado tener más tiempo para repensar lo que había hecho, aunque dedujo que en caso contrario no habría sido capaz de contenerse y la tragedia y el drama habrían resultado más evidentes.

Para calmar su inquietud, reprodujo constantemente el dibujo de una mujer consumida por el dolor, anegada de lágrimas, clamando con un alarido su desgarro. Lo hizo febrilmente hasta que decidió comenzar a escribir y dormir tanto como fuera necesario para olvidar y recuperar el ánimo.

En aquellas jornadas le faltó Dora; a punto estuvo de reclamar su presencia. Al final, se contuvo; pidió que le dijeran que necesitaba reposo, lo cual era completamente cierto.

Marcel y Jaime se encargaron de revisar a diario el secado final del cuadro. Ellos fueron turnándose en la misión, acudiendo, mañana y tarde, a Grands-Augustins. Le dijeron que la operación para el traslado sería factible a partir de ese jueves, pero Sabartés lo dejó todo listo para el día siguiente, 4 de junio. Sabía que Pablo preferiría hacerlo el viernes.

—Vidal ya debe encontrarse en el granero y Alberto también debe de estar allí. Hasta que tú no llegues no comenzarán la operación de desmontaje —advirtió el secretario mientras le entregaba a Pablo el cuaderno con sus escritos. Fue entonces cuando descubrió un ardor intenso en su mirada; cuando se hallaba en plena forma, sus ojos casi quemaban.

Al sonreír, Picasso amortiguó la fuerza de su mirada que, en ocasiones, llegaba a violentar. Jaime detectó en él entusiasmo; no en vano aquel día era importante: el *Guernica* iba a ocupar pronto el espacio para el que fue imaginado y su creador podría, al fin, comprobar si lo que había realizado encajaba.

—Tengo mis dudas.

—¿Qué clase de dudas?

—Si será comprendido, si se apreciará.

—A estas alturas…

—Cualquier momento es adecuado para plantearse lo que has hecho con tus manos y mucho más cuando, como ocurre en esta ocasión, los hay que aguardan para debatir si has cumplido con el encargo que desean. Analizarán gestos, comentarios, las reacciones del público…

—¡Inés! Dile a Marcel que prepare el coche —gritó Sabartés—. Pongámonos en marcha, Picasso; es lo mejor, no te inquietes por lo que dirán, has hecho un cuadro extraordinario, lo dicen personas que te aprecian y que no te engañarían.

—Como tú, *mon vieux*.

Inés, que se hallaba en el pasillo, avisó al conductor, que esperaba instrucciones dormitando en el recibidor.

*L*as sinceras palabras del escultor toledano fueron más que animosas y no dejaron resquicio alguno sobre la impresión que le había dejado el cuadro.

—Es un alarido que te atrapa desde el primer momento. Luego se aloja en tu interior y resulta imposible ignorar la energía que desprende. Y en cuanto al estilo, es algo único, muy original. Causará sensación en la Exposición, y nos apagarás a los demás, Pablo.

Alberto Sánchez había tenido tiempo de estudiar la pintura a fondo; llevaba más de una hora esperando la llegada de su amigo. Se había ofrecido para ayudar en el traslado. Pablo confiaba en él para esa o cualquier otra tarea.

En el interior del granero se hallaba también el señor Vidal y cuatro mozos fornidos.

Hizo las últimas comprobaciones sobre el estado de la pintura y, pasados unos minutos, dio su conformidad para que la tela fuera desprendida del bastidor. El desmontaje resultó delicado, un trabajo complejo; hubo que hacerlo con sumo cuidado y sin acelerarse.

Marcel, Jaime y Alberto subieron del Catalán bocadillos y bebidas para todos debido a que el proceso se alargaba.

Pasadas las cuatro de la tarde, Vidal bajó hasta el estudio para confirmar al pintor que el cuadro estaba perfectamente cargado en la camioneta y que podían partir hacia la Exposición Internacional. Pablo le entregó en ese instante un rollo de papel.

—Es para ti.

El semblante del oficial reflejó la emoción, apartando el cansancio que había supuesto la complejísima operación para trasladar una obra de dimensiones poco frecuentes. Desenvolvió el rulo y en sus ojos se hizo patente el entusiasmo que le producía aquel regalo tan especial. Era un dibujo a lápiz, pastel y aguazo gris del rostro desencajado de una mujer.

—Me recuerda mucho a las figuras del cuadro. ¡Y además me lo ha dedicado! No sé cómo agradecérselo.

—Sencillo. Con lo que haces siempre, cumpliendo con un excelente trabajo.

Siguieron a la camioneta montados en el Hispano-Suiza, camino del Trocadero. Alberto se despidió de ellos una vez cargado el lienzo y el bastidor, ya que tenía que atender un compromiso.

Por suerte hacía un día soleado sin remota posibilidad de lluvia y no fue necesaria una protección especial para la tela y los maderos. Las calles estaban animadas y por las orillas del Sena se agolpaban los paseantes a la salida de sus trabajos. Sin embargo, Picasso estaba más atento a los vaivenes del vehículo que llevaban delante, temeroso de que pudiera dañarse el lienzo. De manera inconsciente, sin perder de vista la camioneta a través del parabrisa del Hispano-Suiza, iba moviendo de un bolsillo a otro de la chaqueta, o de la chaqueta a sus pantalones, los extraños objetos de baratillo que conservaba en las entretelas. Y sin percatarse de lo que hacía, extrajo la brújula, que, de inmediato, sujetó entre las manos como si fuera necesaria su protección.

—Ya sabes cómo manejarla.

Al escuchar a Sabartés dio un respingo. Desplegó las tapas del instrumento imantado y lo sujetó con firmeza.

—Por supuesto —dijo ufano señalando la aguja—. ¿Ves? El norte, y nos encaminamos en dirección suroeste.

—Hoy no has tenido tiempo de leer los periódicos, claro. Pero mientras se desmontaba el cuadro yo los revisé, y hay una noticia que te interesará sobre el general Mola.

—¿Cuál?

—Ha muerto. Se estrelló su avión en Burgos. ¿Fatalidad o atentado? Creo que nunca lo sabremos. Y tardaremos en conocer si perjudicará a los sublevados la pérdida de uno de sus principales cabecillas.

Por la mente de Picasso circularon fugaces viejos recuerdos e imágenes.

—¿Cuándo me contarás cómo llegó esa brújula a tus manos? Me lo prometiste, ¿recuerdas?

—Pues, es curioso, pero la historia tiene que ver precisamente con Mola y con un viaje que hice, hace ya algún tiempo, a Florencia. Un viaje que también está relacionado, de alguna manera, con el cuadro que transportamos. Hoy se cierra el círculo.

—¿El círculo?

—Sí…, te explico…

Al finalizar de relatar la historia sobre el encuentro casual con el «fotógrafo militar» en el tren que le conducía a Florencia, el descubrimiento de la brújula dentro del vagón cuando se bajó Mola en Arezzo y la importancia que tuvo aquel viaje en su vida y en la inspiración para algunas trazas del *Guernica*, llegaban al pabellón español. Evitó explicar a su secretario que aún conservaba el recortable con la máscara que tenía dibujadas las facciones del militar golpista.

—¿Y qué harás con la brújula ahora?

—Conservarla, como siempre; la muerte de su anterior propietario no modifica el hecho de que sea útil para no perderse.

280

$\mathcal{D}$ecidieron caminar por el Quai d'Orsay para regresar a casa. Quedaban pocos días para la inauguración del pabellón y habían acudido a una recepción privada y a visitar la muestra antes de que fuera abierta al público.

A los dos les atrapaba por igual la ciudad y eran entusiastas de su vida dinámica y creativa. También eran conscientes de la suerte que tenían por permanecer en aquel tiempo en un lugar tan privilegiado. La guerra encarnizada quedaba lejos, a pesar de que el conflicto se iba extendiendo al mismo ritmo que la desesperanza.

—Las últimas noticias han entristecido a todos hoy. Y algunos han expresado la idea de haber preferido que en tu cuadro fuera más evidente la tragedia. Ya sabes quiénes son.

—No les culpo por ello, en absoluto —razonó Picasso—. Los tiempos no están para el arte. Y yo no sé hacer otra cosa mejor que lo que he hecho; lo que he pintado puede que no sea válido ni útil en estos momentos.

—La caída de Bilbao ha sido terrible. Me decían los vascos que con esa ocupación los rebeldes pronto tendrán a su alcance la industria y la minería del norte, de indudable valor estratégico. Yo creo que la división de las fuerzas republicanas está siendo bien aprovechada por los golpistas y hace presagiar lo peor.

El contraste era palpable entre los rostros sonrientes y los ambientes placenteros con los que se cruzaban Pablo Picasso y

Jaime Sabartés, y los ecos de un conflicto en el que ellos estaban inmersos a pesar de la distancia. La guerra de España protagonizaba cualquier conversación y debate con sus amigos o conocidos. Entre tanto, París relucía en los comienzos del verano, ajena la ciudad al sufrimiento del país vecino, disfrutando sus gentes con la Exposición Internacional y con las múltiples propuestas que ofrecían sus locales de ocio o las numerosas instalaciones de ámbito cultural, a pesar de las amenazas que se cernían sobre todo el continente europeo y la indudable influencia que tendría el resultado de la guerra española.

—Espero que los visitantes de nuestro pabellón se percaten de lo que nos está pasando. Todos los artistas habéis colaborado para conseguirlo —resaltó Sabartés—. Tendrán lugar, además, numerosos actos para mostrar los avances y el significado de la República y advertir sobre lo que supondría el triunfo del fascismo.

—¿Qué te han parecido los cuadros que había en la segunda planta?

—Impactantes, desde luego. Y muy efectistas, especialmente la pintura de Horacio Ferrer titulada *Los aviones negros*, en la que aparecen un grupo de mujeres con sus hijos en brazos huyendo de un bombardeo. Una manera muy distinta a la tuya de tratar el asunto. Pero a mí me ha gustado bastante el mural de Miró, *El segador*, el cuadro que está en la escalera.

—Te influye mucho trabajar para mí, *mon vieux*.

—Es verdad, no voy a negarlo. Pero creo que la pintura de Miró en la que vemos, con su estilo particular, a un campesino o segador catalán como si brotase de la tierra igual que una planta, con su barretina, envuelto en explosiones, es una imagen que perdurará por ser escasamente convencional. Lo mismo sucederá con la fantástica escultura de Alberto.

Pablo Picasso se detuvo para recostarse en un pretil de piedra. Encendió un cigarrillo mientras observaba a las parejas retozando en la orilla y las barcazas surcando el río con la superficie enrojecida por el ocaso.

—¡Qué poderosa es la vida! —exclamó para sí mismo—. El arte debe ser otra cosa, pero inmerso en ella, en el tiempo que nos ha tocado vivir o morir.

—Cuando se cierre la Exposición, ¿qué pasará con el *Guernica?* —preguntó el secretario con la mirada vagando por el agua, ajeno al comentario de su amigo.

—Me gustaría llevármelo otra vez al desván de Grands-Augustins si me dejan. Debemos intentarlo al menos.

—La intención es exponerlo en España, según me han comentado los de la embajada.

—Allí, tal y como están las cosas, peligraría; no es buena idea que vaya a España y tampoco que se quede oculto en un almacén en París. Si hay oportunidad de darle luz, se la daremos, y tenemos que conservarlo en buenas condiciones para entregárselo, en su momento, a su legítimo dueño: el pueblo español. Nadie mejor que los españoles entenderá su significado y, teniendo presente estas imágenes y otras, tal vez evitemos que se repita un drama, una catástrofe como la que estamos sufriendo con esta guerra. Es lo que deseo con todas mis fuerzas.

283

Este libro utiliza el tipo Aldus, que toma su nombre
del vanguardista impresor del Renacimiento
italiano Aldus Manutius. Hermann Zapf
diseñó el tipo Aldus para la imprenta
Stempel en 1954, como una réplica
más ligera y elegante del
popular tipo
Palatino

* * *

* *

*

La luz del Guernica
se acabó de imprimir
en un día de primavera de 2012,
en los talleres gráficos de Rodesa,
Villatuerta (Navarra)

* * *

* *

*